王宮侍女アンナの日常２

腹黒兎

一二三文庫

目次

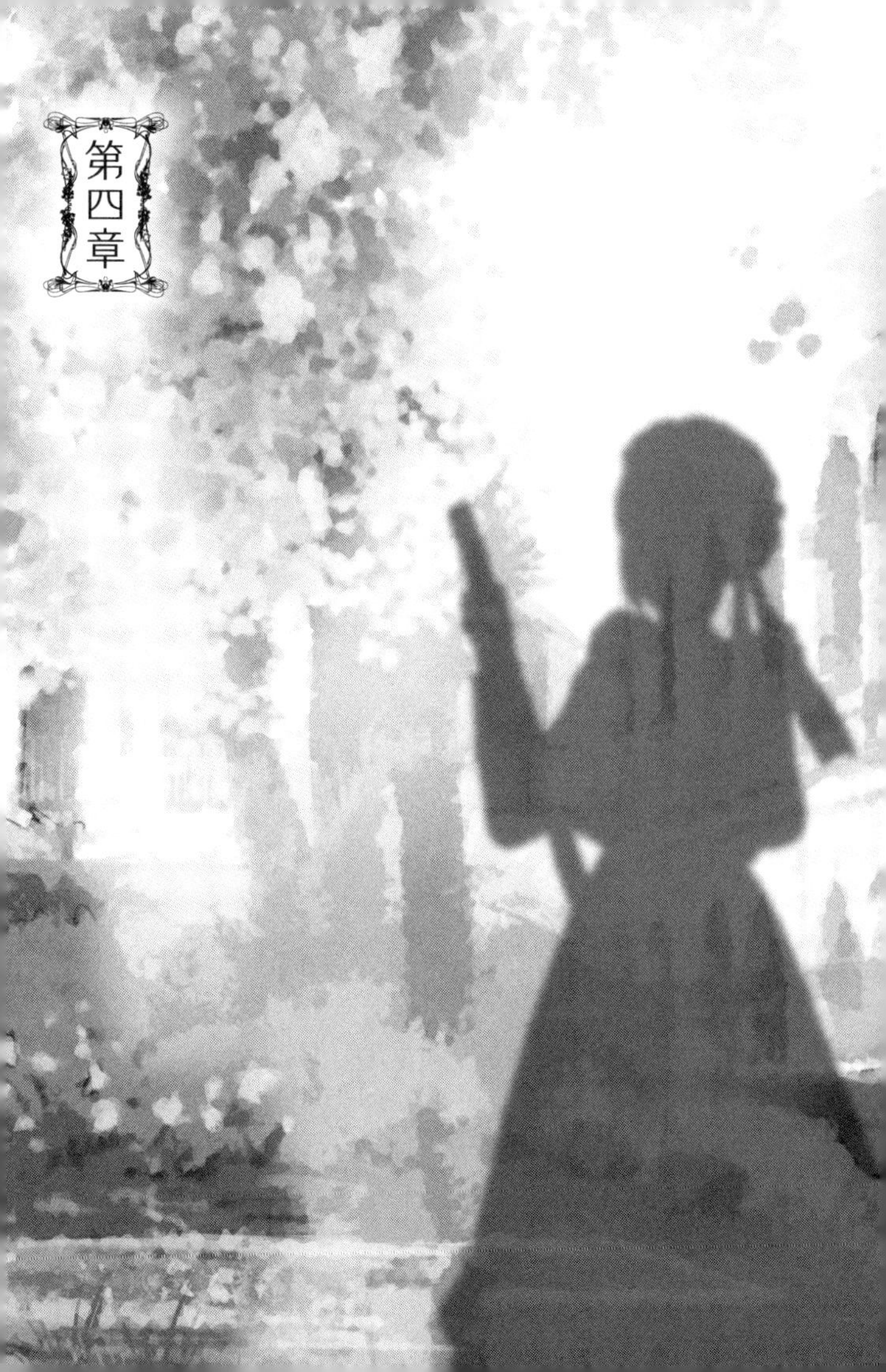
第四章

喉がカラカラに渇いていた。

目を覚ましても部屋には誰もいない。薄暗い部屋はいつもより不気味で怖かった。

「お母さん、どこ……」

寝る前は側にいてくれた母の不在にわけもなく寂しくなり、捜しに行こうと不安な気持ちを抱えてベッドを下りた。

部屋の外も薄暗く、誰もいないのか物音ひとつしない。しんと静まった家はまったく別のようで怖かった。泣きそうになったが唇を噛んで耐える。泣いたってなんにもならない。面倒だとため息をつかれるだけだ。

熱のある重い体を動かして階段を下りる。一階にも人の気配はなかった。

みんなお出かけしているんだ。なんでマルムもショーンもいないんだろう。

体は痛いし、頭がふらふらする。なにより、喉が、渇いた。

熱い息を吐き出しながら、壁に手を突いて歩くと声が聞こえた。お母さんの声だ。

嬉しくて、必死に足を動かして声のほうへ向かう。前方に扉が見えた。少しだけ開いた隙間から煌々とした灯りが漏れている。

部屋の中で母は誰かと話していた。たまに来る男の人にぎゅってされている。

「好きよ、好き。愛しているわ。もっと抱きしめて」

譫言《うわごと》のように話す声は粘つくほどに甘ったるくて気持ち悪い。まるで知らない人の声に聞こえた。

「ねぇ……一緒に……」

「子どもは……」

「置いて……。邪魔……」

「……ひどい母親だ」

男の人と笑って話しているけど、ぐわんぐわんとうるさい音がしてよく聞こえない。

あの人たちはだれだろう。

おかあさん、どこ？　どこにいるの？

叫びたいのに喉が塞がれて、苦しくて声が出ない。

真っ暗な家の中、お母さんを探して走り回る。たくさんの扉を開けてもお母さんはいない。誰も、いない。どこにもいない。

「おかあさん。どこ。おかあさん」

息を切らして走り回って、扉が開かれた玄関ホールに母がいた。余所行きの綺麗なドレスを着て、帽子を被り、大きなバッグを持っている。

嬉しくて駆け寄り伸ばした手はあっけなく振り払われた。

「おかあさん？」

尻餅をついたまま見上げた顔は逆光でよく見えなかった。

「もう行かなきゃ」

「なんで。どこに行くの」

「あの人が待っているの。見つけたのよ、『真実の愛』を。あの人が、彼こそが、私の運命なの」

嬉しそうに笑う口元がやけに赤く見えた。

開いた玄関ホールの向こうには男がいた。落書きのようにぐちゃぐちゃに塗りつぶされて顔はわからない。母は跳ねるようにその人へと駆けよると抱きついた。

「お母さん。いや、行かないで」

追いかけるために走っても、走っても、追いつかない。ふたりは動いてないのに、どんなに走っても近づけない。ふたりは嬉しそうに微笑みあって歩き出した。

「まって。置いていかないでっ」

どんなに叫んでも聞こえないのか、振り返らない。手を伸ばしても届かない。

なんで。どうして。

なんで捨てるの。

『真実の愛』だから。

運命だから。

じゃあ、お父さんは？　お兄ちゃんたちは？　お姉ちゃんは？　――私は？

真実の愛じゃないから、捨てるんだ。

運命じゃないから、要らないんだ。

じゃあ、私も要らない。あんたなんて要らない。

あんたが捨てたんじゃない。私が捨てるんだ。

私も、みんなも、あんたなんて要らないんだからっ！


パチリと目が開いた。

短く浅い息を吐く。ドッドッドッと早鐘を打つ心臓の音がうるさい。震える手で心臓の上を握りしめる。息を整えることに集中すれば、そんなに時間をかけずに落ち着いた。

窓の外にはまだ星が見えているが、東の空は白んでいた。寝なおすには時間が足りない。いいや、どうせ眠気は飛んでしまったし、起きてしまおう。

半身を起こせば、夢の中では小さかった手が大きくなっていてほんの少し違和感を覚えた。

「……最悪」

零《こぼ》れた言葉を握りつぶし、ベッドから抜け出した。

◆　◆　◆　◆

見事な庭園が臨める窓から差し込む光が柔らかく室内を照らす。

気品を感じさせる優美な椅子に腰掛けた婦人は、手紙を読みながら嘆息した。

『まったく……言うだけなら簡単だわ。貴女もそう思うでしょう？』

帝国語で話しかけられたが、「はい」とも「いいえ」とも言いがたい問いに目礼で返す。

相手も答えは求めていなかったようで、さして気にした様子もなく手紙を読み進める。

内容が気に入らないのか、眉間に皺《しわ》が寄っている。

少しでも気持ちが上がればと、シベルタ帝国で人気の紅茶を淹れる。王宮の凄腕パティシエ渾身のケーキと共に出せば、母国の匂いに眉間が和らいだ。

『あら、おいしそうね』

『お口にあえば幸いです』

にこりと笑って答えたが、やはりどうしても気になってしまい婦人の足下に視線がいってしまう。

『ああ、コレは気にしないで』

視線に気がついた婦人が力を込めて踵《かかと》をグリグリと動かした。

『はあぁぁん』

婦人の足下に平伏している紳士が歓喜の叫び声を上げた。

『うるさいわよ』

婦人が窘《たしな》めると、紳士は下唇を噛み締めて声を我慢している。一瞬だけ心配したが、恍惚とした表情に喜び以外を見いだせず、そっと視線をそらした。

ふたりが納得している関係に口を挟むほど馬鹿ではない。

まるで家庭教師のようにシンプルながらも隙のない装いの婦人は、靴を脱ぎ捨てた素足をオットマンと化した紳士の背中に無遠慮に乗せている。

上と下のギャップがひどい。

蹲《うずくま》るようにオットマンに徹している紳士は上半身だけ裸という非常識な格好をしている。首元の蝶ネクタイが最後のプライドなのかわからないが、それがあるせいでより変態性が深まっているのは間違いない。

『まったく、面倒だこと』

文句を言いながら手紙を書きつけると、それをすっと差し出された。

『外務大臣に渡してちょうだい』

『かしこまりました』

両手で受け取ると早々に退室する。

背後で上がった歓喜の叫びには全力で気がつかない振りをした。

二年前、王宮侍女の試験を合格した私を待ち受けていたのは、なぜかメイド仕事だった。

最初は、田舎の男爵令嬢に対する虐めかと思ったけれど、侍女試験に受かった他の男爵令嬢は普通に侍女の仕事をしていた。つまり私だけ。

なにもしてないのに……とちょっとだけ凹んだけれど、掃除は得意だし、メイドのおばちゃんたちは逞しくて楽しいし、特に不都合はなかった。お給金もちゃんともらえるからまぁいいかと放置していたんだけれど、そうもいかない事情ができたので、待遇改善要求を出したら貴賓室係《きひんしつ》になってしまった。

侍女仕事もいろいろあるけれど、貴賓室は王族の専属の次に人気がある。国内外の有力者と出会う確率が高いからね。自分で結婚相手を探さなきゃいけない昨今、人気があるのも頷《うなず》ける。

その貴賓室係に、なぜか貧乏男爵家の私が配属されたんでびっくり。侍女長を飛び越えて侍従長から内示を受けたのも驚いた。後で聞いたところによれば、私に不当な仕事を割り当てていた侍女長と侍女頭は職務怠慢や横領がばれて解雇されたらしい。

けけけ、ざまぁみろ。

今回の人事について侍従長が言うには、外務大臣のクリフォード侯爵の推薦があったこと、帝国語が話せることが配属の要因になったらしい。シベルタ帝国からの客が増えているのかもしれない。

帝国語を勉強したのは、初恋のニールが商人だったから結婚したら役立つかもというイタイ妄想の末の産物である。……この話は止めよう。私の乙女心が削られる。

貴賓室は、王宮の西棟の二階と三階にある。全部で八部屋あって、休憩や宿泊に使用される。もちろん、王宮に用事のある貴人しか使用できない。故に求められるのは質である。そこに配属された私。お呼びでないと言われたら……と一抹の不安を抱えた配属先でふたりの先輩が教育係となってくれた。

ふたりから簡単な説明を受け、しばらくは三人で組むことになると聞かされた。その翌日に、お手並み拝見とばかりに任されたのが、シベルタ帝国の大使夫妻の担当である。明日の外交会議に出席する予定なので、昨日と併せて五日間滞在予定。帰られるまで快適に過ごしてもらおうと決意して向かった先で見たものが先ほどの光景だ。

半裸で蹲る大使と、その夫を踏みつけて仕事をする真面目そうな妻。

考えちゃいけない。そういうものだと割り切れ、私。大丈夫。私はできる侍女。

自己暗示をかけたが、再び大使夫妻の部屋を訪れた私は、未熟にも一瞬だけ動きを止めてしまった。

しっかりしろ。こんなんじゃメイドの大先輩マチルダおばちゃんに叱られてしまう。

『この程度もできないの？』

申し訳ございません。

『ぼさっとしてないで、早くしなさい。時間は有限なのよ』

まったくもってそのとおりでございます。

『そう。いい子ね。やればできるじゃないの』

突き放す言葉から一転、慈愛溢れる優しい言葉に胸が幸福で満ちる。その言葉に、笑顔でより一層奉仕に励むのは半裸の紳士。戻ってきた途端にヤバい場面にかち合ってしまった。

椅子に腰掛けた妻の前に跪《ひざまず》いて、素足に保湿クリームを塗っている夫。夫が上半身裸でなければ、仲睦まじい光景に見えたかもしれない。

夫の表情もアウトだ。なぜ、鼻息を荒くする。

丁寧に足の指一本ずつ丁寧にクリームを塗っているのだが、今にも頬擦りをしそう……した……あ、蹴られた。

『勝手なことをしないの。怒るわよ』

冷ややかな声に夫は蹴られた顎を押さえながらも謝罪を口にしている。ただ、表情が恍惚としすぎて気持ち悪い。

足フェチか。足フェチだ。そうか、足フェチなんだな。

確かに美脚。膝下から見える足は見惚れるほどの美脚。わかりたくもないが、わからなくもない。まぁ、いい。人の趣味嗜好はそれぞれだ。

私の存在が空気になりかけたが、仕事を思い出した。手にした封書を奥様に差し出す。

『お返事でございます』

『ありがとう。呼ぶまで下がっていいわ』

『かしこまりました』

一礼してしずしずと部屋を出る。

楽しそうな夫婦の語らいを邪魔しないように、扉はしっかりと閉めておいた。

貴賓室がある二階と三階には、端に侍女の控え室がある。メイドの休憩室よりも狭いが、人数が違うので意外とゆったりとしている。くつろぐためのソファーとテーブルに、書き物をする机、仮眠用のベッドまである。メイドとの格差に愕然《がくぜん》としたわ。

テーブルで向い合って手仕事をしていたふたりが私を見てくすりと微笑んだ。

あー、やっぱりアレは嫌がらせだったんだろうか。ここでもあるのか。面倒くさい。

私が何をした。ちゃんと仕事してるだけじゃん。

「お帰りなさい。初めての接客はどうだった？」

声をかけてきたのは黒髪美人のミレーヌ・フィッシャー伯爵令嬢。

「困ったことやわからないことは遠慮なく聞いてね」

ふわふわ栗毛と同じくらい柔らかな印象のステラ・エバンズ伯爵夫人。

ふたりの笑顔がニヤニヤしているように見えるのは私の被害妄想だろうか。

「ありがとうございます」

差し障りのない返事にふたりは顔を見合わせ、小さな声で会話をしはじめた。距離があるから聞こえないけど、内緒話は私がいない場所でやってほしい。

「本当になにもなかったの？」

「誰にも言わないから本当のことを教えてちょうだい」

あぁ、これは大使夫妻の性癖を知っていて私に任せたのだと直感した。それなら余計に話す気にはなれないな。

期待しているふたりに業務用の笑顔を向ける。

「仲睦まじいご様子を拝見しましたが、何か懸念でもございますか？」

自分からバラせるものならバラしてみろ。

私の反応にふたりは数回瞬いた後、顔を見合わせて吹き出して笑った。

「素敵。さすがカレンの妹ね」

「合格よ。マチルダさんのお弟子さん」

真顔をキープしたまま混乱している私の前で、ふたりは楽しげにはしゃいでいる。

わけのわからない私だけが置いてけぼりだ。

……なに？　どういうこと？

なんでお姉ちゃんの名前とかマチルダおばちゃんの名前が出てくるの。

ふたりで楽しんでないで、説明を！　説明をしてくださいっ！


きゃあきゃあとはしゃぐふたりを落ち着かせ、どうにか聞き出したところによると、ミレーヌさんもステラさんも姉の友人だというのだ。貴族社会って意外と狭い。

ふたりともつい最近、姉から私のことで相談を受けていたらしい。なんでも、姉の夫にベタ惚れしていた女性の叔母が侍女長らしい。姪っ子可愛さに、憎き恋敵《こいがたき》の妹である私に嫌がらせをしていたというのだ。お門違いも甚だしい話だが、そこに侍女頭やその周囲が乗っかって、私の不当労働と嫌がらせになったという。

その結果が解雇。まぁ、他に横領とかやらかしていたし、自業自得だね。ざまぁ。

解雇通知に異議を唱える人も庇いたてる人もいなかったという人望のなさ。王妃の親類というコネだけで役職についていたのだろう。

すぐに泣き出して辞めると甘く見ていたんだろう。生憎と掃除洗濯には慣れているんだよ。貧乏男爵舐めんなよ。家畜の世話もできるわ。

でも、腹立たしいことに変わりはない。

寝室の天井に虫が来る呪いをかけておこう。

想像してもらいたい。寝ようとベッドに入り込んだときに頭上に張りついた虫を。

暖かい布団を被って寝ようか、起きて虫を追い払うか迷うあの瞬間。いつ虫が落ちてくるかわからない恐怖と、追い払う過程で他へと潜伏する可能性が高い恐怖を存分に味わうがいい。

マチルダおばちゃんについての詳細は教えてくれなかったが、ふたりが新人のころにお世話になったらしい。

さすがおばちゃん。カッコいい。

なんで私が弟子扱いなのかはよくわからないが、今度から「師匠」と呼ばせてもらおう。

ふたりは侍女長ではなく侍従長に相談してくれた。そこに侯爵からの推薦もあって、貴賓室への配属が決定したようだ。

友人の妹だろうが、仕事は仕事。ここでの守秘義務は王族に次ぐので、さっきのはちょっとしたテストを兼ねていたらしい。

「よく外交官夫妻が手伝ってくれましたね」

「いいえ？　ご夫妻に頼んだわけではないのよ」

「けれど『新人がお伺いします』とは伝えたからなんらかのことは察してらっしゃるかもね」

「……えっと、では、アレは普段どおりなんですか？」

演技ではなくて？

躊躇《ためら》いがちに聞けば、ふたりとも微笑んで「そのとおりよ」と答えてくれた。

マジか。

うちの上層部も大概だと思っていたが、帝国も似たり寄ったりだった。

こうなると他国にも期待なんて抱けない。

ふたりから、私なら何を見聞きしても大丈夫と太鼓判を押されたが、これから何を見聞きするのか不安で仕方ない。

あの外交官夫妻だけが特別であってほしいと思うが、ふたりの口ぶりから、他にも何人かいるんだろう。

遭遇するならば、できるだけ軽くて薄くてあっさりした感じでお願いします。

◆　◆　◆　◆

新しい仕事にも慣れてきたが、未だに慣れないことがいくつかある。

癖のあるお客様と、公《おおやけ》には言えない趣味を持つ数人の知人に遭遇することだ。

その中でも一番戸惑うのがルカリオ・ガルシアン卿との遭遇である。

外務省に勤める彼は、伯爵家の三男で外務省のエリートコースを優雅に歩く優しげなイケメンだ。

そんな彼との接点は私の副業が関係する。

メイド仕事もやっていたときに、外務大臣のクリフォード侯爵が趣味の女装をする手伝いをしたことがあった。そのときのメイクの腕を買われてスカウトされたのだ。秘密女装倶楽部『夜のお茶会』の美容スタッフとして。

ちなみに、美容スタッフ『美魔女作成隊』は四人いて私は唯一の女性である。それなのに、なぜか女子力が最下位という悲しくも納得の事実。泣かないもん……。

まぁ、そこでルカリオさんのメイクを担当したことがきっかけで知り合ったというわけだ。

人には言いづらい趣味を気楽に話せる相手としてよかったのか、見かけると気さくに話しかけてくれる。柔和な見かけどおりいい人である。

そのルカリオさんは、仕事で他国の賓客と会う回数も多いらしく貴賓室のフロアでよく出会う。多いときは三日連続で遭遇することもあった。

お互いに仕事中なので会釈で済ませようとしたが、律儀なのか毎回会う度に一言声をかけてくれる。まだ知り合いの少ない職場だから、知った顔を見るとほっとするので、正直に言えばちょっと嬉しい。その反面、こうも頻繁に声をかけられることに疑問が湧いてくる。

もしかしてルカリオさんって、友達が少ないんじゃ……。

いや、いやいやいやいや。ないな。交渉に長けてそうな職業と、人当たりの良さそうなあの外見でそれはないだろう。気を遣ってくれているのかもしれない。

イケメンで将来有望で気遣い屋さんときたら、モテモテだろう。遊び人な某子爵とは違ってガチに妻の座を狙われていそうな気がする。

問題は趣味の女装のせいで彼の恋愛対象が男性なのか女性なのかがわからないことだろう。

知り合いにすぎない私が、「恋愛対象はどっちですか?」なんて、さすがに聞けないしなぁ。知ったところで紹介できる相手はいないけどね。

……うん。私にできることはないな。

心の中で応援するだけにしておこう。

そして、もうひとり遭遇するのがユリウス・ベネディクト子爵。

遊び人と噂に高い侯爵家の次男。遊び人というのは紛れもない事実で、見かける度に違う女性と一緒にいる。

そんな子爵とは、特殊趣味を持つ貴婦人との情事に遭遇して以来なにかと会遇している。

華やかな外見とフェミニストな性格に加えて高位貴族。子爵を狙っているハンターは多い。

目を覚ませと言ってやりたい。

好条件だろうとも、女たらしだぞ。同時に何人とも付き合える下半身がだらしない男だぞ。

ないわー。

悪い人ではないが、節操なしの女たらしは、ないわー。

そんな子爵は、なぜか私を見かけると声をかけてくる。いや、マジでなんでだろう。

口説かれたことはなく、からかい半分で軽口をたたいて去って行く。

暇なのか？　仕事しろ、仕事。

たまにお菓子をくれるのは嬉しい。「少しは肉をつけろ」と小言つきだが。

ある一部分を指しているならば、私も聞きたい。どうやったら膨らむのかと。

豊満な人に聞いたことがあるが、未だなんの成果も表れていない。

大丈夫。悲観はしていない。まだ成長期なのだから。

私の年齢？　十八歳ですが、なにか？


私の副業だが、表向きはクリフォード侯爵のお手伝いということになっている。さすが女装の手伝いとは言えないからね。

成り行きで始めたが、メイクというのは奥が深い。陰影のつけ方、色ののせ方で顔の表情も印象も変わる。

女装で一番気をつけているのが髭剃り痕の隠し方だ。薄い人はいいが、濃い人は剃り痕が青くなる。以前はファンデーションを厚く塗って厚塗りお化けと化していたらしい。気にすべきは塗り方ではなく、色なのだ。

肌に合わせたオレンジ系を塗るだけでかなり変わる。これで、髭剃り痕やシミや黒子《ほくろ》を隠せるし、黒色で黒子を足すこともできる。

いろいろと楽しくなった私は、化粧品を自作し始めた。自作といっても、基本のファンデーションに色を混ぜるという簡単なもの。よく使用する色を作っておくと、メイクするときに楽なんだよね。

ファンデーション以外にも、アイシャドウや口紅なども作ってみた。日焼け対策などしづらい会員の方々の肌は、女性よりも千差万別なのだ。

もう趣味の域を超えて仕事になっている気もするが楽しいので良しとしよう。

化粧品を作り、メイク道具を揃えるのが楽しくて仕方ない。潤沢な支度金とお給金をくれる秘密倶楽部様々である。

趣味になったメイクの話でミレーヌさんたちと盛り上がったときに、つい自作の化粧品を自慢したくて披露したら、ミレーヌさんが意外にも食いついてきた。

なんでも、ミレーヌさんのお兄さんが化粧品を主力にしたオーレン商会を立ち上げたらしい。そこで、私が作った化粧品の配合レシピを買いたいと提案された。

配合レシピって売れるんだね。びっくり。後々作れるように書き留めておいてよかった。

そんなわけで、詳しい話をするためにお兄さんと会うことになった。ミレーヌさんが同席してくれるので、ちょっと安心。

「兄は、少し……そう、少しだけ変わっているけど、悪い人ではないわ。そこは安心してほしいの」

お兄さんが待つ部屋の前でそんなことを聞かされると逆に不安しかないのですが。

一抹の不安を抱えて会ったお兄さんは、ミレーヌさんの宣言どおり少し変わっていた。

「あぁ、なるほど。この色はいいな。ファンデーションがこんなにバリエーション豊かだとは思わなかったよ。まぁ、僕には不要だけれどね。なぜって？　それは、僕の肌はご婦人にも負けないほど白く滑らかで美しいからだよ」

長く艶のある黒髪をかき上げれば、絹糸のようにさらさらと流れ落ちる。その髪に縁取られた顔も、服から覗く手足も、貴婦人のように白く傷ひとつない。

薄《うっす》らと化粧をしている顔は、女性的ではなくて綺麗な男の人にしか見えない。

なるほど。こういう化粧方法もあるのか。

男性のまま綺麗に見せる化粧に釘づけになっていると、お兄さんは満足そうにふふっと蠱惑的《こわくてき》に笑った。

「君も僕の虜かい？　それも仕方ないね。僕の美しさは誰も彼も夢中にさせてしまう。罪な存在だよ、僕は。美しさとは人を惹きつけてしまう魔性のようだね。これも僕の運命か……。いいよ。心ゆくまで堪能してくれたまえ」

話しながらも数パターンのポージングを披露してくれる。

あ、ポーズは要りません。顔だけ見せていただければ。

本人の許可が出たので、遠慮なく観察させてもらった。

色気がある泣き黒子だと思ったら描いているんだ。私も使うけど手法が違う感じ。こっちのほうが自然だ。あ、生え際も少し描いている。なるほど。眉の整え方や目や鼻にもちょっとした工夫がある。なるほど、なるほど。

「アンナ」

じっと見すぎただろうか。ミレーヌさんが咎《とが》めるように私を見て首を振った。

「身内の私が言うのも変だけれど、コレは止めておきなさい」

「……。はい？」

「見目はいいけど、自分以外に興味の欠片《かけら》も持たない男よ。商会だって自分が綺麗になるために始めたのだから」

「はぁ……」

「こんなのに惹かれるだけ時間の無駄よ。若さの損失よ。悪いことは言わないからやめておきなさい」

私の両肩をガシッと摑み、真剣な顔で諭されたけど、そもそも誤解です。お兄さんではなく、メイクを見ていただけなんです。

訂正する間もなく、お兄さんがムッと顔をしかめた。

「妹よ、随分な言い方ではないか」

「事実よ。何の脚色もないありのままの真実よ」

「心外だね。僕だって自分以外にも興味はあるのだよ」

「まぁ、初耳だわ。一応、何に？　と聞いて差し上げるわ」

「それはもちろん、この美しい僕よりも美しいものだよ」

自分の腰に左手を当て右手で左肩を押さえた姿は、まるで自分を抱きしめているみたいだ。こんな彫刻が王宮の「愛の間」にあった気がする。

どうでもいいことを思い出していると、お兄さんは右手を斜め上に差し出し左手を自分の胸に当て、切ない表情を浮かべた。

忙しい人だな……。

「部分的ならば僕よりも美しいものはいるだろう。だが、妹よ。残念なことに完璧な僕という存在よりも美しい存在に未だに出会えてはいないのだよ。そう、僕の美しさは究極……いや、至高の域に達してしまったようだ。あぁ！　神は何故、美しすぎるという試練を僕に与えたもうたのだろう」

くるくると回転しながら窓辺に寄ると、膝をつき、空へ祈るように両手を組んだ。

「神よ。僕は貴方の試練に耐えてみせましょう」

切なげに目を細めて空を仰ぐ。

生憎と曇天である。

横に座るミレーヌさんを見れば、表情が削げ落ち、無となっていた。

苦労しているんだなぁ。と、少しだけ気の毒に思った。

お兄さんの暴走を挟みつつ、私の配合レシピは半分ほど売れた。ファンデーションだけでなく、魔法粉という鉱物を細かく砕いた光の加減できらきらとする粉を混ぜた口紅などのレシピも良い値で売れた。

双方納得のいく内容で終わり、お兄さんを見送った後で、私がお兄さんに見惚れていたという誤解を解き忘れたことを思い出した。

だが、言い訳する恋人なんていないので、まぁいいかと思い直す。

そんなことよりもこの臨時収入をどう使うか悩むなぁ。いつものように実家に仕送りするか、化粧品を買うか。うーん、どうしよう。

◆　◆　◆　◆

午後の穏やかな光が差す室内で黙々と針を動かす。

手にしているのは臙脂《えんじ》色の綺麗な人形のドレスだ。無残に裂けた裾を縫い合わせて、その上から赤い薔薇と金糸の蔦模様を刺し描いていく。刺繍好きの義姉に叩き込まれたおかげで、指は迷いなく動いてくれる。人形のドレスぐらい造作もない。

少しの失敗も見逃さない圧が横から来なければ、もう少し早くできるのだが。

「できました。どうぞ、ご覧になってください」

慎重にビスクドールを持ち主に返せば、補修箇所を何度も執拗に確認している。確認大事なのはわかるけど、しつこすぎる。

細かいチェックの末にようやく納得したのか、満足そうに頷く彼の灰色の目は少し潤んでいるように見えた。

「うむ。なかなかによい出来だ。色も申し分ない」

「ありがとうございます」

偉そうなしゃべり方だが、実際偉い人なので文句の言いようがない。

可愛らしいビスクドールを愛しげに抱きしめる姿からは想像できないが、この老紳士はキノウ公国の大使様でいらっしゃるのだ。

王国の左下に位置するキノウ公国は、領土は狭いが歴史はかなり古い。大昔に、大陸の西半分を支配していたが、大規模な兄弟喧嘩の末に兄が負けて公国となった歴史がある。勝利した弟の末裔《まつえい》は現在のシベルタ帝国を築いた。ぶっちゃけ、お家騒動で家を乗っ取られたってことなんだが、長子を理由に公国こそが本家だと主張している。

そんな歴史があるせいか、キノウ公国民のプライドの高さはことわざになるぐらい高い。

例に漏れずこの大使もプライドが高い。

古き良き物を溺愛しているので、出した茶器や食器にため息をついて自国の老舗ブランドの講義を始めるほどだ。

上品に見下す人って初めて見た。

こんなときはマチルダおばちゃんの格言「年寄りの性格は変わらないよ。諦めな」を思い出す。変わらないなら私が流せばいいのだ。

「あぁ！　ジョゼフィーネ。愛しのジョゼたん。ドレスが直って嬉しいですね。私もとても嬉しいですよ。新しいドレスもよく似合っていますね」

頬を染めてデレデレとビスクドールに話しかける大使にかける言葉が見つからない。私がまだいるのですが、見えてないの？　ひとりっきりになってからやってほしい。

内心ドン引きだが、表情筋を引き締めてなんとか顔には出さないように頑張る。

この語らいの場に私など不要であろう。むしろ邪魔だ。

邪魔者はそっと去るべきだね。うんうん。

自己完結した私はそっと礼をして静かにキノウ公国大使の部屋から退室した。


事の始まりは一時間前。

大使が滞在している部屋の前を通りかかったときに叫び声が聞こえたので、何事かと思わず駆け込んだら、部屋の中央でビスクドールを抱きしめて涙している大使がいた。

「ドレスが……。ジョゼたんのドレスが……。なんということだ。ああ、泣かないでおくれ。私が、今すぐに私がなんとかしてあげるからね」

見てはいけないものを見てしまった気がする。だが、入ってしまった手前、出ていきづらいこの状況。どうすべきか。

　正直に言えば回れ右して退室したい。

　くそう。どうして入ってしまったんだ。もう少し落ち着いて行動しろっ私め。

　内心毒づいていると、大使が大事に抱えるビスクドールのドレスの裾が裂けているのが見えた。

「あの、よろしければお直しいたしましょうか」

　声をかけた瞬間、ぐるりとイっちゃっている目を向けられた。大使はゆらりと立ち上がると、私を見つめたまま近づいてくる。

　無表情の大使と、腕に抱いた可愛らしいビスクドールの違和感に笑うこともできず、顔が引きつった。眼光鋭く見下ろされて、知らず緊張で喉が鳴る。

「直せるのかね」

「針仕事には自信がございます」

　威圧感に声が多少震えたが、なんとか微笑む。

　負けるもんか。

「よろしい。ただし、作業はこの部屋でしたまえ。中途半端な仕事をすれば処罰は免れないと思いたまえ」

　人形のドレスでいったいどんな処罰を下す気なのか逆に気になる。

　まぁ、こういう挑発は嫌いじゃない。受けてたとう。完璧に縫ってやろうじゃないか。

闘志をみなぎらせた私の密かな闘いは、私の圧勝だと言えよう。

大使は補修している間に、我に返ったのか稚拙な言い訳をぽつりぽつりと語り始めた。

要約すれば、この人形は孫娘へのお土産だという。

いや、さっきジョゼたんとか名前つけて呼んでいたじゃん。どう見ても新品じゃないし、思いっきり自分のだろ。背中とか足の裏に名前を書いていたりして。やだもう、探したい。

しないけどね。ちょっとばかり襟ぐりを覗いてみただけよ。言わないよ。

ええ。私、できる侍女ですから。


後日、キノウ公国の大使の見送りを終えたルカリオさんが上機嫌でやってきた。

部屋を整えていた手を止めて、立ち話を始める。

「気難しい大使が上機嫌で帰っていきましたよ。なにをしたんですか?」

たぶん、新たに人形のドレスに刺繍を加えたうえに、小物を数点作ったせいだと思う。

「可愛い」「美しい」とジョゼたん賛美がウザかった。

そんな事実は言えないよね。

「満足していただけたのなら嬉しい限りです」

喋らないとわかったのか、ルカリオさんはそれ以上聞いてはこなかった。

「そういえば、そろそろ秋休みの時期ですね。アンナさんは里帰りを?」

「はい。芸術祭が終わったら帰る予定です」

　秋休みというのは、年二回ある一週間ほどの長期休暇のこと。社交シーズンの始まる前と終わった後に順次取っていく。遠くて帰らない人も王都で休暇を満喫する人が多い。

　うちの領地は、距離でいえば王都に近い。だが、道が悪く、主要公道からも外れているので、人の行き交いも少ないど田舎だ。正直、人口よりも家畜のほうが多い。

「芸術祭はどなたかと約束を？」

「？　行く予定はありませんが？」

「え？」

　え？　なんで驚くの。王都に来て二年だけど、一度も行ったことないよ。だって面倒じゃない？　その間、有償で当番を代わってあげたら、向こうも休めるし、私は臨時収入が貰えるし、いいことだらけだ。

「今年はサーカスも来ますし、楽しいと思いますよ？」

「サーカス、ですか？」

　確か、大道芸みたいなものだと聞いたことがある。

「よかったら、一緒に行きませんか？」

　にこやかに言われた言葉が予想外で、一瞬何を言われたのかわからなかった。

「一緒に？」

「ええ。私と一緒に。サーカスのチケットが二枚あるので、付き合ってくれませんか？」

「ルカリオさんなら選り取り見取りでしょう?」

むしろ肉食女子が手ぐすね引いて待ち構えていそうだ。

なんで、私を?

ジッと見上げると、ルカリオさんは目を和らげて私を見つめていた。

「貴女だから、ですよ」

意味深な発言に心臓が跳ねかける。

こういう言い方をするから勘違いする令嬢が増えるんじゃないかな。

まぁ、気軽に誘えて、勘違いしない相手となると限られるもんね。

「私でよければ、喜んで」

「よかった。楽しみにしていますね」

選択の余地がないルカリオさんに付き合ってあげよう。事前にチケットを手に入れるほど楽しみにしているみたいだし。

……もしかして、一緒に行きたかった誰かと行けなくなったとか? それなら、下手に誰彼と誘えないよね。ルカリオさんみたいな好青年でも振られたりするんだ。意外だ。

「デートだと伝わっていますよね? なぜ不憫な目を向けられているのだろう……」

頑張れ。次があるさ。と心の中で応援していた私にルカリオさんの呟きは聞こえてなかった。

◆　◆　◆　◆

当たり前だが、王宮で働いている人たちには通いの者と住み込みの者がいる。千人を超える使用人のうち、侍従と侍女の大半は通いである。みんな王都の自宅などから通っている。

王宮の寮に住んでいるのは、私みたいに王都にタウンハウスを持たない家や、家庭の事情がある者とさまざまだが、その大半が独身である。

寮といっても、王宮の一角にあり独立はしていない。だが、入口はわかりづらくしているので、出入りは限られる。私の部屋もそんな寮の中にある。そんなに広くはないが、清潔感もあるし暮らすのに不便はない。何よりひとり部屋なので気楽でいい。

騒がしい友人が押しかけて来なければ……だが。

「見ぃたぁいのぉ。ねぇねぇ、アンナちゃん、いいでしょ？　お願い。お願い。お願いぃ」

涙目で可愛く頰を膨らませても、上目遣いで目をパチパチしても、女の私には効かないと学習しろ。いや、エレンの場合は計算じゃなくて天然だ。

「なんか、やだ」

「なんでぇぇ」

「そうそう。ケチケチしないでもいいじゃない。私たちの仲でしょ」

部屋に突然やってきた友人たちのお願いを一蹴に蹴散らす。エレンは半泣きで、ダリアは胡散臭《うさんくさ》い笑みを向けてきた。

「気になるじゃない。あのルカリオ・ガルシアン卿がアンナに贈ったプレゼントがなんなのかって」

腕を組んで扉に背を預けた姿勢のルネが、机の上に置いたプレゼントの箱に視線を流す。エレンがうんうんと首を縦に振っている。

そう。この綺麗なリボンがかかった箱は、ルカリオさんからのプレゼントなのである。

しかも、箱の表面には『ダラパール』の文字が芸術的に描かれている。芸術的すぎて、一見したところでは文字に見えなかったぐらいだ。女装倶楽部のお抱えデザイナーみたいになっているが、『アトリエ・ダラパール』は新進気鋭のデザイナーで有名なのだ。つまり、斬新で人気があって、お高い。

そんな店のプレゼントをなぜ？　それは私が聞きたい。宛名間違えてない？

「いや、でも、送り先を間違えたかもしれないし……」

「宛名にしっかりとアンナの名前が書かれているわよ」

だよね。私も三回ぐらい見たもん。

意味のわからない贈り物って怖くない？　いや、男の人から貰うのは初めてなんだけどさ。

「ほらほら、観念して開けなさいな」

私もなにが入っているのか気になる。………よし、開けるか。

箱のリボンを解くと。みんなが近寄ってきた。固唾《かたず》をのんで見守られる中、高級な箱を開けると、中に入っていたのは上品なワンピースだった。

深紅の上半身部分は同色の刺繍とレースで彩られ、濃い茶色でウエストラインを締めている。茶系のシフォン生地が重なったスカートは綺麗なグラデーションを生み出していた。

さすがアトリエ・ダラパール。シックな色合いなのに軽やかで上品だ。

見ていたみんなから感嘆のため息が漏れた。もちろん、私も素敵な洋服に見とれた。そして同時に恐怖した。

これ、絶対に高いやつ！

しかも、ワンピースに合わせた靴とバッグまで揃っている。

怖い。総額いくらになるの。

一緒に入っていたカードには、今度のデートを楽しみにしているというメッセージが書かれている。これを着てこいと？

以前、女装用品を一緒に買いに行ったときに去年流行った服をそのまま着て行ったことがあった。あの時のことを覚えていて、気遣ってくれたのかもしれない。

こんな高い服をプレゼントしてくれなくてもいいのに。まぁ、おしゃれな服なんて持っていないから、手持ちの服をリメイクしたところでたかがしれているもんね。

ありがたいけど申し訳ないな。

「せっかくだから着てみようよ。ね？　ね？」

「そうそう。似合うか見てあげる」

「ルネ、腕押さえてて。エレン、準備して。アンナ、じっとしてなさい。大丈夫よ、痛くしないから」

「自分で！　自分で脱ぐから！　……やめっ……あ、もぅ……剝くなあぁっ」

まるで追い剝ぎにあった気分で服を脱がされ、新しいワンピースに袖を通す。

嫌味なほどピッタリ。いつもなら余る胸の部分までピッタリ。ピッタリすぎて詰め物ができないくらいだ。ちっ。

揃いのボレロがあるからあまり目立たないからいいけどさぁ。

「似合うじゃない。可愛い、可愛い」

「化粧と髪もしなきゃね。上げる？　編んじゃう？」

「はいはーい。可愛くアップしたほうが似合うと思う～」

「え？　え？　ちょっ、まっ……」

「やるならとことんよ。任せなさい」

「これでもひと通りできるんだから。って、やだ、また化粧品増えてるんじゃない？

あ、これ使うわよ？」

エレンとダリアが髪を弄り、ルネが私の化粧道具を手にする。

なんでやる気を出してんの。みんな、明日も仕事あるんだよ？

私の疑問は無視され、変に気合が入ったエレンたちが満足するまで付き合わされた挙句『当日も可愛く仕上げてあげるからね』と約束してくれた。

なんでそこまで？　と思ったが、去り際に『ガルシアン卿のお友達を紹介してくれるだけでいいから』と言われて納得した。

確約はできないが、努力はしてあげよう。これも友情。決して面倒くさいからではない。

◆　◆　◆　◆

三日間開催される芸術祭が始まった。

三日あるので、初日はステラさん、二日目はミレーヌさんが休む。ルカリオさんとの約束は最終日なので、私の休みは三日目だ。

ステラさんは旦那様と、ミレーヌさんは婚約者とデートらしい。みんないいなぁ。

恋人とデートなの。なんて言ってみたい台詞だが、今のところ予定はない。

「アンナもガルシアン卿と出かけるのでしょう？」

「代理ですよ。お相手が行けなくなったみたいです」

「彼がそうおっしゃったの？」

「はっきりとではないですけど、そんな感じでしたよ？」

そう答えるとステラさんは不思議そうに首を傾げた。

「そんなお相手がいるなんて聞いたことがないのだけれど。むしろアンナに接する態度のほうがよほど……。まぁ、周りが騒ぐのも野暮よね」

ぶつぶつと呟いた後で納得してくれたのか、ステラさんは仕事の合間に芸術祭の話をしてくれた。

芸術祭は、劇場がある大通りがメイン通りになっていて、お店や通りで楽士が演奏し、画家たちが絵を描いているという。劇場以外でもお芝居や奇術などが開催されていて、とても賑やかなんだとか。

ステラさんは、国王夫妻と同じ回のオペラを観劇したらしい。第三王女と護衛に女性騎士のリリアン様もいたと聞いて、思わず吹き出しそうになった。

なにそれ。王妃と王女と関係のある女性騎士が一緒なんて、どんな三角関係。いや、四角？　面白すぎる。

しかも演目が『ミステリア』なんて笑うしかない。ドロドロの愛憎劇じゃん。浮気した妻が真実の愛のために夫を殺すやつじゃん。

ウケる。

もう、オペラよりも国王たちのいる貴賓席を見ていたいわ。どんな顔して見ていたんだろう。オペラよりも複雑かつ泥沼な面子じゃん。

国王様、肝が座っているのか、鈍感なのか。いやー、すごいわ。


そして、芸術祭最終日。

いつもより早い時間に叩き起こされ、エレンたちにああだこうだと弄られまくり、待ち合わせ時間にわずかな余裕を持って身支度が完成した。

……疲れた。

このままベッドに入って惰眠《だみん》を貪《むさぼ》りたい。

「なに疲れた顔してんのよ。これからでしょ！　背筋伸ばしなさいっ」

「お礼はイイ男の紹介でいいからね」

「大丈夫？　忘れ物ない？　下着の替えは持った？」

ダリアに背中を叩かれ、ルネがひらひらと手を振る。エレン、その忠告はどうかと思う。私は漏らすような赤児でも老人でもない。

どうせ三人ともルカリオさんのお友達狙いなんだろうけど、朝早くから身支度を手伝ってくれたことは素直にありがたい。それが半強制だったとしても。

朝からエレンたちとのやり取りで疲れた私に、迎えに来てくれたルカリオさんは爽やかすぎて眩しかった。しかも、服がどう見ても私のワンピースと揃えているのが丸わかりなのはこれいかに。

これじゃ、まるで恋人同士に見えてしまうんじゃないだろうか。いいんだろうか。いや、贈ってきたのはルカリオさんだから、いいんだろう。

「よく似合っていますね」

「あ、ありがとう、ございます」

ただの社交辞令なのに照れる。恐るべし、イケメン。

流れるようにエスコートされ、ガルシアン伯爵家の馬車に乗る。続いて乗ってきたルカリオさんが当たり前のように私の横に座った。二人乗りだから横に並んで座るのは仕方ないんだけれど、近いです。少し動いたら肩が触れる距離って普通なの？　友人として大丈夫な距離なの？

「すみません。他が出払っていてこれしかなかったんです」

「いえ、全然大丈夫です」

乗せてもらっている立場で文句を言えようもない。むしろ、距離感に戸惑う私がすみません。

馬車が走り出した振動のせいか、体が傾いてルカリオさんの肩にぶつかった。慌てて離れようとしたが、ルカリオさんの手が私の腰を支えてくれた。

「危ないので、到着するまでこのままで」

隙間がなくなった距離で囁《ささや》かれ、こくこくと頷いた。

到着するまでの短い時間、ルカリオさんの体温とふわりと香る匂いにドキドキしてどんな会話をしたかまったく記憶にない。

祭りで馬車の乗り入れが規制されているので、大通りの入口で馬車を降りる。エスコートされて外に出た途端に音楽が耳に届いた。見れば、街灯や建物には芸術祭の旗が掲げられ、普段よりも華やかに飾りつけられている。

音と人が溢れていた。

祭りのシンボルとなる旗のデザインは毎年公募によって選ばれるのだとルカリオさんが教えてくれた。

今年は剣を咥えた山羊の絵だった。山羊？　と首を傾げたくなる形と色をしているが、山羊らしい。私が知る山羊とは違う種類なのだろう。背景は薔薇だった。

芸術はよくわからない。

「どこか行きたい場所はありますか？」

「招待状を頂いたので、オーレン商会の『ミュゼ』というお店に行きたいです」

芸術祭前に開店したミレーヌさんのお兄さんのお店『ミュゼ』は美容専門店として人気になっているらしい。配合レシピを売った縁で招待状を頂いた。コレを見せると割引してくれるというのだから行かないわけにはいかない。

「こちらのようですね」

招待状に書かれた住所を確認したルカリオさんは、手を私の腰に添えて自然に歩きはじめる。

手慣れた様子に感心する。仕事か、プライベートか。詮索するのも野暮かな。

目的地は隣の通りらしい。繋がっている横道は建物の間にあるので少し薄暗い。

そういえば、春にこの近くで露出狂に遭ったなぁと愉快ではない出来事を思い出した。彼は無事に更生したのだろうか。まぁ、次に出会ったとしても無視の一択しかないけど。

「どうかしましたか？」

つまらないことを考えていたら、腰を引き寄せられた。

なんだ、この近距離。

「ちょっと考え事を……」

「それが私のことなら嬉しいですね」

すみません。露出狂のことです。

なんて言えるわけがないので曖昧に笑って誤魔化した。

てか、ちょいちょい腰を引き寄せるのやめてくれないかな。脇腹の肉が気になって仕方ない。最近、肉がついてきた気がするから。

馬車のときのように近づいた距離にドキッとしたが、ルカリオさんの向こう側で熱烈にキスを交わす男女が見えた瞬間に一気に冷めた。

どこで盛《さか》ってんだ。

ここは路地。人が行き交う往来。

端に寄っただけで隠れる気がないんだろうが、キスだけならまぁいい。だが、女性の胸を揉む手とスカートの中に侵入しようと動く手はアウトだ、アウト。下に伸びた女の手もアウトだっ。

祭りだからって浮かれやがって。

一組に気がつけば、細い路地の暗がりに似たようなカップルが何組かいることに気がついてしまった。

祭りの雰囲気で盛り上がったんだろうが、道端でやるな。帰ってヤれ。もしくは宿でも取ってヤれ。この露出狂共がっ。

芸術祭なんだから、大人しく芸術を鑑賞してろ。

「どうかしましたか？」

「ちょっと、催事における人間の行動パターンについて考えていました」

「なんですか、それは」

ルカリオさんは笑うが、ちょっと真面目に考えたのよ。

祭り気分で浮かれたバカどもはなぜ外で事に及ぼうとするのか。なぜ、人に見られる可能性が高い場所でヤるのか。これは一種の露出狂じゃないだろうか。

露出狂ならば無視が一番だろう。

隠れ切れてないどころか隠す気がなさそうな露出狂たちを全て無視して歩く。

ところで、ルカリオさんも気がついていると思うのだが、表情がまったく変わらない。さすが外交官。顔面操作がお上手である。

出口の大通りが見えたとき、前方に迷子らしき女の子が見えた。不安げにキョロキョロと見回している。服装から見ても裕福そうな家の子どもだ。

泣きそうな雰囲気に足を速めようとしたとき、ひとりの紳士がその子に近づいていた。

その紳士を見て、私は一直線に駆け出した。

背後でルカリオさんが何か言ったけど、そんなもん後だ、後！

履き慣れない靴を鳴らして一気に女の子に駆け寄る。

「お嬢様っ‼」

叫べば、前方の人たちが何事かとこちらを見てくる。女の子も私を見た。

「お嬢様っ。お捜ししましたよ」

紳士から隠すように女の子を抱きしめ、耳元で「お母様に頼まれて捜してたんですよ」と囁いた。

女の子がビックリしているうちにさっと抱き上げて「さぁ、戻りましょうね」と微笑んでその場を離れる。背後で舌打ちが聞こえた。

逃げるが勝ち。急げ、急げ。

「ほんとに？　お母さまとあえる？」

不安そうな幼い声に、自信たっぷりに笑いかける。

「もちろんです。ご自分の名前と、お母様かお父様のお名前は言えますか？」

「アイネの名前はアイネよ？　お母さまはエリーで、お父さまはラルフよ」

「まぁ、上手にお答えできましたね。私はアンナと申します」

「だって、もう五さいでしゅもの。りっぱなれでぃなのよ」

胸を張るアイネちゃんをすごいすごいと褒め称える。たまに噛むしゃべり方が可愛すぎる。

両親の名前以外に手がかりはないかとアイネちゃんの洋服を見るが、特に見当たらない。紋章とかあればよかったのだが。

　とりあえず、巡回の警備兵を捜そうと首を巡らす。もしくは騎士。祭りで人が増えるので、騎士団のひとつが巡回して警備をしているはず。目印は騎士団の黒地に赤ラインの制服と胸にある鷹のエンブレムだ。

「アンナさん。いったいどうしたんですか」

　その間にルカリオさんが追いついてきた。

「すみません。迷子を見つけたので……」

　言いかけて、ルカリオさん越しに誰かを捜している様子の人を見つけた。

　アイネちゃんに「あの人知ってる？」と聞けば「リジーだぁ」と嬉しそうに笑った。アイネちゃんの家の使用人だろうリジーさんに近づけば、やはり当たりで。アイネちゃんは無事に家族の元に帰れた。

　別れ際に手を振ってくれたアイネちゃんがとても可愛かった。

「それで、なぜ走る必要があったのですか？」

　ルカリオさんの問いに、周囲を見渡してから道の端に寄った。

「アイネちゃんに近づこうとした男がいたんですけど、いろいろとよくない噂がある男の風貌に似ていたんです。だから、先に保護しようと思って……」

　間違いなら間違いでも構わない。当たっていたほうが恐ろしい。

「よくない噂とは、なんですか？」

「……子どもの誘拐です」

「犯罪じゃないですか」

「確証はないんです。近くでそういう男を見たとか、家の周りを探っているようだったとか。そういう男が働いている屋敷の変な噂があったりで」

全部噂の域を出ないものばかり。証拠もなにもない。しかも、疑惑の屋敷の持ち主はおいそれと手が出しづらい貴族ときている。

「ですが、子どもの誘拐なんて大事件を聞いたことはありませんよ」

「たぶん、数日で帰ってくるので事件にならないんですよ」

「帰ってくるのですか？　身代金もなく、無事に？」

「はい」

これは、メイドたちの噂とほぐし屋などで聞いた話だ。

十歳以下の子どもに興奮する変態貴族がいる。その変態貴族が誰なのか知っている人は多い。そして、生半可なことでは捕まらないことも。誰もが黒だとわかっているのに、絶対の確証がないから黒と断罪されない。権力って厄介。

狙われるのは幼い子ども。

子どもたちは攫《さら》われても三日以内には見つかっている。怪我も汚れもなく、お土産という箱を持って家の近くで発見される。

子どもたちが言うには、体を触られて気持ち悪かったけど、男の人は優しかったしおいしいものを食べさせてくれたと話す子が多かった。

「誰も訴えないのですか？」

「誰が訴えるんですか？」

対価のように持たされた高価な品物と、子どもの曖昧な証言。下手に騒いで子どもや自分たちに要らぬ傷がつくのを嫌がる親。返却のできない『高価なお土産』は無言の圧力だ。

立証は難しく、証拠はないに等しい。

結果、黒い噂が這うように囁かれ、限りなく犯人に近い者は野放し状態。

悔しいと怒りを滲ませたメイドがいた。憤慨する兵士がいた。

戻ってくる子はまだいい。市民街では誘拐された子どものほとんどが戻ってこないと聞いた。

「その貴族の名前を聞いても？」

「好奇心は猫を殺すそうですよ」

「猫ではありませんから」

ニコリと微笑むその顔を見つめる。

言ってどうなるのか。ただの好奇心なら知らないほうがいい。だって、どうにもならない。

「こう見えて、鷹の友人は多いんですよ」

「……獅子の尻尾を踏むかもしれませんよ？」

「獅子の子を起こすいいきっかけとなりますよ」

微笑みながらも真剣な眼差しに、少しだけ躊躇った後で噂の貴族の名前を告げる。

その名前を聞いたルカリオさんは表情を変えることなく「そうですか」と呟いた。

もしかしたら知っていたのかもしれない。

「少し時間はかかるでしょうが、子どもも親も安心して歩けるようになると思いますよ」

ほんの少しだけ期待しながら「期待しないで待っています」と返した。

だって、相手は王妃の身内だから。

期待はしない。でも、そうなればいいと、心から思う。

◆◆◆◆

美容品店『ミュゼ』は、開店したばかりなこともあり盛況だった。緑が多い店内は明るく女性受けしそうな造りになっている。やけに鏡の数が多いのが気になったが、自分に見惚れているお兄さんを見つけていろいろと察した。

自分が配合した化粧品が綺麗な容器に入って販売されているのを見ると、嬉しいような照れくさいような、不思議な気分だった。

招待状のおかげで割引価格にしてもらったので、いろいろと買いまくった。

ルカリオさんがシェービングソープを手に取っていたことは衝撃的だった。

そうだよね。男の人なんだから、そりゃあ生えるものは生えるよね。当然といえば当然なんだけど、髭とか男臭い物とは無縁だと思っていたから、驚いた。マジで二度見した。

髭のある顔なんて想像つかない。ボーボーな臑毛《すねげ》とかもじゃもじゃな胸毛とか。……いや、いや、ないない。ないったらない。

ダメだ、毛は全力で忘れよう。


その後は、小洒落たお店で野菜多めのおしゃれランチを食べて、王都でも二番目に大きなリベット美術館へと足を運んだ。

百年ぐらい前の王妃が建てた美術館で、新進気鋭の芸術家の作品を多く展示することで有名らしい。有名画家とか有名彫刻家の名前を挙げられたが、ふたりぐらいしかわからなかった。

だって、興味ないし。

縁のない芸術家は正直どうでもいい。肝心なのは、この美術館で手芸の展示販売会が開催されているということだ。

気に入った作品が購入できるが、展示が終わってから購入者へ納品される。ただし、ハンカチなどの小物類は購入して持って帰ることができるそうだ。

刺繍好きの義姉から強制的に課せられた宿題が思っていたよりもよくできたので、私も宿題のタペストリーとハンカチを数点出品している。恐らく早々に売れているだろう私のタペストリーもまだ展示されているはず。せっかくなので展示されている姿を見にきたというわけだ。

「どんな作品なのか楽しみです」

「自分で言うのも烏滸《おこ》がましいですが、力作です」

構図や色にもこだわった。義姉に訂正とか指摘をバンバン食らって手直しをしたもんなぁ。頑張ったよ、私。

美術館一階で開催しているそこは、なかなか広くて、思ったよりもたくさんの作品が飾られていた。義姉と同じ刺繍好きって意外と多いようだ。

展示室にはタペストリーだけでなくリボンやショールなども展示していた。本当に種類が多くて、なんだか展示というより雑貨屋のようだ。

売却済となる赤色のリボンがつけられた作品も多い。興味深く見ながら自分の作品を探していると、奥のスペースだけぽっかりとまるで何かを避けるように空間が空いていた。

奇妙に思いながらも近づけば、奥の端の壁にかけられていたのは私の渾身の作品だった。

どうして避けられているのか、首を捻りつつも見れば赤いリボンがついていない。

「ええ⁉　なんで売れてないの？」

マジで？　なんで？

驚く私の横で、ルカリオさんもタペストリーを見上げた。

「これが、アンナさんの作品、ですか……」

タペストリーの迫力に気圧されたのか、魅入っている。

「はい。英雄王の奥さんサメロンが愛人を惨殺して食卓に並べた有名な場面です。タイトルは『狂宴』にしました」

「狂宴……」

作るのがもう大変だった。死体愛好家の疑いがある医者に会い、さまざまな赤色の糸を使い、義姉にダメ出しを食らってからの手直しをさせられ、苦労の末にようやく完成したのだ。配色も立体感を出すための凹凸もよくできたのに。

「何で売れてないんだろう？」

場所が悪いんじゃない？　こんな端っこだし。責任者に文句でも言ったほうがいいのでは？

「お前、それ正気で言ってんのか」

後ろからあきれた声が聞こえたので振り向くと、ベネディクト子爵がいた。

うおっ、いつのまに。

「どうしたんですか。ここ美術館ですよ？」

「何が言いたい」

いや、美術館という意外な場所で会うとは思わなかったし。しかも、お連れ様がいないという、珍しい状態。

まさか、女好きで常時恋人が複数いる子爵様が振られたなんて面白いことになっているとか？

「今、失礼なことを考えただろう」

「滅相もない」

「考えたんだな」

しまった。秒で返事をしたのがまずかったか、子爵は無駄に綺麗な顔で不敵に笑うと、一歩踏み出した。合わせて私が一歩後退すると、頼もしい背中が私を隠した。

「お久しぶりです。今年は侯爵家が主催と聞いておりましたが、まさか貴方がいらっしゃるとは思いませんでした」

「父から押しつけられたんだよ。暇なら手伝えとな」

「ご立派なことです」

ルカリオさんの言葉に、子爵は眉を上げて肩をすくめた。

「そんなことより、お前が女連れだなんて珍しいと思ったら、よりにもよってこいつだとはな」

「お誘いする方は選んでいますから」

「へぇ……物好きなことだ」

「常に自分の感性が一般的だと思わないことをお薦めします。こと、女性に関しては」

「確かにな。さまざまな女性に魅力があると思うが、お前の好みは俺と被らないようだ」

「名高いユリウスが競争相手ではないとは、ありがたいですね」

ふたりとも知り合いなのだろう。仲良く話し始めたので、私はタペストリーに向き直って不備がないかチェックを開始する。

作品に汚れも傷もない。斜めにかかっているわけでもない。義姉のスパルタ指導のおかげで、仕上がりも問題ない。

なぜ売れぬ。

やはり場所だろうか。こんな端っこでは目に留まりにくいと思うんだよね。ここは、真ん中にドーンと飾ってもらったほうがいいんじゃないかな。

思案する私の耳にコツと靴の音が聞こえた。横を向けば、奇抜な衣装の美少女が私の作品を見上げている。

なんというか、とても独特なセンスの子だ。

サラサラの黒髪の上に乗せられたトーク帽子は黒薔薇と濃い紫のベールで飾られている。黒に近い紫色のワンピースには帽子と同じ黒薔薇の飾りと黒のレースとフリルがふんだんに装飾されている。祈りに組まれた手を覆うのは薔薇の刺繍が入った黒の総レースの手袋。全身がほぼ黒色で出来上がっている。

メイクも独特だ。くっきりと太く描かれた眉。一直線に切られた前髪の下、パチリとした大きな目を黒のアイラインでぐるりと縁取っている。アイシャドウはキラキラと輝く紅色で、涙袋はうっすらと白い。小さな唇の色は深紅。

肌の色が白いので顔のパーツがどれも強調されて見える。

色といい、メイクといい、おとぎ話の魔女のようなのに、可愛い服と顔立ちで黒いビスクドールみたいだった。

「素敵……」

彼女は両手を組んで祈るようにタペストリーを見上げている。

おぉ。やっと、この作品を理解できる人がやってきた。

そうでしょう？　と心の中で賛同する。

彼女は頬をバラ色に染めてほぅと吐息を漏らした。

「素敵だわ。なんて綺麗な血のグラデーションなの。血の気の失せた生首も綺麗だわ。ゾクゾクしちゃう」

恍惚とした表情は、封印したヤバイ医者の記憶を掘り起こす。なんだろう、不安がよぎる。

「もう少し暗くて陰鬱としていたらもっと素敵になりそうなのに。残念だわ」

「え？　いやいや、この明るさでいいんですよ。明るく爽やかな背景のほうが狂気じみた食卓を映えさせるじゃないですか」

残念そうな声に思わず反論してしまった。だって、そこは譲れない。暗い題材に暗い絵なんてありきたりで面白くないじゃないか。

美少女は驚いた表情で私を見た。化粧のせいか目力半端ない。

「そうかしら？　サメロンの夫への愛憎がどす黒く渦を巻いているほうが似合っているのではない？」

「この場面は、愛人への復讐と夫への仕返しです。胸の内にひた隠した感情が食卓。取り繕う仮面が明るい背景なのですよ」

「まぁ……そう。そういう解釈なのね。光の中に色濃く溜まる悪意。見えないからこそ駆り立てられる想像力ね。ふふ。いいわ、素敵だわ。嫉妬も悋気も全て内に抱えて聖女のように微笑む悪女。そういう解釈も素敵ね。ふふふ」

おぅ。何やらどこかに旅立っておられる。

本当は、そんなに深く考えてない。明るいほうが食卓の凄惨さが目立つなぁとか、白いほうが血の赤が目立つよねとか、そんな感じです。選んだ場面もインパクト重視だし。

言わないけど。

何かとても深く読み込んでいる彼女に水をさしちゃいけない。私は貝になろう。

しばらくタペストリーを眺めていた彼女の深紅の唇がニィと弧を描く。年齢にそぐわぬ艶然とした笑みが板についていて、腕にぞわりと鳥肌がたった。

「これを頂くわ。手続きをしてちょうだい」

美少女がタペストリーを指し示せば、シンプルな黒いワンピースを着た女性が音もなく進み出て近くの職員に話しかける。お付きの人だろうか、影が薄くてビックリした。

話しかけられた職員も周囲にいた人たちも何故か騒《ざわ》ついている。

わかる。今まで気配なかったからビックリするよね。

私と彼女の間に子爵が割って入ってきた。

「失礼、レディ。本気でこの作品をご所望ですか？」

失礼なのはその発言だと子爵の後頭部を叩いてやりたい。職員さんまでもが「本当にお間違いありませんか？」と聞いている。

え？　驚いていたのそっち？

「そうよ。聞こえなかったのかしら？」

お買い上げありがとうございます。

「では、こちらで手続きをさせて頂きます。お手をどうぞ」

いち早く正気に返った子爵がさりげなく手を出してエスコートを申し出る。

守備範囲が広いな。対象年齢の幅を聞いてみたいが、ドン引きそうな広範囲を答えられそうな予感がする。

とりあえず、警備兵に捕まる真似はしないでほしいと思う。

あ、拒否られた。けけっ、ざまぁ。

「売れちゃいましたね」

「売れちゃいました」

ルカリオさんがぽつりと呟き、私もオウム返しで呟いた。それがなんだかおかしくてふたりで顔を見合わせて笑った。

「ワインでお祝いしましょう」

すっと差し出された手をじっと見てから手を重ねた。

「奢《おご》ってくれるんですか？」

「もちろんです」

ディナーの楽しみが増えた私は上機嫌でルカリオさんと美術館での鑑賞を楽しんだ。

後日、タペストリーを購入してくれた少女が「ネクロズの魔女」とも呼ばれるネクロズ男爵夫人だと知ることになる。

あの外見で三十過ぎているなんて驚きしかない。しかも二児のお母さんだというから、更に驚いた。

若く見える外見のせいで黒魔術をしているだの悪魔と契約しただの妙な噂がある。真偽はわからないが、私のタペストリーが怪しげなことに使われないように願うばかりである。


美術館で開催されていた近代絵画展は、わからないなりに面白かった。

丸と四角の重なった絵や、荒々しい波の中に溺れた人がいる絵、白いキャンバスに凸凹の一本線が描かれた絵など、解説を聞いても、よくわからなかった。

芸術は難解である。

美術館の後は、メイン通りを楽しみながら歩いた。

路上ではパントマイムを演じる人やバイオリンを弾く人、絵を描く人、と、さまざまな人がいた。中には、精巧な彫刻かと思って見ていたら急に動き出すから「ぎょえ」なんて悲鳴を上げてしまった。人間なら瞬きぐらいしてほしい。

祭りらしく、賑やかで華やかだ。

陽が落ち始めた通りに灯りがかけられていく。たくさんの灯りで照らされた大通りは、どこか幻想的で昼間とはまったく違う顔になる。

劇場が並ぶ一角に設営されたサーカステントが最終目的地だ。普段は広場になっているそこは、大きな三角屋根のテントになっていて、入口でクラウンがチケットを確認している。ルカリオさんがチケットを見せると滑稽な動きで歓迎してくれた。

テントの中は中央が窪んだ舞台になっていて、一段上がった座席はテーブル席になっている。案内されたのは舞台に近い席だった。

席に座るとテーブルにシャンパンが置かれる。なんとサーカスを見ながらディナーが食べられるというのだ。見るか食べるかどっちかにしろ。と最初は思ったが、実際に来てみるとわくわくしてしまう。

「すみません。一番いい席が取れなくて」

謝られたが、正面の隣の席なので観覧するのに何の問題もない。

「ここもすごくいい席ですよ。ルカリオさんは前にもサーカスを見たことがあるんですか?」

「ええ。でも、女性と来たのは今日が初めてです」

見つめられながら言われた言葉に顔が熱くなる。社交辞令とわかっていても気恥ずかしいもんだね。

同じ台詞を子爵が言ったなら「うそだぁ」と笑ったことだろう。

初めて見たサーカスは、文句なしに面白かった。

上空での綱渡り、可愛らしい子犬たちの演技、手に汗握るナイフ投げ。初めて見たライオンはちょっと怖かったけど、鞭を振るう猛獣使いに熱い眼差しを送る変態が視界に入らなければもう少し楽しめたと思う。

クラウンたちは戯《おど》けながら舞台をコミカルに動き回って笑わせ、客席までやって来てメインディッシュ前の口直しを配ってくれた。

メインディッシュが運ばれてくると、舞台では歌に合わせて綺麗な女性が軟らかい体でくるくると回ったり、垂れ下がった布を使って逆さになったりして優雅に踊っていた。

人間ってこんなに綺麗に動けるものなのかと感動する。

今更ながら、ここのチケットが早々に売り切れた理由がわかった気がした。そりゃミレーヌさんたちが羨ましがるはずだ。

ルカリオさんが一緒に来たかった相手って誰なんだろう。お茶会のメンバー？　仕事で知り合った人？　まさか、ロッティちゃんとか？

気になる。気になるけど、迂闊に聞けないよなぁ。

複雑な胸中とは裏腹にデザートのガトーショコラは大変美味だった。

拍手喝采で終わったサーカスはとても楽しかった。テントから出る誰もが笑顔だ。かく言う私も興奮気味にルカリオさんと感想を言い合っていた。

「初めての芸術祭はどうでしたか」

迎えの馬車に乗るとルカリオさんに聞かれた。やはりというか、肩や腕がピタリとくっつく距離である。……うん、まぁいいか。

朝から支度に大変だったし、誘拐犯（未遂）に遭遇もした。だけど……。

「楽しかった、です。とても楽しかったです。誘ってくれて、ありがとうございます」

「私も楽しかったです。付き合ってくれてありがとうございます」

互いに笑みが溢れる。

うん。楽しかった。来年も行ってみようかと思うぐらいには楽しかった。できるなら、傾向と対策を練ってまた刺繍作品を出品したいし、今日は行かなかった場所も行ってみたい。

「来年も行きましょうね」

「そう、ですね」

一緒に行こうと言ってくれたのかな。社交辞令でも、ルカリオさんも楽しかったと思ってくれたなら嬉しいな。

馬車が止まり、扉がノックされた。

ルカリオさんが先に出て私の手を取りエスコートしてくれる。

周囲が暗いことに違和感があって見回すと、知らない場所だった。王宮ならば防犯の意味もあって灯りが絶やされることはない。

明るい月夜に浮かび上がるのは、蔦が這うアーチの門と背の高い木々だった。

「……公園？」

「今夜は月がとても綺麗だから、もう少しだけ付き合ってください」

差し出された手を取ると軽く握られ、そのまま歩き始めた。繋いだ手は私の手よりも大きくて骨張っていて、それはやっぱり女の人のものとは違ってちゃんと男の人なのだと主張していた。

繋いだ手を辿って視線を上げると、月光に照らされた横顔はどう見ても男にしか見えない。改めて認識してしまえば、手を繋いでいることがどうしようもなく恥ずかしくなった。

頬が熱い。

夜でよかった。たぶん、いま変な顔をしているはず。空いた手で元に戻そうと頬を押さえてみたが、効果はあまりなかった。

照れ臭くて無言になったが、なぜかルカリオさんも無言のまま。静かな空気を壊すのがもったいなくて、月夜の風景を楽しみながら歩く。

遊歩道に沿うように植えられた木々は昼間ならば紅葉が楽しめただろう。木々の合間にある低木や花々もひっそりとしている。側に小川も流れているのか水の流れる音が心地よい。

周囲はほのかに明るくて、空を見上げれば輝くような綺麗な満月が浮かんでいた。

雲もない夜空に、蜂蜜を溶かし込んだような淡い金色の満月。月が輝きすぎて、星々は遠慮がちに瞬いているみたい。

王都でこんな綺麗な夜空を見たことがない。

王宮は夜も灯りが絶えないし、体力的にも気持ち的にもゆっくりと夜空を見ることなんてなかったかもしれない。

見惚れるほど綺麗な夜空の下、ふたり分の足音と虫の声を聞きながら進んだ先には花畑があった。

「うわっ……綺麗」

真っ白な花弁を咲かした小さな花は、月光を受けて花自体が光っているように見えた。月下で光る一面の白い花は、ただただ美しい。

それ以外に言葉はなく、幻想的な光景に魅入っていた。

どれほど時間が過ぎたのかわからない。ほんの少しかもしれないし、長かったかもしれない。

繋いでいた手をギュッと握られて、横に立つルカリオさんを見上げる。明るいから、夜なのにルカリオさんの表情がよく見えた。いつも微笑んでいるような穏やかな顔なのに、今はとても真剣な顔をしていた。

初めて女装をしたときの緊張した表情とも違う、ひどく真面目な顔で、なぜだか心臓がどくんと跳ねた気がした。

向かい合うように立ち、繋いだ手を持ち上げられる。ルカリオさんの顔から目が離せないまま、私の指に唇を落とすその仕草を呆然と見ていた。

指から離れた唇が弧を描く。いつもと同じように目を細めて微笑むルカリオさんから目が離せない。

「アンナさん。貴方と出会って、貴方を知って確信が持てました」

なんだろう。この流れって、もしかして？

「これは運命だと」

いやいや、待て、待て。待ってくれ。

まさかの告白⁉

「貴女に真実の愛を捧げます。どうか、私と結婚してください」

うっとりと告げられたプロポーズに、私の頭は真っ白になった。

は？

いや、ちょっと待て。え？　プロポーズなの？

お付き合い飛ばして結婚って、なんだ。

え？　どういうこと？

驚きすぎて何も言えない私を気遣って「返事は急ぎません」と言ってくれ、さらに紳士的に送ってくれたが、そうじゃない。そうじゃないいんだよ。

なんで、どうして、プロポーズなんだ！　すっ飛ばすにも程があるだろ！

しかも『運命』とか『真実の愛』ってなんだ、それ!! そんなもん感じたこともないわ！

自室でようやく我に返り、雄叫びを上げたせいで隣室のダリアに怒られた。

◆◆◆◆

黄色く色づいた葉が風に吹かれて舞い落ちていく木々に囲まれた西庭の、秋の花がひっそりと咲く中央で、彼は右手を高く掲げてふんすと鼻を鳴らした。

「見よ！ この聖なる文様を！ 我こそきゅうこくの英雄なるぞ!!」

左手を腰に「わーはっはっは」と悪役のような高笑いをかましている。

もう少し声量を落とせ、クソガキ。

注意しようかと思ったが、私よりも先にお付きの侍女イリーナがわたわたと止めに入ったので引き下がった。これで止めないなら次は強めに脅……説得しようと思う。

さて、この英雄になりきっているクソガ……お坊ちゃまは、シベルタ帝国のルキアーナ伯爵の末っ子である。今回の来訪は伯爵だけと聞いていたのだが、好奇心旺盛なお坊ちゃまはむりやり使用人の馬車に乗り込んでついてきたらしい。気がついたときには帰らせるには距離があり、仕方なく同行を許したそうだ。

行動力がありすぎる。

運悪く担当になった私は、伯爵が仕事で出かけている間、伯爵家の侍女イリーナと共に子守を頼まれたというわけだ。

子守ぐらい楽勝と思っていたが、やってみるとかなり大変。今年七歳になったお坊ちゃまは体力お化けだった。昨日からずっと走り回っている気がする。おかげでうだうだと悩む暇がない。

ルカリオさんに「真実の愛を捧げる」とプロポーズされて三日経った。

彼の「真実の愛」について問いただしたい。そんなもんどこにあった。どこから湧いた。そんな素振りなかったよね？　てか、ルカリオさんって異性愛者だったんだ。なんとなくほっとした。……いや、違うそうじゃない。

プロポーズだよ。なんで？　どうしてプロポーズ？　恋人すっ飛ばして伴侶ってなに？　意味わかんない。

確かに、ルカリオさんに好意はある。好きか嫌いかでいえば好きだ。ただ、それが結婚したいぐらいの好きなのかと聞かれたら、わからない。だって、考えたことがないんだもん。

だいたい、そんな素振りあった？

ないよね。なかったよね。今度会ったら「冗談ですよ」って言われたほうが納得しそう。ムカつくけど。喜んでいるのか、がっかりしているのか、怒っているのか、自分でも整理できない感情がぐちゃぐちゃで大声で叫びたくなる。

もうやだ。今は考えたくない。

だから、子どもの相手をしてくたくたに疲れ果てるのはありがたかった。

「アンナ！　もう一回、もう一回かいて！」

お坊ちゃまが赤く汚れた右手を突き出しながら駆け寄ってくる。

「こすっちゃだめだとお伝えしたじゃありませんか」

「だって、虫が飛んできたんだもん」

汚れた右手の甲に化粧水をかけてハンカチで拭《ぬぐ》う。綺麗になった手の甲に、口紅を含ませた小筆で模様を描いていく。描くのは蔦模様を真似たもので、トイレの壁紙の柄が元なのは内緒である。

「はい。できましたよ」

「ありがとう」

きらきらした目で手の甲を見ながらお礼を言ってくれる。こういう表情は子どもらしくて可愛いんだよなぁ。

「よし。魔女退治をするぞ。アンナが魔女で、イリーナは魔女に捕まった村人だ」

右手を振り上げてお坊ちゃまが高らかに宣言する。

イリーナと視線を交わし、互いに「やるか……」と諦めのため息を吐いた。彼女もまさか子守をさせられるとは思ってみなかったことだろう。人生何が起きるかわからないもんだよね。

子ども向けの英雄王のお話は、神の啓示を受けて仲間と共に世界を旅して開くと戦う冒険小説なものが多い。大人向けになると愛憎劇が増えて、血なまぐさいエピソードも多くなる。

子どもにとっては勧善懲悪でわかりやすいので、人気なのはわかる。わかるけど、この年でごっこ遊びはキツイ。

「村人を離せ、あくらつな魔女め！」

「あーはっはっは。やってみるがいい英雄王め。この女がどうなっても知らないぞ」

「くっ。ひきょうものめ。この聖なる光を受けてみよ」

聖剣という名の木の枝を大きく振りかざす。ちゃんと手の甲の模様をこちらに向けてくる芸が細かい。そこから光が出ている設定なのだろう。

眩しそうに目を細め、私は「きゃあああぁ」と悲鳴を上げながら崩れ落ちた。横でイリーナが「アンナさん上手です」と褒めてくれるが、村人は早く避難してもらいたい。

目を閉じたままお坊ちゃまの勝利宣言を聞いていると上から影が差した。

「また笑いの発作か？」

見上げた先でベネディクト子爵があきれた顔で私を見下ろしていた。

子爵に見惚れていたイリーナにお坊ちゃまの相手を任せて、少し離れる。

「可愛い子だな」

「帝国の伯爵家に使えている子ですよ。火遊びは他でお願いします」

「あの子どものことだ」

えっ、ついに幼児趣味にまでなったの⁉　その上男の子⁉

「純粋に子どもを可愛いと思っただけだ。その汚いものを見る目を止めろ。こら、あからさまに距離を取るな」

いや、だって、本当に？

まぁ、子爵の相手は出るとこが出ている女性ばかりだったし。いや、でも、子爵だし。うむむむ。

「こんなことで迷うな。お前の中の俺はどんな奴なんだ」

「さすが本人を前にしては言えません」

「碌《ろく》でもないということがよおぉぉくわかった」

眉間に皺を寄せて深々とため息を吐く。

なんで私のほうが悪いような空気出しているんだ。悪いのは子爵の普段の行いじゃないか。決して私のせいではない。

「そんなことよりも、早くください」

両手を揃えて差し出せば、これ見よがしに長い長いため息を吐いた。

なんなんだ。失礼な。

子爵はこの前の芸術祭での売り上げを持ってきてくれたらしい。わざわざ申し訳ないが、それも仕事の内だから遠慮などしない。早く、ください。

期待を込めて見上げていたら、渋々と取り出した一枚の紙片を私の手に乗せた。

なんだ、これ。

紙片には金額と小さな文字とサインが書かれている。

子爵の説明では、これを銀行に持っていくと記載された金額と換金してくれるらしい。

なんて便利。これなら、家に送金するのも楽かも。……ダメだ。銀行がある街まで距離がありすぎる。うちがど田舎すぎて無理だ。

「付き合っているのか？」

「はい？」

お金に化ける紙をポケットの奥にしまい込んでいると子爵が話しかけてきた。

「だから、付き合っているのか？」

「誰と誰が？」

「だから、お前とルカリオだよ」

なぜか不機嫌そうに予想外のことを聞かれた。

「つきあっては、ない、です」

うん。まだお付き合いはしてない。プロポーズはされたが。

余計なことを思い出して咄嗟に近くの壁に頭をごつんとぶつけた。痛い。

そうだ。付き合ってないんだよ。それなのに、プロポーズ。私のどこを見て、なにを知って、そんな結論に至ったのか謎すぎる。

だいたい、「真実の愛」ってなに？　どこに生えていたの。いつ発生したのかも知らないよ。

そんなものを急に捧げられても困ってしまう。

私は、どうしたらいいんだろう。

返事は急がないと言われたけれど、しないわけにはいかない。　プロポーズも告白も初めてなのに、どうしていいのかまったくわからない。　出口のない迷路をぐるぐる回っているみたいだ。

頭を抱えかけたら、突然、頬をむにっと摘《つま》まれた。

「にゃにすうんでふか」

正面に立つ子爵を睨んで頬を摘む手を叩けば、あっさりと外れた。

「そんな顔をするなら、俺にしておけよ」

「はい？」

痛みはないが頬をさすっていたら、子爵が珍しく真面目な顔をしていた。

横の壁に手を突くと上半身を前に倒してきた。近づいた拍子に束ねた髪が光を受けてきらりと光る。相変わらず顔だけはイケメンだな。

「俺と、付き合えよ」

「嫌です」

「……………」

あ、崩れ落ちた。

「速攻で断るか？　俺だぞ？　……俺なんだぞ？」

なぜ二回も言った。

いや、貴方だからでしょう。常時片手はいる彼女のひとりとか、普通に考えて嫌だわ。ないわー。

それよりも立ちませんか？　無理？　そうですか。

仕方ないので私もしゃがみ込む。

「だって、私のこと恋愛的に好きではないでしょう？」

「そんなことは……」

「私が知っている今までの恋人たちと私の共通点って、性別以外にないと思うんですよ」

顔を上げた子爵はじとりと私を見つめると、眉間に皺を寄せて押し黙った。否定しろとは言わないが、せめて何か言え。失礼だな。

しばらくすると、眉間をもみほぐしてすくっと立ち上がったので私も立ち上がる。よかった。ちょっと足が痺れかけていたから。

今度は正面からじっと見下ろされる。真面目な顔で見つめられると、居心地が悪い。せめて笑って「冗談だよ」と言ってくれたらいいのに。

「口は悪いし体つきも貧相だが、言動は面白いし、見ていて飽きないんだよな」

「喧嘩をお売りになられていらっしゃるのでしょうか？」

買うぞ？

顔面に力を込めて笑顔を作り、拳を握りしめる。顔にしようか、腹にしようか。

「待て待て。物騒な顔をするな。褒めているだろうが」

ど・こ・が？

「あー、いや、悪かった。俺の周りにいないタイプだから、調子が狂うな。……とにかく、慎ましやかな体型なんて気にならないぐらいに魅力があるということだ」

やっぱり喧嘩を売っているだろう？

足先を踏んでやろうかと思ったが、珍しく決まりが悪そうな顔をしているので気勢が削がれた。

「恋人は無理ですけれど、友人なら歓迎しますよ」

周りにいないタイプだから興味が出ただけで、恋人になったらすぐに飽きると思うんだよね。私だって、複数の恋人を持つ彼氏なんて御免被りたい。無理。生理的に無理。

ただ、子爵が嫌いかと問われたら、そうでもない。意外と愉快な人だし、気前はいいし。お肉とか、お肉とか奢ってくれるし。

「友人か……。女性の友人は初めてだな」

「マジか……」

あ、ヤバい。つい本音が。

つまり、子爵の周りの女性は付き合っているか、いないかの二択しかないということか。感心したらいいのか、あきれたらいいのか。

まぁ、子爵らしいかも。

「ベネディクト子爵の初めてのお相手になれて光栄でございます」

気取って挨拶をすれば、子爵はきょとんと目を丸くしたあと声を上げて笑った。少年のように邪気のない笑顔だったので、思わず見惚れてしまった。

「そんな顔で笑えるんですね」

いつも余裕綽々とした気取った笑顔ばかりだから、意表を突かれた。

「どんな顔だよ」

「うーん。悪くない笑顔？」

表現しづらいな。子どもみたいって言ったら怒られる気がする。

「俺の魅力に今さら気がついたのか？」

「あ、そういうのはいいので」

「友人を口説くか。深読みをするな」

いや、深読みもなにも、そういう風にしか聞こえないから。

まさか男性の友人にもこんな接し方なんだろうか。

「言い方が紛らわしいんですよ」

「仕方ないだろう。女性の友人なんて初めてだから慣れてないんだよ」

「初めてなら優しくして差し上げますよ？」

「ぬかせ」

からかい半分で提案すると、子爵はにやりと笑っていたが、その耳はほんのりと赤かった。

その後、お坊ちゃまの英雄ごっこ第二弾に巻き込まれたが、子爵はさらっと逃げやがった。

早くも友情の危機である。

◆　◆　◆　◆

『考えるな。感じろ』

先達はいいことを言った。とりあえず、返事はまだ先でいいと言われたのだから、今は考えないで仕事をしようと思う。

そう、仕事。とりあえず仕事。余計なことは考えるな、手を動かすんだ！　動け、私！

「アンナ、これを外務省にお届けしてね」

「……はい」

ステラさんから物凄くいい笑顔で書類を渡された。

来月訪問予定の要人リストと担当表の提出なんて私には荷が重いとも断ったが「これも経験よ」と押し切られてしまった。先輩に逆らえるはずもなく、とぼとぼと外務省へと向かう。

せっかく入れたばかりの気合が急速に減っていく。あぁ、行きたくない。

ルカリオさんからプロポーズされたことが、ステラさんとミレーヌさんに速攻でバレた。

私はいつもどおりのつもりだったが、挙動不審だったらしい。カマを掛けられてあっさりとバレた。まだ返事をしていない状態なので、他言無用だとお願いしている。

もちろんルカリオさんにも他言厳禁と言い渡したが、外務省のお茶会メンバーに話してしまったらしい。その中にクリフォード侯爵もいますよね、絶対。意味深に微笑むマリアンヌさんが見える気がする。

それにしても、仲間内とはいえ、話してしまって、私が断るなんて考えてないのだろうか。

知らなかった。意外と自信家なんだ。まぁ、外務省のエリートだもんね。自信はあるよね。

考えまいとしているのに、こうやって不意に思い出してしまう。

もう、きっぱりと断ってしまおうか。

なんて、できもしないことを考えてしまう。迷っている。

結婚を考えるなら、ルカリオさんは好条件だ。私の少しの事情に目を瞑《つむ》って、曖昧な「好き」という気持ちだけで頷けばいい。それだけで安定の将来が手に入る。

迷うことがあるのか。なにを迷う？

相手の「真実の愛」だけを頼りに生きていくの？　もし、それがなくなったらどうなる？

……いずれ、捨てられるの？

「ぶつかるぞ」

声と同時に額を押さえられて、歩みを止められた。二、三歩先に扉があった。考え事をしていて気がつくのが遅れたようだ。

お礼を言おうと顔を上げると、男装中のクリフォード侯爵がいた。

「ありがとうございます」

慌ててお礼を伝えると、じっとこちらを見たあとでにこりと微笑んだ。

なんか、嫌な予感がする。

「疲れているようだな。少し休んでいくといい」

「滅相もございません。元気だけが取り柄ですので、お気になさらず」

書類を渡したら早く帰りたい。

外務省はお茶会メンバーが多いので、訪れる度にルカリオさんとの話を聞こうとする期待の目が向けられるのだ。乙女な視線を向けないでほしい。その期待にはまだ応えられないんだから。

「元気だと言い張る者ほど休息が必要なものだ。君になにかあればガルシアンに申し訳がたたないからな」

なにかってなんだ。元気だって言っているじゃん。暇か？　暇なのか？　内政でも一、二を争う程の超多忙な外務大臣なのに。

「ちょうど『コート・ヴィオレット』のカップケーキがあるが、食べていくかね？」

「ふぎゅっ……」

今話題のパティスリー店のカップケーキ。正直にいえば食べたい。食べたいけど、早く帰りたい。

迷う私を嘲笑うように侯爵がとどめの一言を投下した。

「季節限定のミニケーキ三種があるのだが、無理は言えぬな」

「お邪魔いたします」

負けた。季節限定。しかもミニサイズで三種類。それって、三個全部食べていいってことですよね？　ね？

勝ち誇る侯爵を見上げる。

菓子に釣られたわけじゃない。侯爵のお誘いを一介の侍女風情が断れるだろうか、いや無理だ。そうだろう？

好奇心に満ちあふれた視線を無視して書類を渡すと、侯爵の背中を追うようにして応接室に入った。

ティータイムに楽しむつもりだったのだろう。既にお茶のセットまでされていた。お膳立て感はあるが、私にそこまでするほどの価値はないと思うので偶然だろう。

いい茶葉を使ってますな。さすが、外務省。

箱から取り出したカップケーキは、素晴らしいの一言に尽きた。ピンクのクリームで作った赤い薔薇に、黄色のカーネーション、鳥の巣のようなクリームの中にはマロングラッセが置かれている。

可愛い。そして、おいしそう。

さすが、外務省。さすが、マリアンヌさん。

食べるのがもったいない。でも、食べるけど。

テーブルにセットすれば、侯爵から席を勧められる。侯爵が口にしたのを確認してから、薔薇のカップケーキにフォークを入れ、口へ。

うまい。いや、上品なこのおケーキ様にはもっと上品な言葉が似合うだろう。

美味でございます。……違うな。まぁ、いい。とにかくおいしい。

ひと口で食べたいところだが、淑やかに優雅に食べろと、頭の中の姉が分厚いマナー本をちらつかせるので、できるだけ上品を心がける。

「おいしいだろう?」

「はい。頬が溶け落ちそうです」

「ははは。そうか、次のお茶会で出す予定なのだよ」

それは喜ばれるだろうな。おいしいうえに綺麗で可愛いときた。これで喜ばなければ乙女じゃない。

話題に上がった次のお茶会は、貴族街にあるとある社交倶楽部を借り切って開催するそうだ。会員の紳士しか入れないのでバレる心配はない。

私? もちろん「美魔女作成隊」として参加しますよ。

「できれば、結婚後も手伝ってもらえると助かるが、どうだね？」

不意を突かれて、危うくむせそうになった。

どうだね？　ってなにがだ。

「ありがたいお話ですが、まだ結婚のお返事もしていないので……」

「そうだったか？　ガルシアンに不満があるのか？　未熟な点も多いが、見所はあるぞ。なんなら他を紹介してもいいぞ」

「不満だなんて……」

むしろルカリオさんが不満を持つほうだろ。

田舎の貧乏男爵の娘に求婚して、彼になんの旨味があるというのだ。『真実の愛』だから？　本当にそう思えたなら幸せだろうね。

はっ。そんなわけないじゃん。

「君には世話になっているからな。幸せになってもらいたいと思っているのだよ」

本心かどうかはわからないが、侯爵様に気にかけてもらえるのはありがたいことなんだろう、普通は。なにか企んでそうな気もするし、気のしすぎかもしれない。私にそんな利用価値があるかと自問したら首を傾げるしかない。普通の貧乏男爵の娘だしね。

「次の茶会が終われば、シベルタ皇帝の即位記念式典があってね。ガルシアンも連れて行くつもりだ」

皇帝の即位二十年記念だっけ？　先帝が早世したから若くして戴冠したんだよね。今、四十歳手前だったかな。

　国の代表で行くぐらい侯爵様ってば有能だよね。んで、そのお供をするルカリオさんも同様に有望だってことか。

　益々、なんで私にプロポーズしたのかわからなくなってきた。

「パーティーにひとりで参加させるのは可哀想、であろう?」

　遠回しに結婚しろって言ってないか、これ。

　確かに、ひとりで入場とか可哀想なんだけど、ルカリオさんイケメンだし会場のご令嬢方が放っておかないんじゃないかな。放っておかないよね。うん。群がるまではいかなくとも、声はかけられるよね。絶対に。

　想像してムカッとした。思わず眉間に皺が寄る。侯爵の前でこんな顔はダメだろうと思うが、なかなか元に戻らない。どうした、私の顔。

「なんでも、最近帝国ではチーズ料理が流行だそうだ。珍しい料理をいろいろと考案しているらしいな」

　侯爵の言葉に耳がピクリと動いた。

　何を隠そう、うちの領地の特産品はチーズだ。王宮の物と比べても勝てるぐらいには品質がいいと感じている。ただ、人のいい父と実直な長兄は商売に不向きだし、次兄が頑張っても商会の中に割り込むのは大変らしい。

　これは、うちのチーズを売り込むチャンスなのでは?

そうだよ。帝国への輸出品になれば、輸送のための舗装工事だって国から出るかも。全額は無理でも補助金ぐらいは出してくれるはず。

街道にチーズの安定収入があれば、貧乏脱出できるかもしれない。

そうと決まったら、売り込みですよ。緊張しながらもうちの特産がおいしいチーズだということを熱く語った。語り尽くした。途中で収穫量や種類など聞かれたが、記憶をこじ開けてなんとか答えられた。

これで興味を持ってもらえたら嬉しい。

お父さん、お兄ちゃん、ベストは尽くしたよ。

◆◆◆◆

貴賓室は、条件を満たした国内外の貴族が宿泊や休憩に使う部屋である。宿泊中は基本的に部屋にメイドは入れないので、担当侍女が掃除やリネンの交換などを行う。

元々メイドの仕事をこなしていた私には楽勝である。たまに、リネンがひどく汚れていようとも、妙な物が落ちていようとも、気にしないし驚きもしない。

ははは。このぐらい可愛いもんだよ。ふはははは。

……しかし、ベッドで裸で寝ている女性はどう扱えばいいんでしょうね。

今回担当したのは、クルーレ海に面した領地を持つナダルク子爵。貿易港を持っているお金持ち子爵である。男女の使用人をひとりずつ連れてきているので、身の回りのことは彼らに任せるといわれている。

あれは、身内しか信用してない類いだな。業突張《ごうつくば》りな顔をしていたもん。間違いない。ふくよかな体型に似合うむっちりとした指にはほぼ全部にゴツい宝石がついた指輪をしていた。金はあるがセンスはないと見た。

その子爵が連れてきた女性の使用人が、ベッドでうつ伏せに寝ている。乱れたシーツに、ベッドの下に脱ぎ捨てられた衣類。どこをどう見ても事後である。

男性の使用人を従えて王宮に向かうナダルク子爵に、部屋の掃除を頼まれて来てみればこの有様。たぶん、私が恥ずかしがると思ったんだろうなぁ。まぁ、貴族令嬢には衝撃的な光景だもんね。

たまにいるんだよね。卑猥な言動で女性を恥ずかしがらせたいなんてくだらないことを考える馬鹿が。口がくっついて開かなくなればいいのに。

だが、しかし。この程度で悲鳴を上げるほど初心《うぶ》じゃないんだよ。メイド仕事でさんざん鍛えられたからね。ただ、使用後の掃除は多数やってきたけど、事後の人がいる状態は経験がない。

とりあえず邪魔なので退いてもらおう。

「そろそろお昼です。お目覚めください」

優しく声をかけるが、一度で起きるわけもなくぴくりとも動かない。仕方ないので徐々に音量を上げてみた。

「……ん、……なによ、もぉ。疲れてんのにぃ」

寝起きで目つきの悪い彼女はぶつぶつと文句を言いながら、体を起こした。シーツがずり落ちてふたつの丸い塊はおろか腰まで見えても平気な顔をしている。その体にはうっ血した痕や歯形っぽいものまであって、ちょっと気持ち悪い。

「やぁだぁ。痕いっぱいつけられちゃったぁ。もぉ恥ずかしい」

文句を言いつつ、こちらをチラチラと盗み見てくる。

やぁだぁ。この人もナダルク子爵と同じ人種みたい。

「子爵様ったら、一晩中離してくれなくって参っちゃった。朝も『ちょっとだけ』なんて言ってたのに、すぐ夢中になっちゃって」

困っちゃう。なんて、毛ほども困ってない顔で唇を尖らす。

全然羨ましくないので、そういうアピールは必要ないといいたい。

「貴方はそんな心配はなさそうね。羨ましいわぁ」

私の胸付近を見て勝ち誇った顔をする。脂肪の塊がそんなに偉いのか。けっ。リネン交換止めてやろうか。

「こちらに交換のものを置いておきますので、後はよろしくお願いします」

にっこりと笑って、リネン一式を置いて部屋を出る。後ろから「待ちなさいよ」と聞こえた気がするが空耳だろう。

だって、最初に言われたんだもん。身の回りの世話はふたりに任せるって。

翌日は、朝食を持ってきた私に近づいて「子爵様とあたしは『真実の愛』で結ばれているのよ」とドヤ顔され、「子爵様の気持ちをわかってあげられるのはあたしだけだわ」と自分に酔っていた。酒も飲んでないのに器用なことである。

曖昧な返事しかしない私に不満そうな顔をするが、まったくもって羨ましくないからやめてほしい。そういう自慢は、帰ってからお屋敷の仲間相手にやってくれ。

下剋上を狙う彼女の自慢話にうんざりしていた最終日。子爵は彼女を連れて街に出かけて行った。子爵の腕に手を絡めて得意げな顔で。……だから、羨ましくないってば。

財務省からナダルク子爵宛に書類を受け取ったので、居残りの男性に渡すべく部屋に向かった。しかし、ノックをしても返事がない。何かあったのかと扉を開けると誰もいない。耳を澄ませば、寝室のほうからなにか聞こえる。足音を消してそぉっと近づくと、ベッドに人が蹲っていた。なにやら荒い息が聞こえる。

もしかして、気分でも悪いのかと踏み込んだ足音に気がついたのか、その人が顔を上げた。

「………」

「………」

お互いの視線が合ったとき、確かに時が止まった。

彼は恍惚と酔ったような顔から一転、蒼白になり、驚きのあまり顔を埋めていた枕が床へと転がった。

刺激をしないようにゆっくりと後退《あとずさ》る。

大丈夫。何も見ていない。

あと一歩で寝室から脱出できるというのに、信じられないぐらい俊敏に動いた彼はあっという間に私の足にすがりついて泣き始めた。

「ち、違うんです！　誤解なんですっ。違うんですぅぅ」

「わかった。わかりましたから、ちょっ、離してぇ！」

涙どころか鼻水がつきそうな勢いに、私は必死に相手を引き剝がしにかかった。


ちょびっとついたシミを極力見ないようにして、彼に水の入ったカップを差し出す。

「あ、ありがとう、ございます」

泣いたせいか、羞恥からか、顔を赤くして鼻をずびずびと啜る。

本当は回れ右して立ち去りたい。でも、さっきの様子だと追いかけて来そうで怖い。仕方ないので、彼の弁明を聞く羽目になった。

「あの、僕は……。その、僕……」

もじもじと指を弄ぶ姿は、どことなく恋する乙女のようだ。枕に顔を埋めて匂いを嗅ぐ行為は乙女とはほど遠いが、恥じいる様子は夜限定の淑女たちを彷彿とさせた。

「言いづらいことを無理にいう必要はありません。さっき見たことは、誰にも話しませんので安心してください」

「ほ、本当ですか……」

「もちろんですとも」

言いふらしたところで得なんてないし。メイドのおばちゃんたちとの話の種ぐらいには
……あ、いやいや、守秘義務。うん、守秘義務があったわ。

「私どもには守秘義務がございます。部屋で見聞きしたことは決して外部に漏らしてはならないのです。もちろん、ナダルク子爵様にもお伝えは致しません」

もしも破ったら、相応の刑罰と罰金が課せられる。罰金コワイ。

まぁ、上から問われれば報告はするんだけどね。だって、王宮勤めだし。国の利益が優先されるのは自明の理だ。まぁ、こんな話を上司が聞きたいとも思えないが。

それにしても、安堵からか目に涙を浮かべて肩の力を抜いた男性を改めて見る。

見た目は可愛い感じだけど、目元にシャドー入れて陰をつけると小悪魔系になりそう。

もしくは、可愛いを突き詰めるか。

……いかん、仕事が違う。

「ありがとうございます。子爵様のお耳に入ったら解雇されてしまうかもしれなかったので、助かります」

ナダルク子爵のどこがいいのか聞いてみたい。だって、全体的に脂ぎっているんだよ？

、頭頂部以外の髪を伸ばすという斬新な髪型の人だよ？　事後の後始末を堂々と頼む人

だよ？

　まぁ……理解はできんが、その趣味も疑うが、私に被害がなければそれでいい。

　よほど私が微妙な顔をしていたのか、彼は少し躊躇った後に口を開いた。

「実は、僕……その、子爵様の匂いが好きなんです」

「はぁ……匂い……」

「子爵様は、本当に癖のある濃いものを発しておられるんです。もう、一日中嗅いでいたいというか、あの香りに包まれて過ごしたいというか。濃厚なのにスパイシーな香りと酸味があって、吸い込む毎に変化する……正に、ミラクルフレグランス……」

　恍惚と頬を染める彼を見て私は思った。こいつヤベェと。

　迂闊にも表情に出てしまったのか、彼は慌てた様子で両手を体の前で振る。

「あの、誤解しないでください。その、僕は子爵様の体臭が好きなだけで、子爵様自身にはまったく、全然、これっぽちも好きじゃないんです。本当に、毛ほども興味ないんです」

　そこまで否定すると逆に怪しいと思うべきか、そこまで否定されるナダルク子爵を憐れむべきか。

　しかし、匂い……。

　思わずベッドに置いていた枕カバーを軽く匂ってみて、心底後悔した。

　臭い。

　むわっとする汗臭さの中に何とも言いにくい酸っぱさが混じった匂い。筆舌に尽くし難いが、一言でいうなら『臭い』その一言に尽きる。いや、その言葉しかない。

「……勇者か……」

思わず出た呟きは聞こえなかったらしい。

聞き返されたので、手にした加齢臭漂う枕カバーをそっと差し出して微笑むと、涙ぐんで感謝された。

あの臭さは洗濯じゃ落ちないかもしれない。しかも、涎っぽい跡まであった。

ただ廃棄するよりも彼が有効活用してくれれば、枕も本望だろう。

うん。私、いいことをした。

◆　◆　◆　◆

夜のお茶会当日は燦々《さんさん》としたいい天気だった。開催時刻は陽が落ちてからなので昼間の天気など関係ないのだが、天気がいいとモチベーションが上がる気がする。

例によって仕事を早めに終わらせれば、陽が傾き始めた空は赤から紫を経て紺色へと綺麗なグラデーションになっていた。そんな空の下を用意された馬車で会場へと向かう。

なぜか、ルカリオさんと一緒に。

前回と同じ二人乗り用なので、ルカリオさんは隣にいる。

私は準備する側だから、先に会場入りするのだけれど、ルカリオさんはお客様側なので、まだ来る必要などないのに。なぜいる。

迎えの馬車から下りてきた姿を見たときは、驚きで言葉が出なかった。口を開けば母音しか出てこない私の手を取ってルカリオさんが柔らかく微笑む。

「お迎えに上がりました」

かろうじて「なんで」と問いかけた私に、全部わかった顔でよどみない返事が戻ってきた。

「少しでも貴女と一緒にいたかったんです。……ご迷惑でしたか？」

申し訳なさそうに聞かれて首を横に振る。ほっとしたルカリオさんにエスコートされて馬車に乗り込んだ。迷惑、ではない。迷惑ではないが変に緊張するんだよぉ。

意識しているのは私だけみたいで、ルカリオさんの態度はいつもと全然変わらない。プロポーズされたことが嘘のように以前と変わらない対応に、あれは夢だったのかとさえ思えてしまう。

隣に座る彼をちらりと見る。

柔和な顔立ち。髭の薄い顎はどちらかといえばシャープで、その下にはちゃんと喉仏が見える。姿勢が良くて、細いように見えても筋肉がちゃんとついている。膝の上に置かれた手は骨張っていて、指が長い。伯爵家の三男で、外務省勤めで、性格も優しくて穏やか。

そんな人が、どうして私にプロポーズなんてしたんだろう。

もしかしたら、偽装なのかもしれない。

実は本当に好きな人が別にいて、なにかの理由で結婚できないから、体面的に私と結婚するつもり……とか。趣味に理解を示している私なら大丈夫だと思ったのかもしれない。

「どうかしましたか？」

「いえ。なんでも、ありません」

聞いてしまえばよいのに、この憶測が本当だったらと思うと、怖くなって到着するまで口に出せなかった。


秋らしく深い赤の口紅を塗り余分を拭き取る。顔の輪郭に沿って流れる亜麻色の髪を整えれば、鏡の中の自分を見て満足そうに微笑んだ彼女は、月光を受けたようなドレスを翻《ひるがえ》して会場へと向かった。最後のひとりを見送った私たちは、目を合わせてニッと笑うとハイタッチをした。

「「「お疲れぇ！」」」

今回の参加者は少人数とはいえ、失敗など許されない緊張感はいつもと変わらない。それを乗り越え、互いに健闘をたたえる。

ちなみに、今日は同じメイク担当のミミィちゃんが本職の仕事でお休みである。外見だけ乙女なロッティちゃんと、見かけと心が乙女なジュディちゃんの三人で頑張った。

後はお茶会終了後に男装に戻すお手伝いだけだ。

メイク道具を片づけているとロッティちゃんがにやにやとしながら近づいてきた。

「ア・ン・ナ・ちゃぁん？　ねぇねぇ、なにかあったでしょ？」

「ガルシアン卿と確実になにか進展があったわよねぇ」

ジュディちゃんまで確信めいた顔でうんうんと頷いている。

鋭い……。

なにかはあった。あったが、プロポーズされたなんていえるかー。

「な、なにもないしっ」

「はい、嘘。ほらほら、どうせバレるんだから、白状しちゃいなさいよ」

「もしかして、告白でもされちゃった？」

「なんでそれっ……あ……」

ヤバい。と口を塞いだが時既に遅し。ふたりはにたりと笑った。

「へぇえ。そういうこと」

「えぇ！　本当に？　どういうこと？　詳しく教えてよ」

ぐいぐいと迫ってくるふたりの目は好奇心に輝いていた。

下手に隠すより、話したほうがこのモヤモヤも少しは晴れるだろうか。少なくとも、私より恋愛経験は豊富なはず。意を決した私は、声を顰《ひそ》めて相談を持ちかけた。

他には誰もいないメイクルームで、三人が膝を突き合わせて内緒話を始める。

プロポーズされたと話したら、ジュディちゃんは小さく悲鳴を上げてジタバタと身悶えた。反対にロッティちゃんは冷静な目を私に向けた。

「いつから付き合っていたの？」

「付き合ってないよ」

私の返答に「はぁ？」と低い声が返ってきた。ロッティちゃん素になっているよ。

「ガルシアン卿は付き合ってもないのにプロポーズしたのか？」

そう。大当たり。

わかる？　このモヤモヤが。付き合う過程がないままプロポーズ。なんだそれって思うよね。

「私と結婚して、ルカリオさんに何の得があると思う？」

私と結婚しなきゃならない何かがあるとしか思えない。

「真実の愛」？　そんなわけないじゃん。そこまで馬鹿じゃないよ。

「アンナが好きだからじゃないの？」

「それにしても急な話だろ。急ぐ必要ができたってことか？」

思いつくのは帝国へ行く話ぐらいだが、そのために結婚するような案件ではない。相手が私である必要もない。

何度も言うが、私だよ？　権力も金もない田舎の貧乏男爵の娘だよ？　器量好しな姉ならともかく、私のどこに旨味があるというのだ。

やっぱり偽装が一番濃厚かもしれない。

「アンナを好きなんだと思うわよ？　いいじゃない、結婚しちゃえば。ガルシアン卿って顔もいいし、有望そうだし」

「ジュディ、ちょっと黙ってろ。結婚ってのは大事なことだろ。安易にしていいもんじゃねぇんだよ」

仲良しなふたりだが、意外にも結婚観は違うらしい。素に戻っているロッティちゃんは腕組みして私を見据えた。

「そもそも、アンナはアイツと結婚したいのか、したくないのか、どっちなんだ？」

「私、は……」

どうしたいんだろう。

「ごちゃごちゃ考えるな。得とか価値とか全部忘れて、シンプルに好きかどうか考えろ。理由なんざ後からついてくるもんなんだよ」

ロッティちゃんの言葉を聞いて、胸に手を当てて考える。

好きか嫌いかでいえば「好き」だ。

でも、結婚したいほど「好き」なんだろうか。もし偽装なら、それが許せるほどに好意はあるんだろうか。

シンプルどころか、考えすぎて迷宮に入りそうになる。頭を抱えた私を見て、ロッティちゃんは舌打ちをすると両手で挟んで顔を上げさせた。

「想像しろ。ガルシアン卿とヤれんのか」

ヤれ……へ？　え？

えええええぇぇぇぇぇ。

言葉の意味を想像しかけ、ぐわっと顔に熱が集まる。ルカリオさんと？　あんなこととか、そんなこととか？

「なんてこと想像させせんのよぉ！」

「なぁに想像したんだ？　スケべ」

ロッティちゃんがにたりと笑う。

「想像して、嫌悪感はなかったんだろ？　それが答えなんじゃないの？」

そう言われて、想像したあれこれが頭を過《よぎ》ってどきどきした。

私、そういう意味でルカリオさんが好き……なのかな。

触れられるのは、嫌じゃない。一緒に出かけるのも、ヘアメイクの話をするのも楽しい。手を繋ぐのも、たぶん……それ以上も。

でも偽装かもしれない。そう考えると冷たいものが体の中をギリギリと締めつけていく。

私、ルカリオさんが……。

「アンナ！　いる⁉」

扉がバタンと勢いよく開き、現れたのは柔らかなシフォンのドレスをふわりと風に揺らしたシャルロットちゃんだった。

メイクで変身したぱっちりお目々を更に見開いて私を見た。

「こっちにいらっしゃいっ」

「へ？」

むんずっと手首を摑まれ、歩き出す。後ろを振り返れば、ふたりが慌ててついてきてくれていた。

シャルロットちゃんに連行されたのは、お茶会に相応しくピンクのリボンと花で飾りつけた会場だった。元々シックで落ち着きのある室内だったが、今は上品で可愛い雰囲気になっている。

そんな室内で談笑するお姉様方は、会を重ねる毎に変身能力が上がっているように見える。美魔女作成隊の技術力は確実に上がっていると思う。うむ、素晴らしい。

「はい。ここに座りなさい」

そんなお姉さま方の中に座らされた。なぜかキラキラした目で見られて、身の置き場がない。

ちなみに、隣の席には女装した可愛いルカリオさんが座っている。

見た目だけは華やかな一団の真ん中にいるのに、気分は尋問される被疑者だ。好奇心という圧が半端ねぇ。

「どういう状況ですか？」

こそっと問いかけると、困り顔で「すみません」と先に謝られてしまった。

謝罪はいいから、説明をお願いします。

「実は、私がプロポーズしたことを侯……マリアンヌさんが喋ってしまって、そこから大騒ぎになってしまいました」

バッと左斜め前に優雅に立つマリアンヌさんを見上げれば、艶やかな笑みを浮かべてひらひらと手を振ってくる。

いや、美人だけども。くそぅいい仕事したぜ私！　って思うけども。

何してくれてんの⁉

なに部下のプライベートを簡単に暴露してんの⁉

「ご迷惑でしたよね……」

しゅんとしたルカリオさんのせいじゃないから。全部そこの美魔女侯爵が悪いからっ。この状況を作り出したくせに、輪の外側から楽しそうに見ているそこの美魔女オヤジのせいだからっ。

「聞いてびっくりしたわ。それで？　アンナはプロポーズを受けたのかしら？」

さっきから聞きたくてうずうずしていたシャルロットちゃんが身を乗り出すと、他からも「どうなのよ」「答えなさいよぉ」と野次が飛んでくる。

裏声と野太い声が入り交じった中心に置かれて、私もパニックだ。矢継ぎ早な質問に、答えさせる気があるのか疑いたくなる。

前方からかかる顔面と声量の圧力に目を白黒させていると、隣から伸ばされた手が私の手に重ねられた。

「今は、まだ返事待ちです。彼女にしてみれば突然のことだったと思いますが、すぐに断られなかったことに希望を持っています」

私が答えるよりも先にルカリオさんが答えてくれた。

待たせているのは仕方ない。だって、突然だったから。いきなりプロポーズだから。

そりゃ考える時間は欲しいでしょ。

「あら。でも、そろそろ気持ちも決まったのではないの？」

「そうよね。知らない仲でもないでしょう？　最近仲良くしてるそうじゃない」

うふんとウィンクされる。それ、どこ情報ですか？　外務省か？　外務省だな。

「でも、結婚はじっくりと考えたほうがいいわよ。合うか合わないはすぐにわからないものよ」

「日常生活はもちろんだけど、夜も大事よ。一緒の寝室を使うなら特にね」

「それね。気になるわよ。灯りを点ける点けないで揉めたり、ね」

「灯りは欲しいわよね。見えないし」

「私は暗いほうが楽しめていいわ」

きゃあきゃあと人を話の種にして、楽しそうに盛り上がっている。プロポーズの話はどこへ行ったのか。寝るときは何を着るかとか、いびきがうるさいと追い出されたとか、だんだん愚痴になっている気がする。

ルカリオさんが困ったような視線を向けてくるが問題ない。むしろこういった騒がしさはある意味懐かしい。

お構いなくと片手を上げると益々眉が下がった。なぜ？

「アンナももったいぶらないで『はい』って返事しちゃいなさいよ」

ぼけっとしているうちに、話が一周して元に戻ったようだ。戻らなくても全然よかったのに。

「そうそう。お似合いだと思うわよ」

「ねぇ、ここで簡易結婚式とかしちゃわない？」

「きゃあぁ！　それいいわ」

「ちょっと、誰かベール持ってないの？　ねぇ、ロッティ、ジュディ」

「はい。ございます。少しお時間を頂ければそれらしくアレンジしてまいります」

なぜそうなる。

ジュディちゃんも、なに嬉々と返事してんの。やめれ。てか、お姉様方が暴走し始めた。ちょっと待て。落ち着いてくれ。

「あ、あの、ちょっと待ってください」

興奮状態で暴走したお姉様方は、当然のことながら私の制止など聞きやしない。つか、聞こえてない。

おい、こら。聞け。

「誰か神父役やりなさいよ」

「やぁよ、誰が好んでここで男の格好するのよ」

「この姿でもいいわよ。私たちらしくていいじゃない。マリアンヌ様、お願いできませんか？」

「構わぬよ。喜んで引き受けよう」

「ウェディングケーキはどうしましょう？　ホールケーキなんてないわ」

「ミニケーキを重ねましょうよ。クロカンブッシュみたいに」

「こちらの飾りも使っちゃいましょう。ほら可愛いわ」

「ブーケにここのお花使っていいわよね？」

「このリボンで束ねましょう」

「まあ！　ローズ様とてもお上手ね。綺麗だわ」

「ありがとうございます。私、昔からお花が大好きでしたの」

私を置いたまま、周囲がどんどんと動いていく。

なんだこれ。

なんで、プロポーズの話から結婚式になるの。私はまだ「はい」も「いいえ」も答えてないのに。ちょっと待ってよ。

騒がしくもイキイキと目を輝かせるお姉様方を普段なら微笑ましく見てしまうところだが、今はそれどころじゃない。

どうしようかと隣を見れば、私の視線に気がついたルカリオさんが苦笑している。

「気持ちはありがたいですが、困りましたね」

これは、止める気がないな。直感的にそう感じた。ルカリオさんからすればみんな年上でほぼ上司に当たるから言いづらいんだろう。だけど、それだけじゃない。ルカリオさんにとっては悪い展開じゃない。正式ではなくとも、私がプロポーズを受けたという証拠にもなる。しかも大量の証人までいる。

何を迷う。私も彼が好きなんだから「はい」と頷けばいい。それだけでいい。

相手は、うちより格上の伯爵家。本人は、仕事ができて、性格も温厚で優しい。私には申し訳ないぐらいに過ぎた話だ。今後、こんな好条件の結婚相手なんて見つからないだろう。

しかも、周りにも歓迎されて、祝福されている。

この優しい人と結婚して、侍女を続けながら家庭を持ち、目を逸らしたまま、ぬるま湯に浸った優しい日々を送ればいい。

簡単なことだ。そうするのが正解だ。

正解がわかっていても、体の奥の奥で「私」が叫ぶ。

「本当にそれでいいのか」と。

目を閉じて、知らない振りをしていればいい。彼が言う「真実の愛」を素直に受け取って、幸せそうに笑えばいい。

……ふざけんな。

膝の上で重ねた手に力を入れる。

名前を呼べば、騒がしい中でも聞こえたようで嬉しそうに微笑んでくれた。

あぁ。悔しいけど、好きだな。

「私に『真実の愛』を捧げてくれるんですよね？」

そう問えば、にこりと微笑んで「もちろんです」と予想どおりに答えてくれる。

「貴方が言う『真実の愛』ってなんですか？」

意味がわからなかったのか、予想外だったのか、きょとんと目を丸くする。

「誰と比べているの？　他の人とは偽物の愛だったの？　何を基準に真実だと言うの？」

「え……」

「ねぇ、なんでそんな簡単に言えるの？　間違っていたらどうするの？　『真実の愛』だといえばなんでも収まると思っているの？」

「アンナさん、落ち着いて」

頭が痛い。胸が苦しい。

「ねぇ、どうしてそんなに簡単に口にするの？　愛が免罪符になるの？」

喉が渇く。

熱い。痛い。

昔、似たことがあった。体の中にいろんなものがぐちゃぐちゃと混ざっている不快感。

ぐにゃりと顔の曲がった母親が「真実の愛を見つけたの」と嗤《わら》う。

「愛が偉いの？　真実ならなにをしてもいいの？　そんな馬鹿みたいな薄っぺらい言葉なんて、私は欲しくない」

いつか捨てられるなら、最初から要らない。薄っぺらな「真実の愛」なんて欲しくない。偽装ならちゃんと話してよ。隠すならちゃんと隠しきってよ。

握りしめた指が手のひらに食い込む。小さく震える手を大きな手が労るように覆った。心配そうな目を見て我に返る。

やってしまった。八つ当たりのように喚き散らしてしまった。私の過去は関係ないのに。忘れたつもりでいても、忘れられない。どこまでも、トラウマは健在で腹が立つ。

深呼吸をして気持ちを落ち着かせると、姿勢を正して彼に向き合う。

落ち着け。返事はちゃんと告げようと、震える喉を叱咤した。

「ごめんなさい。プロポーズはお断りします」

喧騒が落ち着いた中で、私の声はやけにはっきりと響いた。少しの静寂の後「うそ‼」や「ぎゃあ‼」などの野太い悲鳴が室内に木霊した。

呆然としているルカリオさんを見つめ返す。

予想外だったんだろうな。断られるなんて微塵も思ってなかったのかも。

「どうして……」

ぽつりと零れ出た言葉に苦笑する。

「だって。ルカリオさん、私のこと好きじゃないでしょ」

間違えた。「そんなに好きじゃないでしょ」って言いたかったけど、まぁいっか。そんなに違わないだろう。

だって、知っている。浮かれたように恋や愛を語る人たちを見てきたから。遊びだろうと、本気だろうとも、彼らは欲のある視線を隠しもしない。善悪は別に「欲しい」と目が語る。
　けれど、ルカリオさんはどこまでも冷静だった。
「好きですよ。ちゃんと、貴方が好きだから、プロポーズを」
「嘘っ」
　ルカリオさんの声を遮り、私へと伸ばされた手を払い除けた。立ち上がったときに派手
に倒れた椅子の音が、ざわついていた周囲を静かにさせた。
　困惑する周囲などどうでもいいと、目の前の彼だけを睨みつけた。
　腹の中がぐつぐつと煮えたように熱い。
「嘘！　嘘！　嘘だ!!　好きなら、愛しているなら、あんな冷静な目なんてしない。あん
な温度のない言葉なんて吐かない。あんな熱のない目で、上滑りな言葉で、私を『好き』
だなんて言わないでよっ!!」
　あぁ、ダメだ。情緒不安定すぎる。心の奥で冷静な私があきれている。でも、止まらない。
　抑えていた感情がどろどろと流れてしまう。悔しくて、情けなくて、苦しくて、頭の中
がぐるぐるする。視界がじわりと歪んできた。
　泣くな。こんなことで泣くな。裏切られたんじゃない。騙されたんじゃない。元から目
的が違っただけなんだ。だから、引っ込め涙。
　唇を噛み締めてルカリオさんを睨みつける。

あぁ、やだやだ。涙が止まらない。やばい……鼻の奥がツンとして液体が流れそうな感触がある。涙よりもこっちがヤバい。

鼻水垂れた顔なんて見せてたまるか！

片手で鼻から下を覆う。

やばいっ！　垂れる。

淑女のマナーなんて忘れてメイクルームに駆け込むと、後ろ手に鍵をかけてドアに寄りかかったままずるずると座り込んだ。間一髪で垂れてきた液体をハンカチで押さえ、思いっきり鼻をかめば少しだけスッキリした。

「う〰〰〰」

ぼろぼろと流れる涙もさらさらの鼻水も止まらない。

もう、嫌だ。こんな気持ちなんて嫌い。胸が痛いの、やだ。苦しいの、やだ。涙が出るのも、鼻水で苦しいのもやだ。自分が愛されてないと知るのが、やだ。

やだやだやだやだ。こんなことを考える自分が一番嫌だ。

わかっていた。

ルカリオさんが私に向ける好意が友情ぐらいだと。優しい言葉も、甘い言葉も、嘘じゃない。でも本当じゃない。だって、彼の目はいつも冷静だった。

愛を囁き合う恋人たちの眼差しとは違う。「好き」だけど「愛して」いない。

プロポーズされたときも真剣な目だったけれど、愛を告げる目じゃなかった。

彼のいう「真実の愛」を受け取り、真実から目を背けて、ぬるま湯のような好意に浸る生活なんて最高じゃないか。

それなのに、自分が好きだと自覚した途端に相手にも好意を、愛を返してほしいのか。虫唾《むしず》が走る。

なんて自分勝手で我儘で傲慢なんだろう。

自分と同じ熱を、同じ愛情を返してほしいなんて。ましてや、それ以上を欲するなんて。なんて浅ましい。なんて汚い。なんて、なんて、なんて――――おぞましい。

嫌い。嫌い。嫌い。嫌い。嫌い。嫌い。嫌い。

身勝手な「愛」なんて要らない。自分勝手な「愛」なんて要らない。

――――母のようになんてなりたくない。

止まってよ。泣くと鼻水も垂れるんだってば。泣き止め、私。

止まるどころかしゃっくりまで出てきて、顔も気分もぐちゃぐちゃだ。もう、本当に最悪。

「アンナさん」

ルカリオさんの声と一緒にドンドンとドアが叩かれ、背中に衝撃が伝わる。

「話をしましょう。お願いですから、ここを開けてください」

悲壮感漂う声が聞こえて思わず背後のドアを見上げる。開かないドアの向こうから呼びかける声の必死さに驚いた。

あ、びっくりしてしゃっくり止まった。

「お願いです。ドアを開けてください。話をさせてください」

いや、無理。このぐちゃぐちゃな顔を見せろと？　無理無理。まだ鼻水止まってないんだもん。泣きすぎて、顔面がひどいことになっている。絶対に。

「む、むりですぅ」

今は無理。本当に無理。

一日いや、せめて半日程時間をください。

「アンナさん。お願いだから」

悲壮感漂う声に申し訳なく思うが、本当に無理。ごめんなさい。申し訳ない。

土下座でもなんでも後でするから。今はマジで無理なんです。

人前に出せる顔じゃないし、気持ちぐちゃぐちゃでかなりヤバい。要らんことまで口にしそうだから、無理。絶対に無理。

諦めて回れ右して戻ってください。

「ごめ……むりぃ……」

いかん。涙が止まらない。ついでに鼻水も止まらない。顔が大洪水だ。今、絶対に不細工だ。

こんな顔を晒《さら》すとかあり得ない。無理無理無理。

ドアを挟んで向こう側にいるルカリオさんに諦めてほしいと「むり」を連発するが相手も引き下がらない。

なんだ、この泥仕合。こっちが負けてるんだから引き下がってよ。レディファーストって知ってる?

泥仕合に終止符を打ったのは、カチッと鍵が開く音だった。

開かないはずのドアが遠慮なく開き、見上げたその先ではマスターキーを持つマリアンヌさんが不敵な笑みを浮かべて立っていた。

「痴話喧嘩ほどくだらないものはない。とっとと話し合って解決したまえ」

そう言うと、片手で横にいたルカリオさんの背中を押しやる。たたらを踏んで転《こ》けそうになる彼を咄嗟に支えた。

「終わったら結果報告を忘れずに、な」

有無を言わさない迫力に思わずルカリオさんとコクコクと頷いてしまった。

迫力ぅ……。

マリアンヌさんがドアを閉めると、部屋の中には女装のルカリオさんとよれよれな私だけになった。

「捕まえました」

目の前には、見たことある生地と栗色の髪の毛。しかも温かくていい匂いがする。

「うぎゃっ」

抱きしめられているとわかった瞬間に変な声が出た。

もうちょい可愛い声は出ないものか。

ヤバい、いい匂いがする。あ、この前お揃いで買った香水だ。いや、違う、そうじゃない。そこじゃない。男の人に抱きしめられるとか、兄たちに捕獲されて以来初では⁉

……は！　いかん。この体勢では涙と鼻水がドレスについてしまう。

なんとか体勢をずらして、両手で顔を覆って俯く。これならドレスは大丈夫なはず。

抜け出すと思われたのか、背中に回った腕の力が強まった。

ふぎゃう。

待て。落ち着け。これは女装したルカリオさん。いや、もう、女性だと思え。女装名なんだっけ。

「アンナさん。そのままでいいので、聞いてください」

無理――！

聞こえる声は普通にルカリオさんだ。しかも、この体勢だと耳にダイレクトに声が届く。

聞くから、頼むから、離れてほしい。

そんな言葉は声にならなくて、固まったまま彼が紡ぐ言葉を聞くしかなかった。

「確かに、求婚したときは貴女を愛しているわけじゃありませんでした。思惑があったのも否定しません。でも、誰でもよかった訳ではなくて、一緒に過ごして、貴女の人柄に好感を持って、熱烈な愛がなくても共に過ごしてもいいと……、すみません。こんな言い方は傲慢ですね」

ごめん。たぶん、私も似たことを考えていました。

「なにをいってても言い訳になってしまいますが、私は、人生を共に歩むなら、貴女がいい」

ふぎゃっす！

な、なにをいってんの！　それ、断ったし！　さっき、断ったじゃん！

ぎゅっと強く抱きしめられてから、そっと解放される。背中に回っていた手が滑るように私の腕に沿って手首まで到着する。顔を覆っていた両手を優しく外され、指先をきゅっと摑まれた。

ぼろぼろでぐちゃぐちゃな顔なのに、ルカリオさんは泣きそうな微笑みを浮かべて真っ直ぐに見つめてくる。

その目が、視線が、明らかに前と違っていた。

「うそ……なんで……」

愛おしい。と、見つめてくる目が語っているようで、心臓が早鐘を打つ。

初めて向けられる熱にどうしていいかわからなくなる。

「恋って落ちるものなんですね」

初めて知りました。と掠れた声で呟いて、微笑むその表情に見惚れた。じわりと滲んだ目尻から涙がほろりと溢れる。

こんなの、嘘だ。私に向けられるはずないものなのに。

「貴女の泣き顔を見て、心臓が止まるかと思いました。こんな気持ちは初めてだったんです」

頰を染める美女に、私の顔も熱くなる。たぶん真っ赤なんじゃないだろうか。確認したくもないけど。

「貴女の強い眼差しから溢れる涙に、私の心臓は射抜かれてしまいました。あの時、思ってしまったんです。貴女をもっと泣かせたいと……」

……

……

……

………は？

……え？　なんて？

予想外の言葉に涙も鼻水も引っ込んだ。人体って不思議。それよりも、いま、なんて言った？

「普段とは違った様子に戸惑ったのかもしれないと思ったのですが、やはり何度思い直してもこの想いは変わらなかった。貴女の泣き顔が、私を恋に落としたんです」

追いつかない頭で言葉の意味を必死に読み解こうとするが、ルカリオさんの口から次々と理解不能な言葉が溢れ出す。

「力強く生命力に溢れた目から流れる涙がとても綺麗で、ずっと見ていたい、舐め取ってあげたいと思いました。同時に、私が貴女を泣かせたという事実が、とても嬉しかった」

「はぁ……」

「貴女を私の手で泣かせたい。幸せや喜びの涙を流させて、私がそれを拭い取りたい。私の手でぐちゃぐちゃに愛して、泣かせてあげたい」

　愛おしげに見つめてくる目は、さっきまではなかった熱が確かにあった。愛おしいと訴える甘い熱があった。

「愛しています。アンナ」

　長い指が優しく私の目尻に溜まった涙を拭う。私を見つめる目が、触れる手が、私へと向かう熱が溢れてくるようだった。

「だから、どうか、私に泣かされて？」

　咽《む》せるほど甘く、体中が沸騰しそうに熱く、どろりと巻きつく情欲。

　自分とは無縁だと思っていた甘く愛の言葉を囁く恋人。

　だが、それは私が想像していたものと微妙に違っていた。

第五章

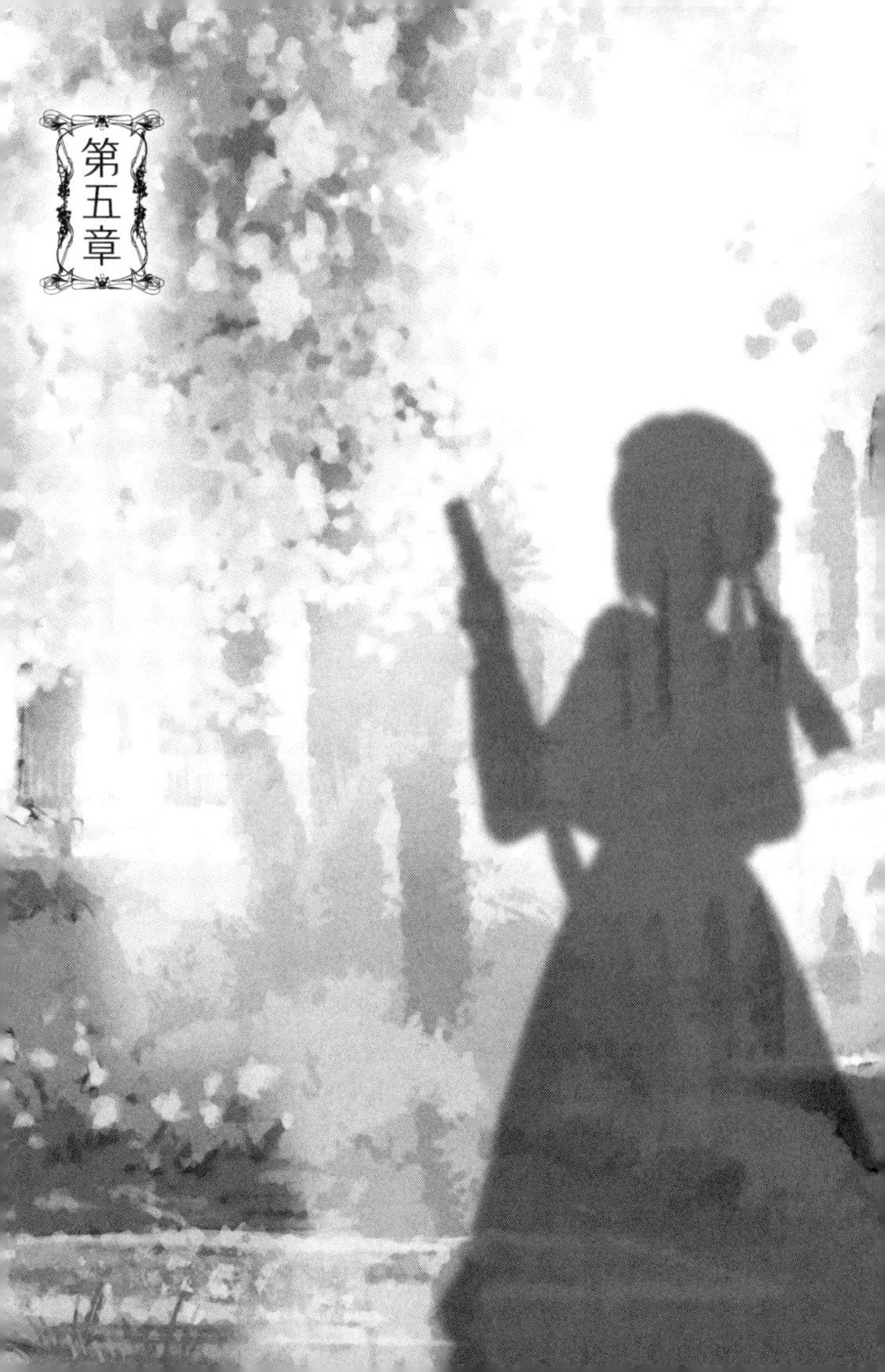

厚手のマント越しに冷たい風を切る音が耳に届く。風が当たっている左半分は少し寒いけれど、抱き込まれた反対側は暖かい。というか、恥ずかしくて寒さとか最早どうでもいい。まだ夜も明け切れぬ早朝に馬で街道を駆けている最中である。ルカリオさんと一緒に。別に夜逃げではないし、愛の逃避行でもない。

ルカリオさんの背中で遮られているが、手袋をしていても早朝の風は冷たい。正面で風を受けているルカリオさんはよく平気だなぁ。乗馬経験などない私は言われるままにしがみつくだけで精一杯だ。

最初に「前と後ろ、どちらがいいですか？」と聞かれたが、前だと視界はいいが手は鞍を掴むだけと聞いて不安になった。後ろならしがみついていればいいだけだ。どちらも必要なのは握力なら怖くない後ろを選んだのだが、それが最良だったのかはわからない。

背中から抱きつくように言われ躊躇ったが、思ったよりも視界が高くて即座にしがみついた。意外と逞しい体つきにドキドキしたのも束の間。動き出した揺れとその速さに違う意味でドキドキが止まらない。この手を離したら落ちて死ぬかもしれない。恐怖で必要以上に手に力が入る。というか力が抜けない。

乗馬がこんなに怖いなんて知らなかった。

命綱が私の手だけとか怖すぎる。手が外れたら落ちて死ぬ。

「無理。手を離したら、落ちて死ぬ……」

必要以上に怖がる私の手を「大丈夫」と片手で撫でてくれる。

いやあぁ片手離さないで。ちゃんと手綱《たづな》持って！

怖くてぎゅうっとしがみつけば「苦しいので、少し緩めてください」と無茶なお願いをされる。眉を下げて困った顔をされるが無理なものは無理である。半泣きで首を振れば、なぜか頬を染めて嬉しそうだったが、こちらはそれどころではない。生死がかかっているのだ。

「紐で互いの体を縛りましょうか。それとも、手首？　けれど、痕が残るのは……いや、それも悪くない？」

ほんの少し考え込んだ末に、私とルカリオさんの胴は紐で結ばれた。多少の心許なさはあるが、ないよりはマシだ。あとは私の両手にかかっている。

この手は死んでも離さない。

そう誓えば、ルカリオさんは照れたように笑った。

……どこに照れる要素があったのだろう。

まだ星が見える早朝に、どうして馬に乗っているかといえば、それは昨夜の夜のお茶会まで遡る。

愛だの真実だのと恥ずかしいことをぶちまけて大泣きしたアレだ。できたら忘れたいが、その後のルカリオさんの告白のほうが衝撃すぎて泣いたことなんてどうでもよくなっ……てないな。あれはあれで恥ずかしい。

まぁ、いい。よくないが、いいことにしよう。

あの後、女装を解いたルカリオさんと落ち着いて話せた。流石に女装のままだと格好がつかないからと言われたが、私の精神安定のためにはそのままでいてほしかった。

別室は、本当にソファとテーブルと小さな書棚があるだけの健全かつ真っ当な休憩室だった。

ソファに並んで座るという近すぎる距離だけが問題だが、ルカリオさんが私の手を離してくれないので仕方ない。うん、仕方ない。

「アンナさん。貴女の泣き顔に惚れましたが、他の表情も私が引きだしたい。どうか、貴女の側でずっと見守らせてください」

仕切り直したいと言ったからには、いまのがプロポーズなんだろうか。いいのか、それで。

私の表情を見守りたいって、なんだそれ。

変なプロポーズがおかしくて笑ってしまった。

なにそれ。変。でも「真実の愛」なんかを捧げられるより、よっぽどいい。

「泣き顔って……ぷっ、くくく」

見守るならせめて笑顔のほうにしてほしい。

ふたりで顔を見合わせてくすくすと笑い合う。ひとしきり笑って、ひとつ伝えておかなければいけないことを思い出した。

「ルカリオさん。ひとつだけ聞いてもいいですか？」

目を見て問えば、躊躇いなく頷いてくれる。知らず、体が緊張で強張った。目を閉じて深呼吸をしてから、もう一度ルカリオさんの目を見つめて口を開いた。

「私、父の子どもではないかもしれません。それでもいいですか？」

予想外だったのだろう。ルカリオさんの目が丸く見開かれる。

「どういうことですか？」

落ち着いた声に少しだけ緊張が解けた。

私は苦笑して、母親の話をした。


母は隣の領地に住む子爵家の娘で、十歳ぐらいで父との婚約が決まりそのまま結婚した。穏やかに暮らしていたが、長兄が生まれたころに王太子の「真実の愛騒動」が起こった。混迷する経済に、煽りを受けて貧困する領地。幼子を抱えて、夫の補佐をし、家庭を守るのは大変だっただろう。

疲れ果てた母が知り合った若い行商人と恋に落ちたのは、寂しさからか、現実逃避だったのかはわからない。秘密裏に密会を重ね、そしてある日、男と駆け落ちをした。家にある金目の物を持ち出して。

「風邪を引いて熱のある私に母は言ったんです。『真実の愛を見つけたの。だから、仕方ないの』って、そう言って出て行きました」

もう顔もろくに覚えてないのに、その言葉は鮮明に覚えている。忙しくてみんなが出払っていたあの日、風邪で寝ていた私だけが母の不義と出奔を知った。引き留める私に「仕方ないの」と言って男と出て行った。

反吐が出そうなセリフを思い出す度にはらわたが煮えるような気持ちになった。熱く濁ったこの感情をどう吐き出せばいいのか未だにわからない。冷めて固まって、澱《おり》のように蓄積されていくだけだ。

「仕方ないって、何が仕方ないんでしょうね。……意味わかんない」

運命の出会いだから。真実の愛だから。だから、家族を捨てていいのか。結婚した夫を捨てて、産んだ子どもを捨てていいのか。そんな真実の愛が偉いのか。尊いのか。

ふざけんな。

自分の欲をさも崇高なものだと言い換えるな。

醜く薄汚い自己満足の言い訳に愛を使うな。反吐が出る。

「私、母が嫌いです。それはもう！　心の底から大っ嫌いです！　浮気相手の男も、真実の愛だ運命だと簡単に口走る人たちも嫌いです」

母親のことを思い出すだけで、怒りが湧いてくる。

母のせいで貧乏だったうちは更に貧乏になり、父は仕事で体力を削り、母のせいで落ち込むことが増えていった。正直にいえば、この時期の記憶は余りない。幼かったせいもあるが、私なりにショックだったのかもしれない。ただ、家に誰もいなくて寂しかったことだけは鮮明に覚えている。

ひとりでいると使用人や用事でやってくる人たちのおしゃべりを聞くことがよくあった。その時に、自分が父の子どもではなく母の浮気で生まれたかもしれないことを知った。行儀見習いで来ていた女の子が「言われてみれば、下のお嬢様って誰にも似てないよね」と笑っていた言葉が未だに忘れられない。嫌な笑い声にムカついて毛虫とヤモリを投げつけたことも覚えている。

小さい私、グッジョブ。

「一度だけ、ばあやみたいに信用しているメイドに聞いたことがあるんです。『私、浮気の子なの？』って。意味もわからないまま聞いたら、泣いて否定されました」

あまりの剣幕に、聞いてはいけないことだと悟り、それ以来誰にも聞いたことはない。

誰にも似ていない。

そんなことはない。髪の色だって、目の色だって似ている。顔は、たぶん似ている気がする。言われたことないけど。

「父にはもちろん、兄と姉にも聞けませんでした。違うと思いたい。でも、もし、そうなら……結婚には、向かないと、思って……」

真実の愛が横行し、自由恋愛が尊ばれていても、やはり貴族と平民の結婚は難しい。貴族院が認めないし、生活の基盤が違うのだからどうしても齟齬《そご》ができる。うちみたいな下位の男爵家なら裕福な平民との結婚も問題ないが、生憎とルカリオさんは伯爵家だ。相手が私生児かもしれないのは問題だろう。

「アンナさん」

話しているうちに握りしめていた拳に手が添えられた。優しい手つきで指を一本ずつ外され、労るように撫でられた。

「言いづらいことを話させて申し訳ありません。そんなことは気にしないでください。私は男爵家の令嬢だからではなく、貴女だから申し込んだのです」

柔らかな声に包まれる。染みこむような優しさに目が潤んだ。それに気がついたルカリオさんが嬉しそうに頬を染めたのは置いておこう。

「私は三男ですし、兄たちにはもう子どももいます。私が誰と結婚しようと何の問題もありません」

「はい……」

「だから、安心して私と結婚してください」

「はい……え」

反射的に返事をしてしまい、慌ててルカリオさんを見上げる。彼は晴れやかな笑顔で「ありがとう」と私を正面から抱き締めた。

ちょっと変な返事になったけど、まぁ、いっか。

胸の中にすっぽりと抱き締められて、その暖かさに目を閉じる。意外と鍛えている硬い感触がする。なんだろう、この安心感。寒い日の布団のような心地よさと、具だくさんスープのような温かさ。ほっとする。

「あれ……、なんで……」

滲んだ視界が歪んで、水滴が頬を伝う。

腕の中から抜け出して、見上げた彼はあっという間に涙で歪んだ。ぼとぼとと溢れる涙を止めようと俯いて目元に当てた手を取られて阻まれた。

どうしよう。止まらない。また鼻水が出たらどうしよう。

焦っても簡単には止まらない。

「大丈夫。私へのご褒美だと思って、たくさん泣いてください」

ルカリオさんはそう言って私の目元にハンカチを当てると、優しく抱き締めて背中を撫でてくれた。

ご褒美ってなんだ。

おかしくて少しだけ笑えた。

労わる手がとても優しくて、心地よくて、温かくて、甘えてもいいのだと教えてくれる。

もう性癖がどうだろうとも構うもんかと遠慮なくしがみついて泣いた。

嫌いって言わないで。

要らないって言わないで。

置いていかないで。

捨てないで。

「捨てませんよ。もったいない」

お母さんは、置いていったもん。

要らないって、捨てられたもん。

寂しい。悲しい。

伸ばした手は何の躊躇いもなく振り払われた。それでも伸ばした手は「仕方ないの」と無視された。

去っていく背中を見つめたまま、伸ばした手を未だに下ろせないでいる。

追い縋ればよかったのだろうか。「行かないで」と泣き喚けばよかったのだろうか。

「私が拾って大事にしてあげます」

置いていかないで。

嫌いにならないで。

「好きですよ」

捨てないで。

要らないって言わないで。

お願い――――お父さん。

「……会いに行きましょうか」

やだ。無理。こわい。

「大丈夫。一緒にいてあげるから」

ほんと？　置いていかない？

「もちろんです。離しませんよ」

手、つないで。ぎゅってして。


後半部分の記憶は朧《おぼろ》げで夢じゃないかと期待している。むしろ夢であれ。

ルカリオさんに抱き締められたまま、泣き疲れて寝てしまったらしい。子どもか。

目が覚めたのは王宮へと向かう馬車の中だった。ルカリオさんの膝の上で横抱きされた状態で目覚めたときの驚きがおわかりいただけるだろうか。

恥ずか死ぬ。

いろいろ振り切れて真顔になったわ。

何事もなかったように送ってもらった礼を述べて馬車を降りた私に、ルカリオさんはふわりと微笑んで告げたのだ。

「明日、お迎えにきますすね」

そして、翌早朝。私は馬上の人となっている。

◆　◆　◆　◆

徐々に明るくなっていく美しい空をあたたかな体温を感じながら見ていた。

なんていうと、まるで恋人と一夜を過ごしたような表現だけど、現実は早朝から馬に揺られているだけである。

薄暗い早朝に出発し、王都を出た街道で馬に乗ったまま夜明けを迎えた。

馬って長距離を全速力で走れないんだって。ふたりで乗っているから馬も疲れやすくなるので、要所要所で馬を替えている。……別に、私が太っているわけじゃないから。ちょっとだけ肉づきがよくなったけど、これは成長だ。そう、成長。

心の中で言い訳しながら、落ちそうになる意識をなんとか揺り起こす。

馬って、駆け足だと上下の揺れがすごいんだけど、普通に歩いていると適度な揺れが気持ちいい。この心地よい揺れと変化のない景色が睡魔となって、早朝に叩き起こされた私を襲ってくるのだ。

まぁ、つまり、眠い。

いやいや、寝ちゃダメ。落ちたら死ぬ。命綱あっても油断はできない。

ガクンと落ちた頭を振って眠気を飛ばす。涎は……よかった。出ていない。

陽が差して明るくなったおかげで周囲の景色がよく見えるようになった。いまは道幅が狭い上り坂をゆっくりとのぼっている最中だ。前方に煮炊きをしている煙が見えるから、この先に町か村があるのだろう。

目指す目的地は私の実家なのだが、私が帰宅する辻馬車ルートではないため、現在地がさっぱりわからない。全部ルカリオさんにお任せである。私は落ちないようにしがみつくだけで精一杯だ。よろしくお願いします。

なぜ私の実家に早馬まで使って向かっているのか。ぶっちゃけ、私もよくわかっていない。早朝に呼び出されて、マントとマフラーでもこもこにされて馬に乗せられたから。

……これって、誘拐？　いや、そんなはずないよね。……ないよね？

上り坂で馬の足がゆっくりとなってから、ようやく説明してもらえた。

なんでも、以前クリフォード侯爵に売り込んだうちの特産チーズの査定と調査に向かっているのだとか。どうして私も一緒に行くのかと不思議だったが、本命は私との結婚の承諾をもらうことだと言われて一気に眠気が飛んだ。

早くない？　昨日の今日だよ？

「善は急げと言いますから」

いや、急ぎすぎだから。え？　マジで？

昨夜、私が泣き疲れて寝た後、クリフォード侯爵に報告をしたら結婚の承諾をもらうついでに仕事を任されたらしい。

クリフォード侯爵にしてみれば結婚の承諾がついでなんじゃないだろうか。

与えられた日数は三日しかないので、早馬の許可をもぎ取ってきたという。次々に馬を乗り替える早馬は許可証がないと使えない。おかげで、乗合馬車だと半日以上かかる距離をかなり短縮できるのだ。時間短縮と引き換えに体力がかなり削られるので、私には向かない方法だ。

いや、マジで仕事が本命じゃん。あの美魔女オヤジめ。

「いつもこんな感じなんですか?」

「まさか。たまにですよ。ええ、月に一、二回ほど、ですね」

それはたまにとは言わない。

他にかける言葉が見つからない。

「お疲れ様です」

慣れましたと渇いた笑いを零すルカリオさんの目は死んでいた。朝なのに。

なにか気の利いた慰めでも……と思ったが、緩い下り坂になると速度が上がり揺れが激しくなったのでそれどころではなくなってしまった。

その後も何度か馬を替えて、無事に見知った領地に着いたのはなんとお昼前だった。はやっ。

驚きよりも、いまはお尻が痛い。いや、お尻どころではない。落ちないように力を入れていた太ももや、しがみついていた腕や手も強張っていてうまく動かない。領主館に辿り着いた時点でもうボロボロである。満身創痍でかろうじてしがみついている状態だ。

門を通り抜けると、玄関前で野菜を手にしたヘレンが見えた。彼女は、私が王宮に行く一年前に行儀見習いという名目で働きに来てくれた子である。

ヘレンは私と目が合うなり、目を丸く見開いて人差し指を震わせながら私を指差した。

人を指差しちゃいけません。

私だけならいいが、お客様のルカリオさんが一緒なんだからそれはダメだ。後でマルムにチクっておこう。

「お、おお、お嬢さんがっ、アンナお嬢さんがっ！　イケメン連れてきましたあぁぁ!!」

後退りしたかと思えば、叫びながら屋敷に入って行った。

ヘレン……。義姉ちゃんにも追加で叱ってもらおう。

窓が開いているせいか、屋敷の中から「嘘つくな」とか「本当なんですって」とか「走らないのっ！」とかいろいろと騒がしい声が外まで聞こえてくる。

「なんだか、その、すみません……」

身内のやらかしはダメージがでかい。いたたまれなくてルカリオさんの顔がまともに見られない。

「賑やかですね」

馬から華麗に下りたルカリオさんは気にした様子もなく、私を下ろしてくれるために手を差し出してくれた。ありがたいけど、体がガチガチで上手く動かない。鞍にしがみついた手が小刻みに震える。それに気がついたルカリオさんが優しく手を剝がして、そのまま縦抱きされてしまった。

顔が近い。いや、体も近い。密着面積が広すぎてヤバい。可及的速やかに下ろしてほしいが、悲しいかな、立てる気が全然しないので大人しくしている。

「すみません、必死に抱きついてくれる様子が嬉しくて、飛ばしすぎました」

日数がないから、休憩も最小にと気を遣ったのに、そんなこと考えていたとは。

流石に抗議しようと口を開いた瞬間、玄関が音を立てて開いた。見れば長兄が慌てた様子で近づいてくる。

「アンナ！　いきなり帰ってくるなんて。いったいなにをやらかしたんだ」

長兄。開口一番に可愛い妹がなにかやらかした前提で話をするな。

前触れもなく突然帰ってきたら、そりゃ驚くだろうけど。しかも男の人が一緒だし。

私が紹介するよりも先に、長兄がルカリオさんに視線を移す。

「失礼ですが、貴方は？」

「初めまして。外務省で外交官を務めているルカリオ・ガルシアンと申します。本日は、アンナさんとの結婚の申し込みと、こちらのチーズについてお話に参りました。急なことで申し訳ないのですが、領主様にお目通りをお願いできますか？」

「は⁉　結婚っ⁉」

目を見開いた長兄は口も大きく開いている。かくいう私も口が開いたままだ。

ルカリオさんの言うことは間違ってないけど、え？　そんなすぐに言っちゃうの？

長兄が「どういうことだ？」と視線を寄越すので、とりあえずてへっと笑って誤魔化したら、あきれかえった顔をされた。ごめん。

「ちょっと待ってください。えっと、ガルシアン卿……」

「どうぞ、ルカリオとお呼びください」

「いや……あぁ……、その、ルカリオ卿。ひとまず中へどうぞ。それと、こいつはもらいます」

そういって私を子どものように抱き上げるとそのまま肩に担いだ。

「遠路お疲れでしょう。まずは体を休めてください。ショーン、案内を頼む」

長兄は執事のショーンに頼むとすたすたと歩き出した。

「アンナさん、後で会いましょうね」

手を振るルカリオさんに、小刻みに震える手で振り返した。それよりも、長兄に言いたいことがある。

「これは淑女の運び方じゃないよね。私、荷物じゃないんだけど」

「当たり前だ。荷物はしゃべらん」

「可愛い妹の扱いがひどすぎる」

それでも兄か。長兄か。いずれ女の子が生まれて、パパくさーいって嫌われろ。

「おーろーしーてー」

暴れる体力もないので声だけで反抗してみる。

「下ろしても自力で歩けないんだろうが。大人しくしてろ」

ごもっとも。

でも、横抱きとか縦抱きとかあるのに、どうして担ぐのか。後で義姉にチクって叱ってもらおう。そうしよう。


案の定、私の扱いに苦言をもらった長兄はそそくさと部屋を出て行った。

私はとりあえず埃まみれだった姿を義姉とマルムのふたりがかりで整えられた。流石にお風呂は無理だったので見える範囲を濡れタオルで拭われ、身嗜みを整える。

服は実家に置いていたのがあったが、なぜかゆとりが少ない。まさかそんなに太った？

「よい傾向ですよ。お嬢様は痩せすぎです。もう少し太ってもいいぐらいですよ」

「そうね。女性らしくなったんじゃないかしら。置いてあるお洋服は直しが必要ね」

あらあら大変だわ。と嬉しそうにふたりが笑い合う。

なんか、申し訳ない。

「いいのよ。今は旦那様からあれこれ止められているから暇なの。私にお仕事をさせてちょうだいな」

穏やかに微笑む義姉は、なんと妊娠中だというのだ。予定では姉の後になるが、来年は赤ちゃんに会えそうで楽しみだ。

帰ったらベビー用品を見に行こう。いや、いろいろ作ろうかな。

「坊ちゃまはともかく、経験がおありの大旦那様まで過保護で困ってるんですよ。お産のためにも体力をつけなければいけませんのに」

出産は大仕事だって聞くもんね。産む前から大変なんだなぁ。

「お嬢様も他人事ではございませんよ。丈夫な子を生むためにはもう少し肉をつけませんと」

人差し指を立てて詰め寄ってくるマルムの迫力が怖い。後ろで義姉がうんうんと頷いていた。

「別に、産む予定なんてないし……」

「あらまぁ。一緒に来た恋人の方が聞いたらがっかりしますよ」

「将来の義弟になる人ね。どんな人かしら」

「いや……ルカリオさんは、そういうのじゃなくて……」

言いかけてはっと止まった。

いや。そういうのだ。プロポーズされて、受けたんだし。えっと、じゃあ、婚約者ってこと？　いやいや、その許可をもらいに来たから、まだ恋人ってこと？

混乱している私を義姉とマルムが微笑ましそうに見ていたが、私はそれどころじゃなかった。

ショーンに呼ばれて父の応接室に向かうと、そこには、父とルカリオさんだけではなく長兄と次兄までいた。なんとなく気恥ずかしくて、そそくさとルカリオさんの隣に座る。

最初に口を開いたのは、眉間に皺を刻んだ長兄だった。

「アンナ。お前はいつもいつも、どうして連絡を入れて帰ってこないんだ」

まるで私がいつもいつも連絡をしないみたいな言い方にムカッときた。

「私だって今日知ったんだから、入れようがないでしょ」

「恋人ができたならその時にでも連絡をしろ。見ろ、父さんなんてショックで呆けてるじゃないか」

「なんでそんなこと一々報告しなきゃなんないの。お兄ちゃんだって連絡なしにニナ義姉ちゃん連れてきてたじゃん」

「俺はちゃんと父さんたちには連絡していた」

「私は知らなかったから関係ないもん」

「屁理屈を捏《こ》ねるな。とにかく俺はちゃんとしていたからな」

「私だって時間があったらちゃんとしたもん」

……たぶん。

長兄とにらみ合っていると、パンッと手を叩く音がした。顔を向けると次兄があきれた顔でこちらを見ている。

「話題がずれているよ。お客様の前なんだからふたりとも落ち着いて。そして、父さんはそろそろショックから立ち直って」

私と長兄は前のめりになっていた姿勢を戻した。次兄の声かけで放心状態だった父も、顔面を揉みながら「すまない」と謝った。

「うるさい家族で申し訳ありません、ルカリオ卿」

「いいえ。仲のよいご家族ですね」

次兄の謝罪に微笑むルカリオさんを見て、今更ながら長兄との口喧嘩が恥ずかしくなった。幻滅……して、ないよね？

ちらりと見上げれば、甘い笑顔が返ってくる。……もしかして、楽しんでいた？

「さっきもお話ししましたが、本日はアンナさんとの結婚の承諾をいただくためにお伺いしました。気持ちが逸りすぎて、連絡を忘れてしまい申し訳ありません」

深々と頭を下げるルカリオさんの横で私も慌てて頭を下げた。

「頭を上げてください。急なことに驚いてしまって、こちらこそ申し訳ない。結婚なんてまだ先だと思っていたから、とても驚いてしまって……。そうか、もうそんな年になっていたんだな」

しんみりと呟いた父は泣き笑いのような顔で私を見つめた。優しい目は慈愛に満ちていて、私まで泣きそうになる。

優しい父は、血が繋がっていないかもしれない私にも優しい。兄や姉とも分け隔てなく育ててくれたと思う。

ただ、私だけが気にしている。優しいから、私を捨てなかったのか。可哀想だから育ててくれたのか。言いようのない不安が奥底に溜まっている。

「しかし、ルカリオ卿。その、本当に、アンナと結婚を？」

「はい。もちろんです。実は、アンナさんに了承してもらったのは昨日なのです。嬉しくていてもたってもいられずに、こちらに押しかけてしまいました」

照れるルカリオさんが可愛い。……いや、そうじゃない。

気が逸ったというわりに、ちゃんと仕事の準備もしてきているあたり冷静というか、ちゃっかりとしているというか。仕事が早い。

「その、兄の私が言うのもなんですが、アンナは家のことはほぼできますし、ひと通りの教養もあります。ただ、その、料理だけは少し苦手で……」

「ええ。明るくていい子なんですが、料理は期待しないでください」

兄ども……。さっきから料理、料理と……。

「そんなにひどくないもんっ」

あんまりな言い方に、応援を求めて父を見れば「しかし、言うほどでは、ない……かも……？」と微妙な顔で目を逸らされた。

ひ、ひどい。

「アンナさんでも苦手なことがあるんですね」

「ルカリオ卿。苦手で片づくほど可愛いものじゃありません」

「でも意欲はあるし、チャレンジ精神に溢れているから、いずれおいしい料理が作れるようになるかもしれないよ」

「父さん、フォローになってないよ」

言いたい放題の家族と、それを楽しそうに聞くルカリオさんの姿だけを見るならば、むず痒いくらい嬉しい。だが、内容が私の弄りってどういうことだ。

「料理ぐらい、ちゃんとできるもんっ」

ムカついたので、今晩の料理を作ってやろうと意気込んだが、コックに丁寧に追い返された。

なんでだー！


結婚の話は、お茶を持ってきた義姉が加わったことにより、円滑に進んだ。ありがとうニナ義姉ちゃん。

私とルカリオさんは無事に結婚が認められ、晴れて婚約者となった。ルカリオさんが婚約申請書を出したときは、私も家族も若干引いた。昨日の今日で用意できる書類じゃない。いったいいつから用意していたんだろう。

次兄がこっそりと「本当にいいの？」と耳打ちしてきて、即答しなくてごめん。いや、だって、ほら……ごめんって。

その後は、お仕事の話となったので、私は義姉の刺繍教室へと強制連行された。

だから、まだ父に真相が聞けてない。

なんかさ、もうよくない？　このまま波風立てずに、嫁いでしまえば。

父だって嫌なことを思い出したくもないだろうし。今更じゃん。私が気にしなければ、それで円満解決じゃん。私が多少のもやもやから目を逸らせばいいだけの話なんだよ。

一夜明けて、父と次兄と一緒に牧場の視察に行っていたルカリオさんが帰ってきた。

「アンナさん」

「あ、おかえりなさい」

「なんだか、新婚みたいですね」

照れながら言わないで。こっちまで照れるから。

うぅ、顔が熱い。

「この後、男爵様にお時間をもらっています。一緒に行きましょう？」

はにかみながら差し出された手を見つめる。

この人は、私の些細なもやもやのために、どうしてここまでしてくれるんだろうか。

なんだか申し訳なくて、その手を見つめたまま動けなかった。

「もう、いいです」

「え？」

「もう、聞かなくていいです。そのほうが、たぶん、いいはずだし」

私の我が儘に付き合わせてしまうのは、やはり申し訳ない。うん、やっぱり止めておこう。

そう決めた私の手を、ルカリオさんが摑んで歩き始めた。

「あの、ルカリオさん？」

「ダメですよ」

前をまっすぐ向いたまま、きっぱりとした声が返ってくる。

「目を逸らしても心の奥に残るだけです。心に溜まった澱は簡単に消えませんよ」

鳩尾《みぞおち》の辺りを片手で押さえる。

ずっと消えないこの疑問を、抱えるか減らすのか。でも、そうして父が傷つくのは嫌だ。

「大丈夫ですよ」

足が止まる。気がついたら、執務室の前だった。

「なんで……」

大丈夫とか、なんでそんなに簡単に言うの。知らないくせに。

口を開くと責めてしまいそうで、ぎゅっと引き結んだ。言葉の代わりに、摑まれた手が一瞬だけ解放されて、指を絡ませるように繋ぎなおされた。

「大丈夫。私を信じて」

繋いだ温かい手から体温と一緒に元気が移ってくる感じがした。縋るように手を握り返して、扉に手を伸ばした。

執務室にいた父は笑顔で迎え入れてくれた。

「お時間をいただき、感謝します」

「私もゆっくりお話したいと思っていたところです。さぁ、どうぞ」

促されてふたりで父の正面に座る。

「さっきは申し訳ない。動揺してしまって。アンナは末っ子なので、結婚なんてまだまだ先だと思っていたんですよ。いやはや。子どもの成長は早いものですね」

「急にごめんなさい」

「いいんだよ。どんな理由でも、会えるのは嬉しいからね。元気そうで安心したよ」

優しく微笑まれて、嬉しいのに泣きたくなる。この笑顔を曇らせるような質問をするべきなのかわからず、決意が急激に萎《しぼ》んでいった。

「それにしても、いつからお付き合いをしていたんだい？　まったく気がつかなかったよ」

父の問いに動きが止まる。

これ、本当のことを言っちゃダメじゃない？　告白とプロポーズが一緒って、父親から見たらどうなんだろう。

「えっと、最近……そう、最近なんだけど、出会ったのは春だったかな」

「ええ。アンナさんは緊張している私を優しく気遣ってくれました。その後も、彼女と一緒にいることがとても自然で楽しかったんです」

無難に流したつもりだったが、ルカリオさんの言葉に私が大ダメージをくらった。父の前で聞くと余計に恥ずかしい。なに、この公開処刑。

「そうかい。仲良くできているなら安心したよ。ルカリオ卿。アンナのこと、どうかよろしくお願いします」

父は真面目な顔でルカリオさんを見つめ、深々と頭を下げた。

「はい。必ず、幸せにします」

ルカリオさんもそう言って頭を下げる。

幸せを感じつつ、私も下げるべきでは？　と思い、慌てて頭を下げた途端にふたりが顔を上げた。タイミングが悪い。

三人で談笑していると、不意に会話が途切れた。左手にルカリオさんの手が重なる。その手に励まされ、私は姿勢を正して父を見た。

「お父さん。私、私ね、前から聞きたいことが……あって」

喉が渇く。

一旦、息を整えて腹に力を入れる。

「なんだい？」とにこやかに応えてくれた父だったが、私が母のことだと言うとがらりと表情を変えた。

見開かれた目で見据えられて決意が揺らぐ。

止めたほうがよかった？　聞いたことで嫌われたらどうしよう。

緊張で心臓がバクバクする。後悔しても出た言葉は戻らない。

迷う私を落ち着かせるように、ルカリオさんの手が私の手を優しくトントンと叩いた。

大丈夫だという言葉を思い出す。

「私、お父さんの子どもなのかな？」

「……え？」

意を決して問えば、父は驚いていたがそれは事実に驚いたというよりも、意外さに驚いている感じだった。要するに、間の抜けた顔をしていた。

……思っていた反応と違う。もっと、こう「なぜそれを!?」みたいな感じだと思っていたのに。あれ？

「え？　すまない。なんだって？　私の子どもって、もちろんだよ。当たり前だろう。どうしたんだい、急に」

「え？　ちょっと待って。え？　私、本当に、お父さんの子どもなの？」

「当たり前だろう。他の誰の子だっていうんだ」

少し怒った口調で言われる。予想外の言葉に私の気持ちが追いつかない。

「誰って、母さんの浮気相手……」

「知っていたのか？」

え？　やっぱりそうなの？　あれ、でも、さっきはお父さんの子どもって……え？　どっち？

さっきから予想外のことばかりだ。まさか母の浮気を知らないと思っていたの？　まぁ、でも、そうかも。あの時期はみんな忙しくて、父と顔を合わすことなんてほとんどなかったから。

「知っていたよ。見たもの。私が熱出したとき、その人と抱き合ってた……」

私の看病で母が屋敷に残っていたあの日。

目が覚めて、母親恋しさにうろついていたら話し声らしきものが聞こえてきた。導かれるように向かった先では半裸の母親が知らない男の人と抱き合っていた。

荒い息遣いの合間に見つめ合う横顔が知らない人のようで怖かったのを覚えている。

「見たもの……」

知らない顔で、知らない人に愛を囁いていた母。真実の愛を得て、私たちを捨てた母。

家を出た母が事故で死んだと聞いてもそんなに悲しくなかった。誰かが「罰が当たったんだ」と言った。そして、私を見て気の毒そうな顔をした。

「彼女が浮気を始めたのは、アンナが生まれたあとだよ。そのことで喧嘩もよくしていたから、勘違いする人がいたかもしれないね」

「本当に……？　だって、私だけ、誰にも似てないし……」

母に似た次兄と姉、父に似ている長兄、私だけが誰にも似ていない。自分でも思うし、他の人も同じことを言っていた。

「え？　そうかな。鼻とか僕と似ていると思うんだけどね。どちらかといえば、アンナは祖母似じゃないかな。アンナが生まれる前に亡くなったから知らないだろうけれど、似ているよ。今度肖像画を探しておくから見てみるといい」

え？　まさかの祖母似？

考えてもいなかった選択肢に呆然としてしまう。

え？　ちょっと待って。そんな可能性を思いつかないで、浮気で生まれたと思い込んでいたの？　いや、マジで、待って。父と血が繋がっていないかもと、悩んで泣いて、どうせ私なんて……って自棄《やけ》になりかけたあれこれが走馬灯のように頭を駆け巡る。

こんなの、こんなことって、ない。

ひとりで悲劇のヒロインみたいな気分でいるとか。普通に恥ずかしすぎるっ。

見なくてもわかる。私、今真っ赤だ。

「穴。埋まれる穴がほしい。ちょっと掘ってくる」

「アンナさん落ち着いて。隠れたいなら、ここにどうぞ」

恥ずかしさが極限に達して庭に出ようとしたが、立ち上がった瞬間にルカリオさんに抱き締められていた。

「落ち着くまでこうしていて」

甘い声で囁かれて、抜け出そうとした動きがピタリと止まった。

ヤバい。心臓が動きすぎて死にそう。

自分の中から聞こえている心臓の音が速い。もしかして、ルカリオさんも心臓が速くなっている？　ますます恥ずかしくなってきたところで、わざとらしい咳払いが耳に届いた。

「仲がいいのは結構だけど、父親としては少し複雑だね」

「も、もう、いいですっ」

父の声に我に返った私は急いで抜け出して座り直した。ルカリオさんも小さく笑いながら横に座る。でもその顔はほんのりと赤い。

父から名前を呼ばれて顔を向けると、いつもよりも柔らかく微笑まれた。

「アンナ。幸せになるんだよ。父さんも、ゲイルたちもみんないつだって、君の幸せを祈っているんだから」

嬉しい言葉に胸が熱くなって泣きそうになった。まだ結婚してないのに、嬉しさと寂しさがないまぜになる。

「いやぁ、まさかアンナがそんなことで悩んでいるなんて思わなかったよ。早く聞いてくれたらよかったのに」

しんみりとした空気の中、父が殊更明るく言った。

「深刻な顔で言うから、てっきり……。いやいや、なんだ、そんなことだったのか」

あははは。と陽気に笑う父の声に、腹が立った私は悪くないと思う
「そんな、こと？」

「アンナ？」

「そんなことって言った？」

十数年悩んできたことを「そんなこと」で終わらせたの？

ちょっと待て。聞き間違い？　いや、そんなはずないな。

「いや、だって、そんな当たり前のことだからねぇ」

不思議そうに首を傾げる姿にこれほどムカついたことがあっただろうか。

いや、ない。

人が悩んで悩んで悩みきったことを一笑に付したよ？　ちょっと無神経じゃない？

いや、昔からそんなところはあった。その度にお姉ちゃんが怒って、私が「まぁまぁ」とか宥《なだ》めていた記憶がある。

お姉ちゃん、今なら気持ちがよくわかる。

「そんなことじゃないもん。ずっと悩んでたのに、お父さんの無神経っ！　楽天家！　能天気！」

「え？　ええ!?」

「もう、ばかぁ！　嫌いっ！」

「ア、アンナっ!!」

言うだけ言って、部屋を飛び出した。無我夢中で走って、自室のベッドにダイブする。

怒りが収まらずジタバタとひと通り暴れたら、少し落ち着いた。

ルカリオさん置いてきちゃった。まぁ、仕方ない。全部父が悪い。そう、無神経な父が悪い。

やり場のない怒りにまかせて叫んだら、マルムに叱られた。

もう。これもそれも、父のせいだ。

ほくほくのジャガイモとぷりぷりのソーセージにとろりとかかったチーズ。無遠慮に突き刺したソーセージを無言で咀嚼《そしゃく》する。

うまい。ジャガイモにソーセージにチーズって最強じゃない。あ、ベーコンもいいよね。

「アンナ、あとで父さんとお話をしないか？」

煮ても焼いてもおいしいとか、ジャガイモって万能すぎ。そして食材を格段においしくさせるうちのチーズ最高。

「マルムが作ってくれた焼き菓子があってね。好きだったろう？」

せっかくだし、チーズをクリフォード侯爵へ賄賂として贈ろうかな。

「ほら、あの、あれが好きだったじゃないか。なんと言ったかな。ええっと……」

「カヌレですよ、父さん」

「ああそうだ、カヌレだ。好きだったろう？」

「父さん、放っておけばいいんですよ。遅れてやってきた反抗期なんだから」

次兄があきれたように話す。

反抗期？　そんなんじゃないやい。長年悩んだ問題を『そんなこと』で一蹴したんだよ？

父の能天気さと無神経さにあきれてるだけだもん。私の悩みは、そんなに、軽く、ない、もん！

「アンナちゃん、ソーセージが挽肉になっちゃうわよ？」

義姉の声にはっと見れば、皿の中でソーセージが見るも無惨な形になっていた。

ソーセージ惨殺事件。犯人は……私だ。

いかん、いかん。食べ物に罪はない。形が崩壊してもソーセージはソーセージ。口に入れればちゃんとうまい。

反省している私を見て、長兄が窘める。

「お前もいい加減にしろ。気になったなら聞けばよかっただろう。家族なんだから」

「だって、聞ける雰囲気じゃなかったもん」

熱が下がって元気になった私はマルムから母が出て行ったことを聞かされた。みんなの雰囲気がピリピリしていて、それ以上母のことを口にはできなくなった。母の部屋が片づけられ、姿絵がなくなり、痕跡がなくなっていく。まるで、最初からいなかったみたいに。

そんな中で誰に聞けばよかったというのか。

「父さんに遠慮したのもあったんだが、カレンがものすごく怒っていたんだよな。俺たちがうっかり口を滑らそうもんなら、そりゃあすごい剣幕で怒ったからな」

長兄が何か思い出したのか、遠い目で語る内容に次兄がうんうんと頷いている。

「風邪で高熱があったお前を放って出て行ったんだ。玄関ホールで倒れていたお前は病状が悪化するし、それを知ったカレンがぶち切れてな。母さんが残していった物を全部売り払ったんだよ」

「あまりの剣幕に父さんも口を挟めなかったからね」

「あの状態のカレンに口を挟めるのはマルムぐらいだろ」

「そのマルムも一緒になって怒っていたから、あっという間に片づいちゃったんだよね」

　当時を思い出しながらしみじみと語る兄たちの話は、私が知らないことばかりだ。

　当時三歳だよ？　母が出て行ったことは不思議と鮮明に覚えているけど、他はさっぱりです。

「だから、お前の体調がよくなったころには誰も話題にしなくなったんだよ。だからってわけでもないが、そんなに父さんを責めてやるな」

「別に、そこまで怒っているワケじゃないけど……」

　怒りを収めるタイミングを逃しただけで、本当はもうそんなに怒っていない。

「アンナさんは男爵様に甘えているだけですよ。ね？」

　ルカリオさんの言葉に咽せて、飲んでいた水を吐き出しかけた。あぶなっ。

「そこまで信頼されている男爵様が羨ましいです。私もアンナさんが遠慮なく感情をぶつけてもらえるように頑張ります」

「え？　……あ、ああ、そうだね。信頼しあえる夫婦になってほしいね」

　一瞬のお沈黙の後、父がおっとりと返事をし、他のみんなも「そうだな」なんて相づちを打つ。たぶん、この中で私だけが嫌な予感を感じていた。

「特にあの時の罵声は、幼さを感じさせる語彙《ごい》ながらも勢いが鋭くて胸に刺さりました。そこを踏まえて、あえてのあの拗ね方は可愛らしかったです」

にこにこと語るルカリオさんの口を塞いでやりたいが、両手は凶器になり得るナイフとフォークがある。

ルカリオさんなりの賛美を聞きながら、食事を一気に済ませると席を立つ。

「ごちそうさま。ルカリオさんも終わりました？　終わりましたね。それじゃ、私たちはお先に」

隣に座っていた彼の腕を取り、なにか言われる前にさっさと席を立つ。

危ない。妙な性癖を暴露するにはまだ早いと思うんだよね。

翌日、王都に帰る前に長兄と次兄から本当に彼でいいのかと何度も確認された。

大丈夫。ちょっとだけ変わった所もあるけれど、優しくて、優秀で、化粧ノリもいい人なんだから。安心してと伝えたのに、なぜか兄たちは浮かない顔をしていた。

帰りも強行軍だったが、日が暮れる前になんとか王宮に到着した。だが、慣れない乗馬で疲弊した体では歩くこともままならず、ルカリオさんに横抱きされて自室に戻る羽目になった。

なにこの羞恥プレイ。

「無理をさせてすみません。話を通しておきますので、明日は休んでください」

ベッドに優しく下ろされて、去り際におでこにチューまでされた。

甘い。去り際もスマートで甘いとか、なんなの。……もう、なんなのっ。

体が動いたなら部屋中を転げ回っていたと思う。実際はベッドの中で羞恥に震えていただけだが。

「アンナちゃん。大丈夫？」

扉が少し開いて、エレンが心配そうに顔を覗かせた。頷くとベッドの近くまで近づいてくる。

「大丈夫。ちょっと下半身の感覚がないだけだから」

「下半身……？」

「ずっと揺らされたから、踏ん張るために太ももに力を入れてたせいなんだけど」

「揺れ……、太もも……」

「長かったから腰も痛いし、もう、全身筋肉痛だよ」

「腰……」

「ルカリオさんが伝えてくれるらしいけど、貴賓室のミレーヌさんとステラさんにも明日休むって伝えてもらっていい？」

侍女頭か侍女長に話はいくだろうけど、念のために話しておくほうがいいだろう。報連相は大事。

頼んだエレンは、なぜか頬を染めて目をキラキラさせていた。

どした？

「アンナちゃん」

「な、なに？」

「アンナちゃんが動けない原因ってガルシアン卿なの？」

「原因？　乗せてもらったのは私だから、私になるのかな……」

答えた途端、エレンが両頬を押さえてきゃ――と悲鳴をあげた。

本当にどうしたの？

「そうなの!?　アンナちゃんが乗ったの？　きゃあ、積極的ぃ」

「エ……エレン？」

「大丈夫。わかってる。わかってるから、大丈夫。任せて！」

「あ、うん。よろしく……？」

なんだろう。とてつもない誤解が生まれた気がする。

満面の笑みを浮かべるエレンに不安しか感じない。

「ガルシアン卿って意外だわ。見た目じゃわからないのね。うふふふ。アンナちゃん、ゆっくり休んでね。お大事にね」

「エレン、やっぱ、ちょっと待って」

止める言葉は耳に届かなかったのか、エレンは足を弾ませて扉の向こうに消えた。

言いようのない不安だけが残ったが、ベッドから動けない私にできることはない。

仕方ないので、寝よう。

諦めて目を閉じればすぐに睡魔に襲われ、目覚めたのは翌日の昼だった。そして、筋肉痛で一日中部屋にいたことを悔やむことになる。

　残った筋肉痛を我慢しつつ出勤すると、心配したミレーヌさんとステラさんから早々に戦力外通知を受けてしまった。やたらと体の心配をされたが、そんなにか弱そうに見えるのだろうか。

「ねぇ、エレンから聞いたけど、どのくらい長かったの？」

　ステラさんが目をキラキラさせている。

　そんなにうちの領地に興味があるのかと、少し意外に思った。案外田舎が好きなのかもしれない。

「そうですね、だいたい六時間ぐらいですね」

「六時間っ⁉　そ、それは、大変だったわね」

「私は乗っているだけでしたけど、ルカリオさんは大変だったと思います。あれって全身を使いますもんね」

「そんな長時間も乗っているほうも大変よ。頑張ったわね」

「私なんて夢中でしがみついていただけですよ」

　なにしろ落馬したら死んじゃうかもしれないから必死でしたよ。

　おかげでしばらく筋肉痛がひどかった。

「積極的だわ」

「情熱的だわ」

うふふ。おほほ。とふたりはとても楽しそうだ。うちまでの距離のどこに積極性と情熱があるのかいまいちわからないけれど。

「アンナったら見かけによらず体力があるのね」

「田舎育ちなので体力には自信があったんですが、まだまだですね。長時間はけっこうきつかったです。内腿も腕も痛くて、特に腰はきつかったですね」

筋肉痛をアピールすれば、またしてもふたりはきゃあきゃあと興奮状態になる。

帰省と乗馬の話よね？　筋肉痛のどこに興奮材料が？

「腰は大事よね」

「腰は重要よね」

首を捻る私に簡単な仕事を割り振ってふたりは終始楽しそうに仕事をしていた。合間に「痛みはない？」と大いに心配され、早めにほぐし屋に行くことに決めたのだった。

◆　◆　◆　◆

新しく就任した侍女長は、見た目も性格も厳格で真面目そうである。眼鏡の奥から一重の細い目を向けられただけで背筋が伸びる。

横領などの不正で解雇された前任がかなりいい加減だったので、その落差に戸惑いはあるものの、正当に評価してくれるので大部分の人たちには好意的に受け入れられている。

そんな侍女長が選んだ直属の部下でもある侍女頭も真面目な人である。真面目というより几帳面だ。書類仕事が得意で、書き方はもちろん字が汚いだけで突き返される。

おかげで字が綺麗になってきた気がする。

「よしできた」

備品の受注書をもう一度確認する。

内容に問題なし、誤字脱字なし、文字の乱れなし。

「完璧」

にんまりと笑って書類を手に立ち上がった。

侍女頭の部屋に行く途中に調子のいい同僚からこれもお願いと書類を頼まれた。更に、侍女頭からは宮内省への伝言を頼まれる。宮内省に行けば、これ持って行ってと文部省への書類を言付かる。

なんなの。今日はお使い日なの？

貴賓室の担当がない日だったからいいけど、何でこんなに用事を頼まれるんだ。

大蔵省ではお茶会メンバーのサンドラちゃん（女装名）から内務大臣に至急渡してくれと厚い封筒を渡された。

いくら知り合いとはいえ、こんな重要そうなものを預けないでほしい。「信用しているからね」って上目遣いも止めて。信用は嬉しいけど、責任が重い。忙しそうな背景を見ると嫌だとは言えず、重く感じる封筒を抱えなおした。

内務大臣の執務室をノックすれば秘書官らしき人が出てきたので頼まれていた書類を渡す。長かったお使いリレーもようやく終わりかと安心して息を吐いた瞬間、秘書官から声をかけられた。

なんだよ、もう。終わろうよ。疲れたんだよー、お腹すいたんだよー。お昼ご飯まだなんだよー。

「テーブルの片づけをお願いします」

「畏《かしこ》まりました」

にこりともせずに言われた言葉に笑顔で返事をする。

内務省の秘書官が愛想がないとは聞いていたが本当だった。仮面かと思うぐらい眉ひとつ動かない。表情を和らげるだけで相手への好感度も変わるってのに、笑顔を作ると何か損でもすんのか。それともギャップ萌えでも目指してんのか。需要ないからやめとけ。

心の中で文句を言いつつ静々と室内に入り、ざっと人と物の位置を確認する。

室内のお高そうなソファには、内務大臣と宮内長官、おまけに王太子までいた。なんて豪華な面子だ。及び腰になるのは仕方がない。更に、王太子の隣にベネディクト子爵までいた。

なぜ、いる。

女性もいないのに、なんでいるんだ。ここにいるのは狸な内務大臣と蛇な宮内長官とイケメンな王太子だけだぞ？

改めて見てもなんの集まりか謎だが、面子が面子なので奥向きの話だろう。うん。さくっと終わらせて退室しよう。

そう思ったのに、律儀に声をかけてきたのは顔と家柄だけはいい子爵だった。

「久しぶり。元気そうだな」

こんな状況で声かけんな。私の繊細な心が悲鳴をあげるだろうが。

内心を笑顔で隠して「お陰様で」と当たり障りのない返事をしておく。

「ユリウス殿の交友関係の広さは流石ですな」

何が面白いのか、内務大臣がほっほっほっと笑い、その度に豊かな腹がぽよぽよと揺れる。

王太子は「またか」みたいな顔をするのやめて。本気で止めて。子爵の彼女でも元カノでもないから。全然違うからっ。

全力否定したいが、否定するほど信憑性《しんぴょうせい》が増しそうなので全部飲み込んで片づけを全うする。

ただいま仕事中。ただいま仕事中。

「彼女はルカリオ・ガルシアン卿の婚約者ですよ」

子爵の言葉に一瞬動きが止まった。

なんで知ってんの。実家から帰ってきてまだ数日しか経ってないのに。

疑問はあったが、ルカリオさんに抱かれて帰ってきたとこをいろんな人に見られてたわ。あぁ、うん。それは広まるよね。

「ほぅ。彼の……」

王太子が興味をもった視線を寄越してきたので、居住まいを正して頭を下げる。

「私はてっきり、君の特別な友人のひとりかと思ったよ」

「特別もなにも、ただの友人ですよ」

間違いじゃないんだけれど、子爵が言うとなぜにこうも嘘くさく聞こえるのか。

今までの行いのせいかな。

「名前は？」

「アンナ・ロットマンと申します」

「ルカリオ・ガルシアンはなかなか有能だと評判だ。彼の良きパートナーになってくれることを願うよ」

「もったいないお言葉です。恥じぬように精進いたします」

王太子は満足そうに微笑むと「下がっていい」と許可を出し、私は一礼してテーブルから離れた。

その際に子爵から「またな」とウインクを飛ばされた。

どこにいようとも子爵は子爵らしい。

あきれた視線を遠慮なく返せば隣の王太子が失笑していた。

無愛想な秘書官に見送られて部屋を出て大きく息を吐き出す。

なんだかんだと王族と接するのは緊張する。いや、王太子が相手だったからかな。

悪い噂って聞かないし、偉そうに踏ん反り返っているわけでもないので、王太子夫妻の評判はかなりいい。何より夫婦仲がすっごくいいんだよね。婚約時代から、あの穏やかで優しそうな王太子妃と仲睦まじいと評判だ。

悪意ある噂もたまにあるけど、根も葉もないものなので消えるのも早い。

あの両親から生まれたとは思えないぐらい倫理的にまともなんだよね。あの両親だからかな。

なるほど。反面教師ってやつか。

◆　◆　◆　◆

本日、デートである。

……。もう一度言おう、デートだ。婚約者になって初めてのデートなのである。

「うがあぁぁ」

むず痒い。自分で言っておいてむず痒い。

今まで散々ルカリオさんと出かけてきたが、「友人と買い物する」ことと「恋人とデートをする」ことは根本的に違うのだと知った。

何を着ればいいの。靴は？　髪型は？

どうすれば、少しはマシに見られるだろう。

可愛く見える、かな……。

「うぐあぁぁぁ」

ヤバい。恥ずかしくて死にそう。私の頭が花畑すぎる。

「あー！　やっぱり、まだ着替えてないっ！」

ノックもなしに部屋を覗き込んできたエレンが声を上げて入ってきた。

「気になって来てみれば、やっぱりもぉ！　ほら、早く着替えて」

「わかった。わかったから、引っ張らないでっ」

いきなり服を脱がしにかかる手から距離をとって渋々と服を脱ぐ。迷っている猶予がなくなった。

ベッドの上に広げていた服の中から、エレンがワンピースを手に取る。それは、前にエレンの買い物に付き合ったときに、流されて購入したものだ。

深緑に淡いベージュの差し色が入ったワンピースで、大きめの襟と飾りボタンが特徴的で、背中部分が細いリボンで編み上げたようになっている。袖口の返しと襟にシンプルな可愛い刺繍がある。

エレンみたいにふわっとした可愛い子が着れば似合うだろうけど、私だよ？　私がこれ着ても似合わない気がする。いや、確実に似合わない。

エレンに煽てられて買ったけど、やっぱり他の服にしようかな。

「ほらほらぁ。時間なくなっちゃう。早く着て」

躊躇っていると、エレンに急かされたので手にしたワンピースに仕方なく袖を通す。すかさず椅子に座らされて、髪を梳かれた。

「お洋服が可愛いから、巻いちゃおうね」

普段の倍ぐらいキビキビした動きでヘアメイクされる。唇はピンクだし、髪はくるくると巻かれて緩くまとめられた。

「うふふ。アンナちゃん可愛い。ガルシアン卿にも可愛いって言ってもらえたらいいね～」

普段は着ない服を着て、普段はしない髪型をした自分が気恥ずかしくて仕方ない。

エレンに「そうだね」と返すだけで精一杯だった。

エレンの言ったとおり、ルカリオさんから称賛をもらったのはよかったが、顔がまともに見られない。嬉しいのと恥ずかしい気持ちがごちゃ混ぜになった上に照れくさいという、感情が渋滞状態でどうしていいのかわからない。

仕方ないじゃん。最初からちゃんとデートだって認識して出かけるのは初めてなんだから。いわば初デートなんだよ。

「アンナさん」

不意にふたりの間にあった左手を掬い取られ、指を絡ませて私の手を握った。いわゆる恋人繋ぎ。

……うぎゃあぅ。

「手を繋いで行きましょう」

見上げた先にはキラキラと輝く笑顔があり、なんとか「はい」と返事を絞り出した。

やばい。心臓がもたない。暑いし、眩しいし、季節が夏に逆行したんじゃないだろうか。

まだ会ったばかりなのに、こんな調子で今日一日過ごせるのかとても不安だ。

今日は、ランチの後に観劇をする予定になっている。

王都に来て二年を越えたが、私はあまり遊びに出たことがない。仕送りしていたせいもあるけど、必要性を感じなかったんだよね。同僚の仕事を有料で引き受けたりするほうが有益だったし。

そんな話をしたら、ルカリオさんがぜひ一緒に行きましょうと誘ってくれたのだ。

それで終われば感動したんだが「これからの初体験は全部私のものですね」なんてにこやかに言うから秒で真顔になった。

職場のせいか、女装倶楽部のせいか、たまに発言がおじさんくさいときがある。

そんな訳で、今回観るのは「英雄王の帰還」という有名なお芝居である。

英雄王が敵に追われながらも苦難を乗り越えて玉座を取り戻すという内容だ。

その後の彼は色を好み色欲に溺れて、王妃サメロンの悋気に触れた妾や側室たちを亡くすのだが、劇ではそこまでやらない。昼間だし、英雄に憧れる子どもたちも観るからね。

そういうドロドロ愛憎劇は夜の公演でやるのが一般的だ。

他の劇場では、男爵家の娘が王子と真実の愛に落ちて、苦悩を乗り越えて結ばれる大人気ラブストーリーをやっているそうだが、私の心には何ひとつ響かなかった。

友人から聞いた話をまとめると、恋に落ちた主人公が「どうして」と嘆いて、「なぜなの」と歌い、「これが真実の愛なのね～」と大合唱して締め括られるらしい。

聞いただけでお腹いっぱいである。


まずは、観劇の前にランチに行く。

前回はおしゃれなカフェに連れて行ってもらったが、今回はレストランだった。しかも、頼んでくれたのはステーキランチ。

量は控えめだが、ゴロリとした厚みから溢れる肉汁と香ばしい匂いに口の中が大洪水だ。しかも、添え物が野菜とパリッとしたソーセージという豪華さ。

わかる。見ただけでわかるよ。これ、絶対においしいやつ。

匂いが早く食べろと急かしてくる。ひと口大に切って口の中に入れれば、甘辛くも絶妙なソースに負けない肉の旨味が広がった。

「お、いしぃ〰〰」

あぁ、至福。

ふた口目を食べ、次はソーセージにしようか肉にしようか贅沢な選択肢に悩んでしまう。

「気に入ってもらえてよかった」

正面のルカリオさんがにこりと笑う。

やばい。ちょっとがっつきすぎた？　いや、今更？　いやいや、大口だけは気をつけよう。うん。

「おいしそうに食べてくれて嬉しいですね」

「ルカリオさんは……」

「はい？」

「ルカリオさんも、おいしいですか？」

私が尋ねるとルカリオさんは瞬きしたあと、きらきらしく微笑んだ。

「ええ。とてもおいしいですよ」

眩しい。ルカリオさんのきらきら感が増している。店の窓に何か細工でもしているんじゃないだろうか。それとも私の目が変なのか。

おいしいはずの肉料理なのに、途中から味がよくわからないままランチを終えた。

お芝居は文句なく面白かった。

広い舞台を余すとこなく使い、繰り広げられる戦闘シーン。二階のベランダからの飛び降りや、迫り上がる玉座など仕掛けも凝っていてハラハラドキドキの連続だった。

特に英雄王を演じた役者の声がよかった。渋い重低音で「進め！」と檄《げき》を飛ばすシーンは思わず息を飲んだ。女好きでだらしない英雄王のイメージが一気にイケメン渋オヤジに変身した。

他の役者さんもすごかった。

舞台からも映えるよう派手なメイクにしているんだろうけど、全然気にならないぐらいに自然に見えるし、カッコいい。あのアイシャドウとか、チークのつけ方とか、アクセントに真似てみるのも楽しそう。

「お芝居は楽しかったですか？」

「とても！」

今まで観なかったのがもったいないと思えるほど面白かった。今度は別の演目を観たいが、お値段もそこそこするのでたまの贅沢にはいいかもしれない。

ちなみに今回はルカリオさんの奢りである。食事から全て奢りである。何ひとつ払ってないので、ちょっと気が引けるけど、こ、こ、婚約者だしね。甘えておこうと思う。

「戦闘もすごかったですけど、最後の迫り上がった玉座へと登って行く英雄王がカッコよかったです。英雄王ってただのスケベオヤジじゃなかったんですね」

「ふはっ。そう、ですね。カッコよかったですね」

観劇後、興奮冷めやらぬ私が感想をつらつらと話すと、ルカリオさんはツボに入ったのか笑いを堪えていた。

「妬けるぐらい夢中で観ていましたね」

「だって目を離すなんてもったいないじゃないですか」

「隣に私がいたのに。もう少し意識してほしかったです」

ぐわっ。耳元で話さないでっ！

吐息とルカリオさんの声がくすぐったくて首をすくめると、小さく笑って耳にキスされた。

左耳を手で覆ってひとり分横に距離を取る。

ルカリオさんは目をパチリと瞬きしてから嬉しそうに目を細めた。

「やっと意識してくれた」

「ぐっ、ぬぐ……。耳にキスするの禁止っ！」

「じゃあ、手は？」

一歩で距離を詰められて、掬い取られた指先にキスされる。引き戻そうとしたけれど強めに握られて離れない。捕らえられた手首に唇が近づく。触れるか触れないかギリギリと場所で甘く囁かれた。

「手首にします？　それとも、もっと上？」

「〰〰〰か、からかうのも禁止！　もうっもうっ帰るっ」

力任せに手を引き戻して、意地悪モードのルカリオさんを置いて歩き出す。

婚約してからルカリオさんは色気をたれ流して私を揶揄うことがある。その度にあたふたする自分が悔しいっ。

早足で歩いているのにあっという間に追いつかれて、後ろから抱き込まれた。

くっ、身長差か⁉　足の長さか⁉　このイケメンめっ！

「すみません。調子にのりました」

言いたいことは山のようにあるのに、どれひとつとして言葉にならず唇を噛む。

謝罪ひとつで許したくなる自分のチョロさが悔しい。くそぅ。反省しろ。反省っ。

恋愛初心者に優しくしろ！

「次やったら、二階ボックス席おごりですからね」

「それは遠回しなお誘いですか」

「ちっがぁう！」

お高そうなボックス席を物ともしないなんて。男のプライドなのか、はたまた収入の差か。

お高い観覧席と引き換えにするのが私の羞恥心ぐらいなら、それは安いのか高いのか。

「お詫びにプレゼントさせてください」

「賄賂は間に合っています」

「愛しい婚約者へ気持ちを形にして贈りたいだけですよ。もちろん心を込めた謝罪もさせてください」

身長差があるせいか、後ろから抱き締められるとまるで子どもが抱き締めるぬいぐるみになった気分だ。抜け出したいのに、がっちりと拘束されていてびくともしない。離してほしい私と、却下するルカリオさんとの攻防の結果、今日の服に合うイヤリングの購入が決定した。なんでだ。

着けさせてと可愛くおねだりされて、耳に触れた手の感触に心臓が爆発しそうになる。早く終われと念じたのに、なんで耳たぶを揉むのかな。凝ってないから揉まなくていいです。手から伝わる体温とか、近づいたせいで香る匂いを意識しすぎていっぱいいっぱいで顔に熱が集まっているのが自分でもわかった。

叫ばなかった私、えらい。


ディナーまで時間があるからと連れて行かれたのは、自然豊かな公園だった。馬車で少し移動したそこは、紅葉した木と慎ましくも鮮やかな花に彩られている。水色の空に映えてまるで一枚の絵画のようだった。

広い遊歩道は人とすれ違うにも余裕がある。道幅が広いせいか人が多い印象はなく、どこかのんびりとした雰囲気が漂っている。

あの芝生に敷物を敷いて横になったら絶対に寝る。

どこかから鳥の声が聞こえ、視線を上げると空が高い。紅葉した葉の裏が透けて綺麗だった。

茂みの妙な動きや、木陰からの変な声なんて見えないし聞こえない。気のせい、気のせい。

隣を見上げたら、ルカリオさんと目が合う。

なんで私を見ているんですか。景色を堪能してください。

慌てて視線を前に戻すと、繋いだ手に力が入る。親指で手首から指の付け根まですっと撫でられた。びっくりしたがぎゅっと握られた手は外れない。

ルカリオさんの親指はそのまま私の手のひらを優しく撫でる。

意図的な触れ方に肌が粟立つ。無言の抗議で睨んだのに微笑まれた。

なんでだ。なんでそんなに嬉しそうなの。

動く親指を親指で押さえ込めばするりと抜かれて再び押さえ込まれた。やってやり返して、楽しそうに笑うルカリオさんとぶすくれた私の勝敗は、私の親指がルカリオさんに押さえられたままという結果になった。変に動かさない約束で。

歩いていると、低木の向こう側に小川を発見した。川のせせらぎに既視感を覚える。

「いい場所でしょう？　夜も綺麗なんですよ」

そういって照れ笑いをしたルカリオさんの向こう側に白い月が見えた。

ふわりと駆け抜けた風がどこからか甘い花の匂いを運んでくる。

「また、夜に散策に来ましょう」

「そう、ですね」

気がつかなかった。ここ、最初にプロポーズされた公園だ。

あの時は夜だったし、夏だったし、雰囲気とか全然違うから気がつかなかった。

照れくさくなって俯いたら、視界に繋いだ手が見えてさらにドキドキした。

「ア、ン、ナ────！」

「っふごぉ!!」

背後からの衝撃に吹っ飛びそうになったがルカリオさんが咄嗟に抱き留めてくれた。

何事かと脈打つ心臓を押さえながら振り向くと、きらきらと輝く金髪の男の子が私の腰に抱きついていた。

「やっぱりアンナだ」

くるりとした金の巻き毛に、透き通るような水色の瞳を持つ愛くるしい天使のような男の子は、蕩《とろ》けるような笑顔で私を見上げてきた。

相変わらず笑顔だけは天使級。

「ブラム様っ！　ひとりで走っていかれるとは何事ですかっ!!」

「護衛を置いて行かないでください」

「あ、ドーラ、マハダ。ごめんね」

息を切らせて走ってきた侍女と護衛の騎士に、まったく反省してなさそうな謝罪をする天使。

可愛いな、おい。

「僕を置いて行くなんてどういうつもり？」

「ヴラドもごめんね？」

いや、なんで疑問符？

侍女の後ろから現れた不機嫌さを隠しもしない少年は、ブラムとまったく同じ顔で同じ色彩だった。外見はそっくりなのだが、ちょっとふわっとしているほうが兄のブラムで、ちょっとツンとしているのが弟のヴラドである。

「この子たちは？」

ルカリオさんが未だに抱きついているブラムの手を外しながら聞いてきた。

この双子はネクロズ男爵のご子息である。そう。私のタペストリーを購入したネクロズの魔女ことエリザ・ネクロズ男爵夫人のお子様である。

黒髪の夫妻からどうしてこんな金髪天使が生まれたのか不思議に思ったが、夫人は元々金髪らしい。夫が好きすぎて同じ黒髪の鬘《かつら》を愛用しているのだとか。こんな綺麗な金髪を隠すのはもったいない気もするが、まぁ、夫人の勝手だよね。

ちなみにネクロズ男爵は、腕はいいのに不健康そうな外見と人体実験を匂わす発言が多いため「死神」という別名を持つ医務官である。特色がありすぎる家族だと思う。

「お久しぶりです。おふたりともお元気そうですね」

「うん。元気！」

「ブラムは元気しか取り柄がないからな」

「そんなことないもん」

天使たちがじゃれている姿はただただ可愛い。

この天使たちと知り合ったのはつい最近のことだ。

お腹を空かせた私の前に焼き芋を手にしたラングレー騎士団長が現れた。心優しき彼は焼き芋を譲ってくれたのだが、その焼き芋は、ラングレー騎士団長を崇拝する画家見習いの執拗な交渉の末に、彼が描いた精密な団長の絵と半ばむりやり交換させられた。三本あった焼き芋は一本になってしまい、悲しい気持ちで眺めていたら、うっかり絵を落としてしまったのである。落ちた絵を拾う手伝いをしてくれたのが双子たちである。

そして、ラングレー騎士団長に憧れていたブラムに絵を売ってくれと縋りつかれ、側にいたヴラドが茶々を入れて、護衛のマハダに睨まれるというカオスができ上がった。

持っていても使い道がないので、絵をあげると感激の涙を浮かべて神々さえ籠絡《ろうらく》しそうな笑顔でお礼を言われたのはいい思い出だ。

以来、父である男爵へ差し入れなどでやってくる双子たちと何度か交流しているうちに懐かれてしまった。

ブラム天使の将来の夢が、ラングレー騎士団長のような筋肉隆々の騎士になることらしいのだが、周囲の人は全力でとめてほしいと思う。

筋肉隆々の天使とか泣ける。せめて、細マッチョな天使がいい。

「今日はおふたりだけですか？」

「お母様はご用事があるから、終わるまで公園で時間を潰そうと思ったんだ」

「変なものがいるから人混み嫌いだし、ここは少ないからね。……うるさくない」

「いろいろ飛んでるけど、ここのは害がないもんね」

？　トンボとか虫だろうか。そんなに見かけてないが、どこかで大量発生しているのかも。

「マハダとドーラがいるから大丈夫なんだよ」

「悪いものは滅多に近づかないからね。あ、アンナは小川にいっちゃダメだよ？」

「うん。引きずり込まれるよ？」

ふたりとも真面目な顔で忠告してくれるので、思わず頷く。

たまに変なことをいうけど、大抵占いみたいな曖昧な感じだ。

占い師って胡散臭さがあるけれど、この双子天使は可愛いからいいのである。前に貴賓室に宿泊した子爵夫人が言っていた。「可愛いは正義」だと。

「邪魔してごめんね。ブラム行こう」

「うん。じゃあね、アンナ」

手を振る彼らに手を振り返す。先を歩いていたヴラドが引き返して私の袖をくいっとひいた。

「流れには逆らわず身を任せるといいよ」

それだけいうと、ブラムと同じ天使の笑顔と謎の言葉を残して去って行った。

うん。さっぱりわからん。

横から袖を小さく引かれ、視線を移せばルカリオさんが寂しげな目で私を見ていた。

私より大きいくせに、小動物みたいな雰囲気を出さないでほしい。べつに悪いことなんてしてないじゃん。ちょっと双子たちとおしゃべりしていただけだよ。

なんだかイケナイ雰囲気を醸し出しているルカリオさんは、手のひらで私の頬を包み込むと寂しげに微笑んだ。

「やっと見てくれた」

「あの、ルカリオ、さん？」

いつもと違う雰囲気にドキドキしてしまう。

「ほかの男をそんなに見つめないでください」

「お、男って、子どもですよ」

「嫉妬させないで……」

うぎゃっふ。そんな切なげに告げられても、どう対応すればいいのかわからないんですがっ。

口を開けても言葉は出ず、無意味に両手が宙を彷徨う。

こちとら恋愛初心者なんだから優しくしてほしい。

狼狽《うろた》える私を見て吹き出して笑うので、ようやく揶揄われたのだとわかった。ムカついたので公園を出るまで口をきいてあげなかった。

◆ ◆ ◆ ◆

ガルシアン伯爵家は王都の西側に領地を持っている。ガルシアン伯爵と嫡男は文部省に勤めているので基本的に王都暮らし。領地は伯爵の弟が代官として治めているそうだ。

将来的に嫡男が王都で仕事をし、次男が領地に行くらしい。ルカリオさんは三男だから自分で生きる道を見つけろと常々言われていたという。

継ぐ財産らしい財産はないと聞いたけど、ふたりで暮らしていければ問題ないよね。私も侍女として働くからお金のことは心配ないし。

結婚したら貴族街のアパルトマンを買って暮らそうといわれている。王宮へは通いになるが、通える距離なので大丈夫だろう。

「一緒に通いましょうね」

なんて、にこやかに話す将来がむず痒いし、照れくさい。私、本当に結婚するんだ。って改めて思っちゃうんだよ。

最近は、将来の話に一々反応してしまい、結果なぜかルカリオさんが喜ぶという訳のわからないことになっている。

自由にしていいといわれても結婚の報告をしないわけにはいかないので、やってきましたガルシアン邸。

小さいながらも庭付きのタウンハウスを王都に構えているのだから、裕福な部類に入るんじゃないだろうか。それでも、祖父の代に比べたらいろいろと縮小したのだとか。

初めてお会いしたガルシアン伯爵は髭の似合うひとで、リゼッタ伯爵夫人は少し派手な美人さんだった。ルカリオさんは母親似みたい。

派手な装いが悪いわけじゃないが、もう少し肌の露出を抑えて色味を落ち着かせたら気品が増すと思うんだけどな。チークをほんのりとのせて、口紅の色を変えるだけでも受ける印象ががらりと変わるんだけどなぁ。

そんなことを思いながらご両親に挨拶をしたあと、兄夫婦二組も合流してのお茶会となったのである。

この時点で私の疲労度はかなり溜まっていた。

「ロットマン男爵領って聞いたことないわ。どの辺りかしら。私ったら王都育ちだから田舎には縁がないのよ」

「王都からみて北東辺りです。自然豊かでおいしいチーズが有名なんですよ」

「まあ、チーズが特産なのね。今、帝国風のチーズ料理が流行っているのよ。ご存じ？」

「そのようですね。なにぶん田舎者ですので、流行には疎くて」

「まぁ、それはいけないわ。ルカリオは外交官ですもの。結婚するなら流行には敏感でいなければダメよ。私が新婚のときなんて……」

リゼッタ夫人は、私に話を振っては自分の思い出話に華を咲かせる。結婚の報告をルカリオさんがしたときも「思い出すわ」から始まった回想が長くて、途中でルカリオさんに止められて不満そうだった。

私の笑顔もそろそろ限界です。知らない思い出話ほどきついものはない。

「ルカリオとは王宮で出会ったのよね？」

「はい。クリフォード侯爵とご縁がございまして」

女装倶楽部でね。なんて事実はいえないけど。

「まぁまぁ、侯爵様と？　ルカリオは本当に侯爵様に可愛がられているのね」

あー、うん。無茶ぶりをされるぐらいには可愛がられているね。

ルカリオさんをちらりと見れば、何かを思い出したのか目が死んでいた。

「侯爵様のおかげで出会ったのね。これはもう、運命ね。貴方たちは結ばれる運命だったのよ。懐かしいわ。私も旦那様と出会ったのは王宮の夜会でしたのよ」

「そうなんですね」

「ええ。そこでこの人が運命だと感じたのよ。あぁ、思い出すわ。高鳴る胸。見つめ合う瞳。そして、ふたりを祝福する音楽っ。全てが私たちの真実の愛を祝ってくれていた素晴らしい夜だったわ」

「ソウナンデスネ」

返事が棒読み？　大丈夫、私の返事なんて耳に入ってなさそうだから。

「やはり女性に生まれたからには『真実の愛』に生きなければ幸せなんてなれないものなのよ」

「そうなんですか」

それはまったく共感できないなぁ。

リゼッタ夫人曰く自分たちは「真実の愛」で結ばれた幸運な夫婦なんだって。浮気三昧のどこぞの仮面夫婦とは雲泥の差だ。

リゼッタ夫人の熱い視線を受けた伯爵は、ルカリオさんとお兄さんたちとの会話を切り上げると、リゼッタ夫人を見てバチンとウィンクをした。

「僕もそうだったよ。君と出会った瞬間に恋に落ちたんだ。まるで天啓のようにね。君へのこの気持ちが真実の愛なのだと、ね」

「いやですわ、旦那様。恥ずかしいではございませんか」

「君への気持ちに恥じることなんて、ひとつもありはしないよ」

「私もですわ」

「リゼッタ……」

「旦那様……」

もう帰っていいですか？

結婚報告もすませたし、ルカリオさんのご両親とはいえ初対面の人の惚気話はきつい。

もう帰りたい。

「ねぇ貴方。プロポーズのときを覚えていらして？」

昔話を掘り返すのはご両親だけではない。長男夫婦もなにかのキッカケを摑んでは、昔話に花を咲かせている。

頼むから今を生きろ。

「もちろん忘れるはずがないよ。君は淡いクリーム色のドレスに僕の目と同じ緑のネックレスを着けていたね」

「クリーム色？　いいえ、淡いピンクだったわ」

「え？　そ、そう、だったかな」

「ねぇ、どなたとお間違えなのかしら？」

「そんな間違うだなんて……、君の美しさに見惚れていてドレスの色まで覚えていなかったのさ。でも、君の可憐さは色褪せることなく覚えているよ」

奥さんの鋭い眼差しに長男のジョエルはたじたじだ。妻のイベット夫人は身を乗り出して物理的にもジョエルに圧をかけている。

既に勝利は見えているのに、奥さんは攻撃の手を緩めない。

「まさか、顔しか覚えていらっしゃらないの？　『君の白い肌に花のようなドレスがとてもよく似合う』とおっしゃってくださったのに」

「すまない。君自身が魅力的すぎて、ドレスまできちんと覚えていなかったようだ。もし間違ったら、今みたいに愛らしく教えてくれないか？」

ルカリオさんを見れば、軽く頭を抱えていた。大変なんだなぁ。他人事のように思ったが、ルカリオさんと結婚したら親戚になるのだ。まったく他人事じゃなかった。

家を出るから、関わりが少なくなるのが救いかも。

次男のマシューと妻のアナベル夫人は我関せずといった雰囲気。それが日常なのか、リゼッタ夫人は気にもとめずに伯爵とイチャついていた。

そのあとも左側では伯爵夫婦がイチャつき、向かい側では長男夫婦が痴話喧嘩を繰り広げていた。

帰っていいですか？

何度目かの泣き言を紅茶と一緒に飲み干す。

紅茶でお腹いっぱいになりかけたころ、リゼッタ夫人が私の存在を思い出したかのように話しかけてきた。

「アンナさんは外見が地味だから、結婚式のドレスは華やかなものにしましょう。……あら、でも、それだとお顔が浮いてしまうわね」

思案顔で私を凝視する。

信じられる？　これで悪気がないんだって。

ルカリオさん曰く、思ったことをそのまま口にしてしまうことがままあるらしい。先に言ってくれてなければ、喧嘩売ってんのかこんにゃろう！　って思うところだったわ。

ルカリオさんがなにか言いかける前に笑顔で制した。笑顔をキープしたままリゼッタ夫人に向き直る。

「結婚式のドレスは義姉が作ると張り切っていましたので、任せたいと思っています」

「そう？　お義姉様がそうおっしゃるならお任せしたほうがよいのでしょうけれど、でも王都とは流行りが違うから、あまり野暮ったくなるのもねぇ……」

　殴っていいですか？

　いやいや。義理の母になる人だ。我慢だ、私。この人は素で失礼なだけ。それだけだ。

落ち着け、落ち着け。

　表情筋を総動員させて、笑みの形を維持するが早くも崩れそうになる。

「では、流行りのカタログを送って差し上げたらいかがですか？」

　助け船を出してくれたのは、意外にもアナベル夫人だった。

「まあ。そうね。人気店のカタログなら間違いないわね。私のときは『マダム・フローラ』が一番人気でしたけど、最近は『シャシャ・ルー』や『クロエラ』が人気なのでしょう？」

「ではその三店からカタログを送らせておきますわ」

　興味ありませんって冷めた表情をしているけど周囲を見ている感じがする。アナベル夫人は、侍女に向いているんじゃないだろうか。反対にイベット夫人は我が強いので向かなそう。なにかとマウントを取りにくるからね。

「『クロエラ』のイメージはちょっとそぐわないんじゃないかしら？　あそこは、大人の女性が似合うお店ですもの」

　案の定、イベット夫人がふふっと挑発的に笑ってきた。

　はい。そうですね。私、まだ十代ですから。って返したら反感買うんだろうなぁ。

「そうね。アンナさんはまだ十代ですものね。若々しいほうがいいわね」

あえて言わなかったことをリゼッタ夫人がとてもいい笑顔で言い放つとイベット夫人の頬が目にみえて引き攣った。

ガルシアン家の姑問題は、天然のリゼッタ夫人が優勢っぽい。私はなるべく関与したくないなぁ。

私が唯一頼れるルカリオさんは伯爵と談笑中で当てにはできない。心配そうな視線を投げかけられたが、大丈夫と頷いておく。こういうのは男性が入るとややこしいのだ。

「スタンダードな物は年齢を選びませんもの。見る目を養うのも必要ですわ」

嫁姑抗争の仲裁者はアナベル夫人らしい。

そうして、表面上では穏やかに顔合わせのお茶会は続いた。

疲れ果てた私を救ってくれたのはルカリオさんではなく、マシューさんだった。

「私たちはそろそろ失礼するよ。ルカリオ、祝いの品を家に忘れてきてしまったんだ。よかったらうちに寄らないか?」

「ありがとう、兄さん。それじゃいまから伺わせてもらうよ」

兄の提案に乗ってくれたルカリオさんのおかげで、私は気詰まりなお宅訪問からようやく解放された。

あー、かいほーかーん。

マシューさんの家はここから歩いて行けるほど近いらしい。歩いても大丈夫かと聞かれ、私もルカリオさんも頷く。貴族の淑女らしくない脚力あるからね。

意外だったのは、アナベル夫人も歩くのに不満を言わなかったことだ。

ふたりで歩く姿がとても自然で、普段から散歩とかよくしているのかもしれない。そう考えるとなんだか微笑ましい。

「すみません。疲れましたよね」

前を歩くふたりを眺めていたら、ルカリオさんが眉を下げて話しかけてきた。

「でも、思っていたより大丈夫でした」

ルカリオさんから聞かされたご両親の印象は『真実の愛』の盲信者みたいだったけど、現実はベタベタのバカップルだった。

何を話しても『運命』だ『真実の愛』だと結びつけるのは、辟易《へきえき》したけれど。でも思っていたよりも嫌悪感も拒否感もなかった。

なんでだろう。王宮で見かける上辺だけの関係じゃなくて、想い合っているから？

首を捻っていると「着いたよ」とマシューさんが声をかけてくれた。

そこは三階建てのこぢんまりとしたお家だった。前庭には花壇と庭妖精の置物が置かれていて可愛らしい。アナベル夫人の趣味だろうか。……まさか、マシューさんではないだろう。

品物が別室にあるからと、アナベル夫人がルカリオさんを連れて行ってしまったので、なぜかマシューさんと玄関で待つ羽目になっている。

ほぼ初対面の婚約者の兄と何を話せばいいと言うのか。さっきのお茶会で、擦り切れた精神力は最早ゼロに近い。

頭をフル回転して気の利いた話題を探していたが、運よく向こうから話しかけてくれた。

「ルカリオは末っ子だが、真面目でしっかりしていてね。両親があぁだから、私たちも『真実の愛』を夢見ていたんだが、ルカリオだけは途中で冷めてしまって。あの時はちょっと寂しかったなぁ」

なんか語りだした。

なんとルカリオさんも「真実の愛」の信者だったのか。どうりでプロポーズであっさりと捧げちゃうはずだ。

「君といるルカリオはとても楽しそうだった。久しぶりに嬉しそうな顔を見たよ。これからも弟をよろしく頼みます」

「こちらこそ、よろしくお願いします」

なんだろう。ルカリオさんが大切に思われていて嬉しい。

ほっこりとした気持ちでいたのに、少しの沈黙のあとでマシューさんが苦渋の表情を私に向けてきた。

「ひとつ。お願いがあるんだが、聞いてもらえないだろうか？」

「？　私にできることでしょうか？」

「もちろんだ。君に可能性を見てしまったんだ。こんなことはアナベル以外では初めてだ」

縋るような視線に嫌な予感がして、及び腰になった。

なにを言われるのかと身構えた私に、マシューーさんはルカリオさんと似た照れ笑いを浮かべて口を開いた。

「なに、簡単なことなんだよ。毛虫を見るような目で私を見下げてくれないだろうか」

「……………は？」

聞き違いだろうか。毛虫？

「いや、毛虫でなくてもいい。嫌いな虫ならなんでも……虫でなくてもいい、冷めた目で私を見てくれ」

は？　何言ってんだ、こいつ。

思わず取り繕うことができずに、半目になった私を誰が責められるというのか。

それなのに、マシューーさんは嬉しそうに胸に手を当て、嬉しそうに頬を染めた。

「ああぁ。思ったとおりだ。……イイ」

キラキラした瞳を向けられても困る。

顔を紅潮されても困る。

どうしたらいいんだ。

「そのままで。私が這いつくばるから、そのまま見下してほしい」

そう言うと、床に手と膝をつき、興奮した面持ちで見上げてくる。

キモい、キモい、キモい。

なんだ、どういう状況だ。ルカリオさん、ルカリオさーん！　ヘルプです、助けて！

次にどんな行動をするのか怖くて、身悶えるマシューさんを見下ろすことしかできない。

そんなカオスな中、救世主は階段を降りてやってきた。

「あなたっ！　なにをしてらっしゃるのっ！」

怒りも露《あらわ》に、目を吊り上げたアナベル夫人が階段を駆け降りて来る。

私なにもしてないですよ。と言いたかったが、彼女の視線はずっとマシューさんに注がれている。

「あぁ、アナベル。君ほどではないが、彼女も素質があるよ」

「人前でやらないと約束したではありませんか。私との約束を破るおつもり？」

「違うよ。そうじゃない。ルカリオと結婚したら彼女は身内だろう？」

「まだ違います。なんてことなの。顔合わせの日にこんなことをしでかすなんて。あなたはルカリオの結婚を邪魔するおつもりなのっ」

「悪かった。すまない、そんなつもりじゃなかったんだ」

「お黙りなさい」

アナベル夫人は足元に縋るマシューさんを冷たく見下ろしている。その視線が大吹雪かというぐらい冷たい。あの目で見られたら心折れる。なのに、熱い吐息を吐きながら心酔しきった表情で見上げるマシューさん。

強者《つわもの》か。いや、変態か。

「兄さんがすみません」

ルカリオさんが包装された箱を手に隣にやってきた。

「それより、止めなくて大丈夫ですか？」

目の前では、マシューーさんがアナベル夫人の足に縋りつき……あ、足先で蹴られた。

なんでそんなに嬉しそうなんだろう。理解できない。

「兄は、その、女性に見下されるのが好き……らしくて……」

「……は？」

「被虐願望というんでしょうか。ちょっとわからない性癖ですよね」

苦笑いを浮かべているけれど、私の泣き顔に惚れた貴方がそれ言っちゃう？

返す言葉に迷う私の前で、アナベル夫人が顎だけで二階へ行くように指示を出す。マシューーさんは嬉々として階段を上り始めた。

なにがそんなに嬉しいのか。二階になにがあるというのか。気にしちゃダメな気がする。

マシューーさんは階段の途中で「またね」と手を振ってきたので、ついつい振り返すその姿が二階に消えると、アナベル夫人が申し訳なさそうに謝ってくれた。

「ごめんなさいね。驚いたでしょう？　二度としないように厳しく言っておきますからね」

「え、あ、は、はい」

「ルカリオもごめんなさいね」

「義姉さんも大変ですね」

「私はそれも込みで結婚したからいいのよ」

ふたりでわかり合っているみたいに笑い合う。

なにその身内感。いや身内なんだけどさ。なんかもやっとする。

「アンナさん？」

ルカリオさんの声で、自分が彼の袖を摑んでいることを知って慌てて手を離した。

なにしているんだろう、私。

「そろそろ帰ります。お祝い、ありがとうございました」

「また来てちょうだい。歓迎するわ」

さっきまでの冷たそうな態度が嘘のようにアナベル夫人は朗らかに見送ってくれた。

もしかして、ルカリオさん相手だから？

いやいや。いくらなんでもそれは、ない。ないよね？　ないはず。

「アンナさん？」

「うわっ」

不意に目の前にルカリオさんの顔が現れたことに驚いて二、三歩下がる。

「どうしたんですか、ぼうっとして」

心配そうな顔に「大丈夫です」って返すのが正解だと思うのに、さっきの光景がチラついて別のことを口走ってしまった。

「お義姉さんと仲がいいんですね」

不思議そうに瞬きする顔を見て、しまったと口を片手で塞ぐがもう遅い。

何を言ってんの。こんなの、まるで……。

「嫉妬、しました？」

言い当てられて顔が熱くなる。

両手で顔を包むと自分でもわかるぐらいに顔が熱をもっていた。

「嫉妬してくれたんですね」

「な、なんで、嬉しそうなんですかっ」

こっちは恥ずかしくて逃げ出したいのに、笑顔全開でぐいぐい近づいてくる。

くそっ。離れろ。見るなぁ！

顔を覆う手を優しく外された。強い力じゃないのに逆らえない。

目の前にいるルカリオさんは、楽しそうに目をキラキラさせていた。

「嬉しい」

ぐっ。

こっちは羞恥で死にそうなのに。なんでそんなに嬉しそうなの。

文句を言う代わりに唇を噛んだ。それを咎めるようにルカリオさんの指が下唇に触れた。

あ、近いな。と思ったときには唇に柔らかいものが触れてゆっくりと離れた。

いま、くち、くちに。

呆然としていたら、もう一度柔らかいものが唇に触れ、惜しむように離れる。

その上……

「なめたー！」

なんで。なんで舐めるの。

唇なめる必要ある⁉

「な、な、なん、なんで」

「かわいかったので、つい」

ついってなんだ。

ついで舐めるもんなのか。舐めていいのか。

ていうか、キスした。キスした。キスしたぁああ‼

こんなに簡単にするの？　いや、別に場所とか時間とか夢とか希望とかないけど、ないけどー！

「嫌でしたか？」

そこでしゅんとしないで。

そんな場合じゃないのに可愛いなんて思う自分が馬鹿みたいだから。

「い、イヤじゃ、ないです」

なんだこの羞恥プレイは。

ぐぅぅと歯を食いしばりながら返した返事に喜色満面な顔が近づいてきたので、両手を突っぱねてその口を塞ぐ。

「もう無理ですっ」

これ以上は無理だ。

なんか死ぬ。何かいろいろといっぱいでもう無理寄りの無理。瀕死です。

ルカリオさんは小さく「残念」と言って口を塞いでいた私の手を外すと、素早く私の目元に唇を押し当てた。というか、目尻に溜まっていた涙を舐めた。

また、なめた――――!!

もう。もう。もう――――!!

「舐めるの禁止!!」

「それは、無理ですね」

爽やかに笑って速攻で拒否るな!!

◆　◆　◆　◆

お姉ちゃん、ピンチです。

そんな言葉が浮かんだ。そんなことを言っている場合ではないというのに。

「アンナ。聞いているの？」

「はいっ、聞いています」

穏やかで優しい声のはずなのに、なぜだろう、さっきから冷や汗が止まらない。

姉に助けを求めたいが、その姉が私を追い込んでいる。

「こんなに悲しい気持ちになるのね」

片手を頬に当て、伏し目のまま吐息をもらす。憂いの佳人というタイトルでもつきそうだが、その憂いの原因が私である。すみません。

「はい。誠に、この度は申し訳なく……はい」

テンパりすぎて、不正がばれた高官みたいな話し方になる。

「たったひとりの妹の婚約を、友人から知らされたこの悲しさ、惨めさが、わかる？」

「申し訳ございませんでしたぁ!!」

座ったまま深く頭を下げたせいで、テーブルに頭をぶつけた。

痛い。目の前に星が飛んだけど、そんなことはこの静かな怒りの前には些事だろう。

「いいのよ。貴方も忙しかったのでしょうから。いいのよ。私なんて、相談さえしてもらえない不甲斐ない姉ですもの。恋愛相談どころか、婚約した報告もしてもらえない頼りない姉だもの」

「や、でも、それは、いろいろとあっという間に決まっちゃって……」

「ミレーヌから聞いたときには、あまりの衝撃に倒れそうになったわ」

「え⁉　怪我は？　怪我してない？」

「怪我はしていないけれど、私の心の中は傷だらけよ」

おおぅ。なにをしゃべっても藪蛇《やぶへび》になる。

どうすればいいんですか。誰か、助けてください。

……無理だ。ここは伯爵家で姉の嫁ぎ先だ。私の味方なんて目の前に座る姉以外にいるわけがない。

「それで？」

しばらく気まずい沈黙の後、姉が微笑み魔神のまま何かを促してくる。

それで？

それで、なんだろう。これ以上の謝罪となると椅子から降りて地べたでの謝罪しかない気がする。

地べた……。いや、絨毯が敷かれているけど、でも地べた。それは淑女としてどうよ。

「アンナ？」

姉の圧が襲ってくる。ここは、腹を括ろう。

そっと椅子から立ち上がるとその横に座り込んだ。

「!?　ちょっと、なにしているの、立ちなさい」

慌てた姉が椅子から立ち上がり、駆け寄ってきて私の二の腕を捕まえる。

「もう、驚いたわ。子どもではないのだから床に座ってはダメよ？」

「そういうつもりじゃ……」

なかったんだけどなぁ。

椅子に座り直して、一息をついた姉がひたりと私を見据える。

「それで？　どこまで進んでいるの？」

「え？　どこって、その……えっと、キスまで」

「え？」

恥ずかしさを我慢して答えたら驚かれた。

私、そんなに貞操観念緩くないよ。もうちょっと妹を信用してほしい。

「そうではなくて……いえ、私の聞き方が悪かったわ。ルカリオ・ガルシアン卿と結婚までの話はどこまで進んでいるのかしら？」

あ、そっち？　それなら最初からそう言ってくれたらよかったのに。お姉ちゃん、ぽそっと「キスはしたのね……」とか言わないで。恥ずかしいからっ。


結局、ルカリオさんにプロポーズされてガルシアン家にご挨拶に行ったことまでを話し終えると、姉からは哀愁が漂っていた。

途中、家に帰った話のときに、母の浮気で私が悩んでいたことさえ話す羽目になり、めちゃめちゃ怒られたし、悲しまれた。

反省はしたけど、私を思って怒ってくれるのが嬉しくてにやけそうになる。

「じゃあ、本当の本当に、私が最後なのね……」

でも、でも、流れるようにいろいろあって……はい、言い訳です。ごめんなさい。

「結婚式のドレスは用意させてくれるのよね？」

「あ、それは、ニナ義姉さんが張り切っていたから……」

「そう。……義姉さんなら、仕方ないわね」

ルカリオさんと挨拶したときに、花嫁衣装は任せてほしいと懇願されたのだ。あんなに熱心に頼まれたら断れないでしょ。

「あんなに愛情込めて育てたのに、連絡は最後だし、ドレスも用意させてくれないし。はぁ、お姉ちゃん……哀しいわ」

申し訳ございません。

「でも、ほら、妊婦は無理しちゃダメっていうし」

「ニナ義姉さんも同じよね？」

「……ですよねぇ」

もうなにを言っても藪蛇にしかならない。

どうしたらいいんだ。誰か助けて。

「まぁいいわ。支度品は私が用意します。これは譲れません。父には私が連絡を入れておくから、貴方は定期的にうちにいらっしゃい。それと、今度ガルシアン卿も連れておいでなさい。いろいろと打ち合わせが必要だわ」

気を取り直した姉はキビキビと予定を立てていく。「忙しくなるわね」と言いながらも、楽しくてたまらないといった表情をしている。

姉も、義姉みたいに心配性な夫に安静を強要されているのかもしれない。

ルカリオさんはどうだろう。結婚しても、侍女を続けていいとは言われているから、そこまでではないかも。

でも、子どもができたら？　……私は、ちゃんと愛せるのだろうか。

一抹の不安があるけれど、大丈夫。父や姉たちもいる。ルカリオさんだっている。

ふと浮かんだせいで、彼に無性に会いたくなった。

◆　◆　◆　◆

王都ランドリアからシベルタ帝国との国境まで馬車で二日。そこから帝国の首都ノヴァイルスクまでおおよそ三日かかる。

帝国の首都がうちの国に近い距離にあるので、行って帰るだけでおおよそ十日。

今回は、荷物もあれば人も多い。盗賊や野生動物の対策として護衛もいる。大所帯故に余裕を持って片道七日、滞在と帰りを計算して合計十八日間の帝国旅行へ出発である。

国外に出るのは生まれて初めての私は、揺れの少ない馬車から見える景色にすっかり目を奪われていた。

窓の外は見渡す限りの麦畑。果てがないように感じるほど、麦畑が広がっている。収穫後だから刈り取った跡と茶色い土しかない。その畑の中に茶色の半円みたいな物が点在している。小屋ぐらいの大きさがあってロープで縛られている。なにあれ？

「あれは、麦稈《ばっかん》ハウスですよ」

「麦稈ハウス？」

向かいに座ったルカリオさんが、窓の外を見ながら教えてくれた。

小麦の収穫後の藁《わら》を集めたもので、麦稈ハウスとか麦稈ドームとか呼ぶんだとか。集めた藁は、牛や豚たちの寝床になるんだって。

知らなかった。荷馬車にこんもりと積んでいるのは見たことがあるけど、元はあんな風になっていたんだね。

「この辺りは穀倉地帯だからな。しばらくは代わり映えのない景色が続くぞ」

「もう少し先に行けば、丘の上に風車がありますのよ。そこで一度休憩いたしましょう」

「風車っ。私、本でしか見たことないです」

クリフォード侯爵夫妻の言葉に好奇心が抑えきれない。

すごい。旅行すごい。

本や人の話で知っていても、実際に見るのは想像以上の驚きがある。

見渡す限りの麦畑を見たときは驚きすぎて言葉が出なかった。平原って言葉のとおり確かに地面が平らだ。山はどこいった。見慣れたものが見えないってすごい不思議。

乗り心地のいい馬車に乗っているのは、クリフォード侯爵夫妻とルカリオさんと私の四人。更に、騎馬の護衛兵士と侯爵家の使用人が加わった一行となっている。

この旅の目的地は、シベルタ帝国の首都ノヴァイルスク。

そこで開かれる皇帝の即位二十周年を祝う記念式典に出席するために、初めての国外旅行をしている。

以前、侯爵に言われたが本当になるとは思わなかった。しかも、侯爵夫妻と一緒とか緊張しかないわ。最初はそう思ったけれど、夫人が気さくな方だし、何度かお会いしてもいるので、危うく居眠りしかけるぐらいには余裕が生まれている。

人も荷物も最小限にしたため、侯爵夫妻と同乗させてもらっているのだが、出発するなり侯爵とルカリオさんは仕事を始めてしまった。いつものことなのか、エマリエ夫人は気にもとめていない。流れる風景をのんびりと楽しみながら時折帝国のことなどを教えてくれた。

三つもある大きな風車を過ぎればもうすぐ国境で、その先は帝国だ。国境を越えるのも、帝国に行くのも初めてで、ワクワクが止まらない。だが、緊張と興奮で疲れた体に適度な振動が加わると次第に眠気が襲ってきた。気がついたらルカリオさんに膝枕されていた。

どういう状況。

目を開けると、正面には書類を読む侯爵と侯爵にもたれてうたた寝をするエマリエ夫人がいる。なんで目の前に侯爵夫婦がいるのかわからず、寝ぼけた頭で枕が硬いなと撫でるとピクッと枕が動いた。

「目が覚めましたか？」

声のする上を向けば、ルカリオさんがにこにこと私を見下ろしている。

奇声を上げなかった私、グッジョブ。

侯爵夫婦の前でルカリオさんに膝枕されている状況をようやく理解し、慌てて起き上がる。

引き留めないで、ルカリオさん。エマリエ夫人は生暖かい目で見ないでほしい。

彼の足に涎のシミがないことをさりげなく確認すると、姿勢を正す。

私にできることは全力でなかったことにするぐらいだ。

なんとか取り繕った私だが、寝ている間に国境を越えていた事実を知って愕然としてしまった。国境、見たかった……。


帝国領に入っても、国境付近は劇的な変化は見られなかった。王国とそう変わらない町並みだが文字も話す言葉も帝国のものだった。やっぱり異国なのだと実感する。

帝国の共通語がわかるとはいえ、不安もあったのでルカリオさんに文法がおかしくないかチェックしてもらった。

そして不意に訪れる静寂。

き、気まずい。

部屋数の関係で、私とルカリオさんは同室なのだ。婚約者なのだからと言われればそれまでだし、まさか侯爵様がいるのにエマリエ夫人と一緒がいいなんて言えるはずもない。

ルカリオさんからは大事にしたいからこの旅では手を出しません。とは言われていても、照れくさいことに変わりはない。

「ルカリオさんは、首都に行ったことが……」

「ルカリオ」

「はい？」

「そろそろ敬称を外して呼んでくれませんか？　婚約者ですし」

…………。そうですよね。婚約者だもんね。うん。

……って、すぐ変えられるかぁ！

「そ、それなら、ルカリオ、さんも同じじゃないですか」

私だけじゃないもん。ルカリオさんだって「アンナさん」じゃん。

どうだとふんぞり返れば、なるほどとひとつ頷いてにっこりと笑った。

「アンナ」

「うぐっ‼」

思わず胸を押さえて上体を折る。

ヤバい。なに、これ。ヤバい。

名前を呼ばれただけなのに、早鐘を打つ心臓を中心にして熱が広がっていく。全身に広がったら倒れるんじゃないだろうか。

ルカリオさんの指が私の左耳に触れた瞬間、体がぴくりと震えた。自分のものではない熱が耳殻をなぞって顎のラインをゆっくりと滑る。優しく力がこもった指が、抗えない強さで私の顔を上げさせた。視線の先には、甘い熱を孕んだ目があった。

「アンナ」

愛おしそうに名前を呼ぶその唇から目が離せない。

なにかを言いたくても言葉にならず、開いたままの唇にルカリオさんの指が添えられた。

「……ぁ……」

甘やかな雰囲気が満ちる中、ゆっくりとルカリオさんが近づいてくる。

なにも考えられない。たまらずに目を閉じれば彼の体温がより近くに感じた。

触れたような気がした瞬間、コンコンとノックが聞こえた。咄嗟に腕を突き出して
「ひゃいっ」と裏返った声が出た。

「アンナ……」

恨めしそうな目を向けられたけど、やっちゃった感はすごくあるし、反省もするけど、お客です。来客です。十中八九、ルカリオさんに用事だと思う。

案の定、クリフォード侯爵からの伝言で明日の予定の連絡だった。

ルカリオさんが話し合っている間に寝る準備を終えた私は、早々に自分のベッドに入った。ふたり部屋なので、ベッドもふたつある。……残念とか思ってないから。ちょっとだけしか思ってないから。

ベッドに潜り込んだ私の頭を大きな手がひと撫でする。

「明日から敬称をつけたら、罰としてキス一回にしましょう」

「え、無理」

「ダメです」

私の拒否を笑顔で却下する。

ひどい。横暴。

「頑張って、アンナ」

軽く悲観的になりながらも、キスってどこにする気だろうと考える自分の浮かれ具合に悶絶した。


王都を出発して六日目。私たちは予定より一日早くシベルタ帝国の首都ノヴァイルスクに到着した。

長かった。本当に長かった。主に気持ち的にとても長かった。

なんとか名前を呼ばせようとするルカリオとのやり取りに、侯爵夫妻が気まぐれに参加したうえにどちらもルカリオの味方をする始末。おかげで呼び捨てが板についたよ。孤軍奮闘した私を誰か褒めて。

旅以外のことで疲れた私は、ようやく到着したクレイル大宮殿の広大さに開いた口が塞がらなかった。

衛兵が守る三つもの門を抜けた先にはさまざまな建物が左右に建ち並んでいた。最初は街中だと思っていて、ルカリオにどのくらいで着くのかと聞いたぐらいだ。驚いて窓に張りついたよ。

クレイル大宮殿は建物の名前でもあり、五つの宮殿の総称でもあるそうだ。広大な敷地内には、公園に庭園、劇場、美術館、聖堂などがあるという。

もう、街じゃん。それ、街じゃん。

帝国は広いと聞いていたけれど、規模が違う。

ちなみに、私たちが宿泊するのは敷地内のプシュケ宮殿で、既に王太子夫妻が滞在しているらしい。

王太子夫妻も一緒なんて緊張する。まぁ、部屋は離れているし会う回数は少ないだろうと思っていた。

異国情緒溢れるプシュケ宮殿は、廊下や部屋の入口などがアーチ状になっていて、切り替え部分にカナリアの装飾がされている。そのせいか別名を『カナリア宮』ともいうらしい。

そんな話を王太子妃からお聞きした。

到着したその日の晩餐は、王太子夫妻と侯爵夫妻とご一緒することになったのだ。緊張でまったく食べた気がしない。肉とチーズケーキがうまかった記憶しかない。

晩餐のあと男性陣は遊戯室へ行き、女性陣は場所を移して談話となった。

正直、部屋に帰りたいがそうもいかない。腹の奥に力を入れて、根性で乗り切ってやろうじゃないか。

王太子妃のルイーズ妃は、クリフォード侯爵家令嬢のオリビア様と友人らしく、エマリエ夫人とも顔見知りなのだという。ならば、私は控えて大人しくしておこうと思ったのに、なぜかルイーズ妃が話しかけてきた。

「オリビアに聞いたのだけれど、面白いマッサージができるのですって？」

オリビア様、なんでそんな話題を提供したんですか。

驚いて目を見開く私にルイーズ妃が追い打ちをかけてくる。

「顔をすっきりさせるのですってね。ぜひ試してみたいわ」

王太子妃にアレをしろと⁉　いやいやいやいや、無理じゃないかな。無理でしょ。

冷や汗が出そうな私をよそに、エマリエ夫人が「驚きましてよ」なんて感想を言う。

侯爵夫人――――‼

叫びたい衝動をグッとこらえてなんとか笑顔を浮かべる。

「皮膚を押すので、少しだけ痛みがございます。申し訳ありませんが……」

「まぁ。そのくらい平気でしてよ」

断ってくれ。と暗に込めた願いも虚しく快諾された。しかも「優しくしてくださる？」

と、大変愛らしくも恥じらった顔で誤解を生みそうな返事をしてくれる。

可憐さに体液がごふっと吐き出るかと思った。

「今夜、実践してくださらない？」

期待に満ちた目は断られるなんて微塵も思ってなさそう。実際、断れないんだけどね。

侯爵夫人にするのと、王太子妃にするのでは緊張度合いがまったく違う。助けを求めてエマリエ夫人を見れば微笑んでいるだけで役に立たない。むしろ「期待なさってね」などという始末。

違う。後押ししてほしいわけじゃなくて、断ってほしいんですが……無理ですか、そうですか。泣く。泣いていいですか。

そのまま流されるようにルイーズ妃の部屋に連れてこられた。エマリエ夫人は激励をして去っていった。

妃殿下が湯浴みに行っている間に、顔合わせをした妃殿下の侍女たちと打ち合わせをし、湯上がりに化粧水だけをつけてから開始することになった。

それにしても、さすが王太子妃の化粧品。品揃えも品質もすごい。器も中身も高級品だらけだ。目を奪われていると、見たことがないものが交じっている。

丸型のガラス容器に入っているのは、白銅色のクリームだ。

なにに使うのかと不思議に思っていたら、帝国の東部にある温泉地から取れる泥だという。この泥で顔や手足にパックすると肌が白くてもちもちになるそうだ。

ただ、残念なことに、日持ちがしないのでお土産には向かないらしい。マッサージの後に泥パックをするというので、使い方を見せてもらえることになった。

湯上がりのルイーズ妃に小顔マッサージをすると、その成果に大変喜ばれた。仕上げついでに肩を揉むと「あぁっ」と悩ましげな声が漏れて、大変焦った。ぐっと押す度に「あ

など要らない。ふっ」とか「ん、ん、ん」とか漏れる声は誤解を招きそうだから止めてほしい。新しい扉

全部を終えたときにはルイーズ妃の目はとろりと溶けて可愛さと妖しさが半端なかった。

そのあとは、ルイーズ妃の専属侍女に泥パックを教わり、化粧談義に花が咲いた。

予想外だったのは、戻ってきた王太子までもマッサージに興味を持ったことだ。

「面白そうだ。やってみせよ」

痛みがあるかもと言っても引かないので、もうどうにでもなれと腹を括った。なにかあればエマリエ夫人に助けを求めよう。

広い部屋の豪華なベッドに逆向きに寝転がるのは、柔らかな癖のある金髪の凜々しいイケメン。我が国の王太子、オーガスト殿下である。

緊張を落ち着かせるために深呼吸をする。

「では、始めます。痛みがあれば仰ってください」

背中に侍従たちの鋭い視線を感じながら、王太子の顔にタオルをかける。

今回マッサージをするのは、肩と首と頭だ。本当は背中もやりたいが、馬乗りになるかならなぁ。それは流石にアウトだろう。まだ死にたくはない。

オイルを手で温めてから首から肩へと手を滑らせる。

「んっ」

鼻から抜けた声がやけに色っぽい。夫婦揃ってドキドキさせないでほしい。

平静を装い、顔を横に向けて首筋を指で流していく。

「ん、んっ。……ふっ」

たぶん痛気持ちいい感じなんだろうけど、耐えている姿をみるともう少し強めに押したくなるのはなぜだろう。ほぐし屋の店長夫婦みたいなＳ気質はないと思っていたのに。

そんなことを考えていたら、手が滑った。

「んあっ！」

最大に色っぽい声になったが、私の顔色は真っ青だ。なんなら背後から殺気さえ感じる。

「も、申し訳ありません」

「いや、よい。気にするな」

寛容な言葉に感謝しつつ、肩と頭のマッサージをしていく。もう不埒《ふらち》なことは考えず無の境地である。今なら神職になれる気がする。

「すごいな。体も頭も軽くなった気がする」

頭や肩を回す仕草が嬉しそうだ。

かなりお疲れだったんじゃないかな。疲れが溜まっていた感じがしたもん。

妃殿下と談笑する姿を微笑ましく思いながらそっと退室した。その際、ルイーズ妃からだと泥パックのお裾分けをいただいた。

部屋に戻ると、もうルカリオも戻っていた。

こんなに広い宮殿なのに、またしてもルカリオと同室である。結婚も決まった婚約者同士だから問題ないらしい。

手を出さないという宣言どおり、まだ一線は越えてないがキスは毎日している。というか、されている。最早ペナルティー関係なくキスされる。それに比べたら、呼び捨てなんてことはない。恋人繋ぎも、菓子を食べさせ合うのも、慣れさせられたよ。

ただ、私からするのは慣れない。というか無理。恥ずかしくて死にそうになる。

「オーガスト殿下もルイーズ妃も気さくな方だったでしょう?」

「そうですね。でも、緊張しちゃいました」

椅子に座っている彼に近づけば、お風呂上がりなのか石鹸のいい匂いがしてドキドキする。濡れた髪を一房手に取る。

「お願いがあるんだけど……」

「なんですか?」

いつも見上げている顔が下がった視線の先にあるのが不思議で新鮮だった。

「あの……しても、いいかな?」

「え?」

「あ、ダメならいいの」

「ダメじゃないです」

聞き返されて引き下がろうとしたら、食い気味に止められた。いいの?

「あ、でも。あまり上手くないかも……」

「構いませんよ」

きっぱりと言ってくれて嬉しくなった。下手かもしれないけど、頑張ってみよう。

「じゃあ、準備するから待ってて」

鞄から取り出した新しいタオルをデコルテにかけると、ルカリオが驚いた声を出した。

え？　なに？　どした？

「今日教わったばかりだけど、ちゃんと聞いたから安心してね」

「えっと、それは？」

容器の中に指を突っ込んで持ち上げると、白い液体がとろりと糸を引く。

「ルイーズ妃からいただいた泥パックです」

変なものじゃないよと気持ちを込めて笑顔で答えたのに、ルカリオは両手で顔を覆ってぶつぶつと何かを呟いている。

「そうきたか」とか「そんな上手い話が」とか漏れ聞こえる。

いや、そんな上手い話があったのよ。このパックだけでプル艶なお肌になれるんですよ。嘘じゃないよ。

「大丈夫ですよ。私がちゃんと体験してきましたから。顔に塗るときはちょっとだけ気持ち悪いかもしれませんけど、洗い流したら、ほら、わかります？　ぷるぷるなんですよ、ほらほら」

わかりやすいように顔を近づけて頬を指差す。一回で肌が吸いつくようにしっとりとして、ぷるんとするのだ。

触ってみて。すごいでしょ？　すごいよね。

ぷち興奮状態の私は気がつかなかった。ルカリオの雰囲気が変わったことに。

伸ばされた手のひらが私の頬を包み、長い指が耳の後ろをつぅと撫で下ろす。

くすぐったさに肩をすくめると、間近にある目が射抜くように私を見ていた。

「本当ですね。まるで吸いついてくるみたいだ」

「……んっ」

ふっと笑ったルカリオの手が首筋を掠める。ぞわりとした感覚は悪寒とは違い体の奥が震えた気がした。押し殺した吐息が漏れる。

なに、今の声。恥ずかしすぎる。

このままじゃいかん。なんかダメな気がする。

「ぱ、ぱぱ、ぱっく！　ぱっくしまひょう！」

噛んだが、構わん。

この空気が払拭されるなら問題ない。

ルカリオは目を見開いたあと、小さく吹き出して笑った。

「そうですね、パックしましょうか」

ひと通り笑い終えると、椅子に座り直してくれた。思い出したように笑うのやめて。

落ち着かない心臓を抱えて泥パックを終えると、洗い流すために洗顔に行ってもらう。

その間に片づけている最中、不意にさっきのルカリオとのやり取りを思い出した。

あれ、もしかして、私、誘うようなことを、口にして、なかった、かな……。

気がつけば、そうとしか思えず、頭を抱え込んでしまう。察しが悪いにもほどがある。

ええ？　どうしよう？　どうする？

いや、今更どうしようもないのだけれど。

待てよ。そういうことするときって、脱ぐの……？　いや、着てもできるけど、そうじゃない。初めてが着たままとか嫌すぎる。

今まで遭遇したアレコレやメイドのおばちゃんたちの下世話な噂話が頭の中をよぎる。

待て。待てまてまてまてぇぇぇ。

首から下に視線がいく。……脱ぐの？

「うぎっ」

無理だ。ダメだ。服を脱ぐとか、無理じゃん。自分で脱ぐのも、脱がされるのも無理じゃん。

それに脱ぐのは私だけじゃない。

……いや、無理。マジ無理。絶対に無理。

見せる勇気も見る勇気もない。いや、見たい気持ちはちょっとある。ちょっと、かなり……たぶん。違う、ちがう。そうじゃない。これじゃ私痴女じゃん。ちがうからっ。

いくら身悶えようと、今更どうにもならないので、挙動不審ながらも戻ってきたルカリオを出迎えて、何事もないように振る舞って眠りについた。

ちょっと悶々として寝つきは悪かった。

◆　◆　◆　◆

ヨーゼフ皇帝の在位二十年を祝う記念式典には、帝国内の貴族や属国の代表をはじめ、友好国の代表が式典に参列する。

我が国は王太子夫妻が名代となり、外務大臣のクリフォード侯爵夫妻とルカリオさんが出席する。我が国からは、他にも学者とか著名人が招かれているそうだが、私に関係ないので割愛する。

明日の式典では、皇帝が大聖堂で法皇から祝福をもらうそうだ。

その式典には王太子夫妻と侯爵が出席するので、私たちはフリータイムとなる。こういう、宗教絡みの式典では聖職者によるありがたくも長い説教タイムが付きものなので、出なくていいならそれに越したことはない。

式典が終われば、皇居までパレードして夜は祝賀の晩餐会がある。これは全員出席らしい。会場が三箇所に分かれるというだけでも、規模の大きさがわかる。

二日目は皇帝に祝辞を述べる謁見があり、夜は舞踏会だ。三日目は大規模な夜会があり、やっと全行程が終わるのである。

大忙しだ。

皇帝も招待客も忙しいが、裏方はさらに大忙しなことだろう。頑張れ。

そういう私も朝から忙しい。なんと、王太子のお手伝いをすることになってしまったのだ。招待客である王太子夫妻も多忙で、準備の合間に面会が入ったりする。連れてきた侍女だけでは手が足りない。そんな事情を聞かされ手伝ってほしいと頼まれたのは、王太子妃にマッサージをした後だった。

「実は、私ではなくオーガスト殿下のお手伝いを頼みたいのよ。今回は殿下の侍女を連れてきていないから、貴女が手伝ってくれると助かるわ」

ルイーズ妃がいうには、大抵のことは侍従がしてくれるがやはり男性だけでは行き届かないこともあるらしい。お手伝い程度に考えてほしいとのこと。ただし、私も出席する側なので、そこは妃殿下や侯爵家が手伝ってくれるそうだ。

どうかしら？　と聞かれてはいるが、断れるはずもない。

ルカリオも到着するなり侯爵と忙しそうにしていたし、どうせ暇なのだ。

「どこまでできるかわかりませんが、精一杯務めさせていただきます」

そんなわけで、帝国でも侍女のお仕事することになりました。

今日は式典があるので、侍従と軽く打ち合わせて身支度の手伝いや、ルイーズ妃への伝言などのお使いをする。

無事に送り出したら、ルイーズ妃の侍女と一緒に部屋を整えて、晩餐会の支度もしてしまう。式典後は遅めの昼食を終えて、晩餐の支度。合間に自分の支度もする。ヘアメイクは先にしていたのでドレスを着るだけだ。

晩餐会と舞踏会と夜会に出るため、ドレスは三着用意している。もちろん、装飾品一式に靴までルカリオからの贈り物だ。

婚約者からの贈り物なんだから遠慮なく受け取ればいいのに、思わず総額を予想して戸惑ってしまった。

「お揃いなんですよ」と笑顔で披露してくれた夜会用のドレスは、サイズが違うだけで同じデザインなのに違って見えた。

思わず、どんな化粧にするか考え込んでしまった。せっかくのお揃いなら化粧も似た感じにしたい。その場合、私はいったいどれだけ盛ればいいのだろう……。

いや、それは帰ってから悩もう。そうしよう。

晩餐会では王太子夫妻と侯爵夫婦は同じ会場で、私たちは違う会場だった。おかげで、緊張することなく気楽に料理が楽しめた。

肉もチーズもワインもとてもおいしかったです。


翌日は皇帝に謁見する準備があるので侍女業はお休みして、朝からルカリオの身支度を手伝い、手伝われて準備を終えた。

　皇帝への謁見は、人数が多いので、国の使節団ひとまとめで謁見することになっている。我が国の代表は王太子なので、メインは王太子夫妻。ついで外務大臣のクリフォード侯爵とルカリオ。私はおまけみたいなものなので少しだけ気楽だ。料理でいえば肉に添えられた葉物野菜か、もしくは食べられる可能性が低いハーブか。

　そんなくだらないことを考えていたら、順番が来たらしく呼び出しがきた。友好国の王族がいるので、順番が早いのだろう。侍従の先導で謁見の間の豪華絢爛な大扉の前に立つ。オーガスト殿下の名前が高らかに呼ばれると大扉がゆっくりと開いた。

　皇帝がいる上座まで続くレッドカーペットをゆっくりと進む。徐々に見えてきた皇帝は、体格のいい美丈夫だ。うちの国王が勝てるのは厚みのある腹部ぐらいだろうか。そのうえ、なんというかキラキラしている。宝冠とか衣装のせいもあるけど、本人が輝いて見える。これが皇帝のオーラか。

　直視するわけにはいかないので、ちらりと見ただけだが。……化粧しているよね、絶対。形よくキリリと整った眉の下、目元にはアイシャドウが入っているし、薄い唇は自然で血色のいい色が塗られている。

　培った観察眼を舐めるなよ。

　女装用の隠す化粧ではない。あくまで男性を意識した化粧だ。舞台俳優を薄くしたような、騎士団長を女装させる二、三歩手前というか。いや、騎士団長は女装しないか。

例えがむずかしい。

でっかい宝石がのった指の先も綺麗に整えられて色鮮やかに染まっているし、その指にも袖から覗く腕にも毛が見当たらない。体毛が薄いだけかもしれないけれど、剃ってる可能性もある。

確かめようはないんだけど。いや、確かめなくてもいいんだけど、ちょっとだけ気になるその処理方法。

カミソリで剃る以外に方法がありそう。気になる。

恐るべし、美容大国。

「あの小さな王子がかくも立派に成長したものだな」

「幼き時にお会いしたときはその威厳に萎縮してしまいましたが、変わらず壮健なお姿に畏敬の念が絶えません」

「ははっ。世辞まで言えるようになったとは。余も年を取るはずよ」

「輝く帝国を統べる陛下にそう仰っていただけるほどには成長したことを誇りに思いましょう」

王太子が目配せするとクリフォード侯爵が持っていた小箱を侍従に渡した。

皇帝の前で恭《うやうや》しく開けられた小箱の中を見た皇后が驚きに目を見開いた。

小箱の中身は、大粒の真珠を中心に小粒のエメラルドをあしらったブローチで、国宝にもなりえる程の逸品なのだと聞いている。

「これは、見事だ」

「ええ、我が国でも最大級の品質です。この先も続く陛下の御代をお祝いして贈らせていただきます」

皇帝は皇后の満足そうな顔を見て、にやりと王太子に笑いかけた。人を食ったような笑い方に目がいきかけるが、どうしても形よく光る指先に目がいってしまう。

あのネイル、何を使っているんだろう。色もきれいだし。ルイーズ妃の侍女は知っているかな。あとで聞いてみよう。

「そなたに吉報があれば、返礼せねばならぬな」

「近いうちにお聞かせできるように努めましょう」

「では急いで見繕わねばならんな」

皇帝は手を叩いて笑い、終始和やかなムードで謁見は終了した。


夜の舞踏会まで時間はあるけれど、エマリエ夫人とルイーズ妃から小顔マッサージをお願いされているので、私は大忙しだ。

ルイーズ妃を終えてエマリエ夫人の元へ行く。どことなく浮き足立っている様子が可愛らしい。

「なにかよいことでもございましたか？」

「あら。そんなにわかりやすかったかしら」

「私にもわかるぐらいには」

　エマリエ夫人はふふふと可愛らしく笑うと、秘密を告げるように教えてくれた。

「今日はね、私の親友に会えるの」

「それは楽しみですね。帝国の方ですか？」

「帝国の伯爵家に嫁いだのよ。文通はしていたけれど会うのは何年振りかしら」

同じ国でも結婚後はそうそう気楽に会えなくなることもよくある。国を跨げばその機会はさらに減るのだろう。

「では、今宵は楽しみですね」

「ええ、そうなのよ。少しでも綺麗になって彼女に会いたいわ」

「では、私も気合を入れてお手伝いさせていただきます」

夢見るようにうっとりと語るエマリエ夫人はまるで恋をする乙女みたいだ。

親友って、女性、よね。嫌な疑問が湧き出たけれど、侯爵とのイチャつき具合を見れば、男性の可能性はない……と、思う。

「ええ。よろしくね」

目を閉じたエマリエ夫人の顔に、手で温めたクリームをのせる。

ことさら丁寧に施したエマリエ夫人の顔はまるで少女のように輝いていた。


舞踏会は予想どおり煌びやかで華やかで規模が大きかった。

そして、案の定、化粧した男性が多かった。皇帝を見たときからそんな気はしていたんだよ。髭や手足の毛がない人や肌が艶々している人も多かった。

舞踏会ということでみんな気合を入れているんだろう。それはわかるんだが、皇帝のように上手に化粧している人もいれば、女装しかけて失敗したような人もいる。男装しているのか、女装しているのか、よくわからない人もいる。

いくら美容大国でも、みんなが上手いわけじゃないんだね。まぁ、当たり前か。

隣を見上げると、ちゃんと男の人らしい爽やかイケメンがいる。

「癒やされる」

ルカリオがいてよかった。

侯爵だとマリアンヌさんがチラつくんだもん。ルカリオは……ルカリオだし。

「よく似合っていますよ。帰ったらお揃いで着ましょうね」

「姉妹みたいに？　お互いにドレスで踊りましょうか」

ドレスを着た美人のルカリオと踊るなら、どのくらい盛りメイクをすればいいのやら。

悩む私の頬に手を添えたルカリオが甘い視線を寄越す。

「ドレスの私にも惚れてくださいね」

「その時は、私好みに作り変えて差し上げますわ」

にやりと笑うと「貴女にならいかようにも」と頬にキスされた。

睦言を囁くようにこそこそと話していれば、視界の端で私を睨んでいる令嬢がいる。

はぁん？　もしかして、ルカリオを狙っていた人かな？

ざーんねん。婚約済みだ。諦めてもらおうか。

周囲への牽制の意味もこめて、エスコートで取っていた腕に体を寄せてより密着してみる。

みよ、練習の成果を。

これぐらい朝飯前だ。ちょっとだけ心臓が速いけど大丈夫。まだまだいける、はず。

余裕のフリをしている私の心情を知ってか知らずか、ルカリオは右手で私の左耳を軽く揉むと右耳に顔を近づけ囁いた。

「もっと独占して」

ふぎゅっ！

変な声が出るところだったじゃん。

邪魔しないでと、睨みつけると、それはそれは蕩けるような笑顔を向けられた。

そうだった。これは喜ぶ反応だったよ。

学習しろ、私。


王太子夫妻が入場してしばらくしてから皇帝と皇后が入場した。

大階段の踊り場で程よい長さの演説をした後に「音楽を」と芝居がかった仕草をすればオーケストラが優雅な音楽を奏で始め、舞踏会が始まった。

ダンス？　練習しましたよ。すっごい頑張った。足は踏まなくなったし、ステップは間違える回数が減った。全部のステップは覚えてないので二、三曲に絞ったけどね。それ以外の曲は踊れません。

全部ルカリオとだけ踊るからいいもん。

私に声かけてくる人なんていないだろうと思っていたのに、なんと三人いた。

化粧マジックすげぇ。私の技術すげぇ。

ボロが出るのも困るのでやんわりと断るはずが、ルカリオが矢面に立ってきっぱりと断ってくれた。

「アンナはそのままでも十分可愛いんですから、自覚してくださいね」

惚れた欲目の婚約者に忠告されたけど、社交辞令って言葉を私はちゃんと知っている。むしろルカリオこそ気をつけてほしい。このカオスの中で爽やかイケメンなんて貴重なんだからね。

二曲続けて踊ったあとは、人間観察しながらルカリオと会場を歩いた。

本当に、いろんな人がいて面白い。

ついつい男性の化粧や服装に目がいきがちなんだけど、女性の化粧やヘアスタイルも新鮮で面白い。

あちこちで聞こえてくる噂話もけっこう面白い。

どこかの子爵はさまざまな鬘を楽しむために髪を剃り落としたとか、眉毛を抜きすぎてなかなか生えてこない令嬢の話とか。

噂話って国が変わっても変わらないもんだね。

人を観察して、料理を堪能して楽しんでいると、会場の端で侯爵夫妻を見つけた。人が多くても、知り合いはすぐに見つけられるって本当だね。すぐにわかった。

侯爵夫妻は綺麗な婦人と談笑していた。婦人の背後にいるのは夫だろうか。どこかで見たような気がする。誰だっけ。

エマリエ夫人がとても嬉しそうにしているから、彼女が言っていた親友なのかもしれない。それにしても、綺麗な人だ。エマリエ夫人は可愛らしいけれど、親友さんはきつめの美人だ。どことなくマリアンヌさんに似ている気もする。毒気を抜いたマリアンヌさんというか、マリアンヌさんとオリビア様の中間というか。

「ルキアーナ伯爵夫妻ですね」

私の考えを読んだように、ルカリオが同じ方向を見て教えてくれた。

その名前を聞いて思い出した。背後に立っている男性は前に貴賓室で担当した人だ。坊ちゃんの子守の記憶が強すぎて伯爵の顔がおぼろげだったわ。

「伯爵夫人はクリフォード侯爵の従姉妹なんですよ」

「だから似ているんですね」

いろいろすっきりしたので、帝国のワインの飲み比べでもしてみようか。

ワインだけではなく、帝国で有名な火酒を飲んだ私はそのあとの記憶がない。気がついたらベッドの中だった。

なにかあったのかルカリオに聞いても曖昧な答えしか返ってこない。不安しかないんだが？

なに、その煮え切らない返事は。「可愛かったですよ」じゃない。そんなことは聞いてない。

私、なにかした？　なにしたの？　ねぇ！

はっきり教えてよぉぉ。

第六章

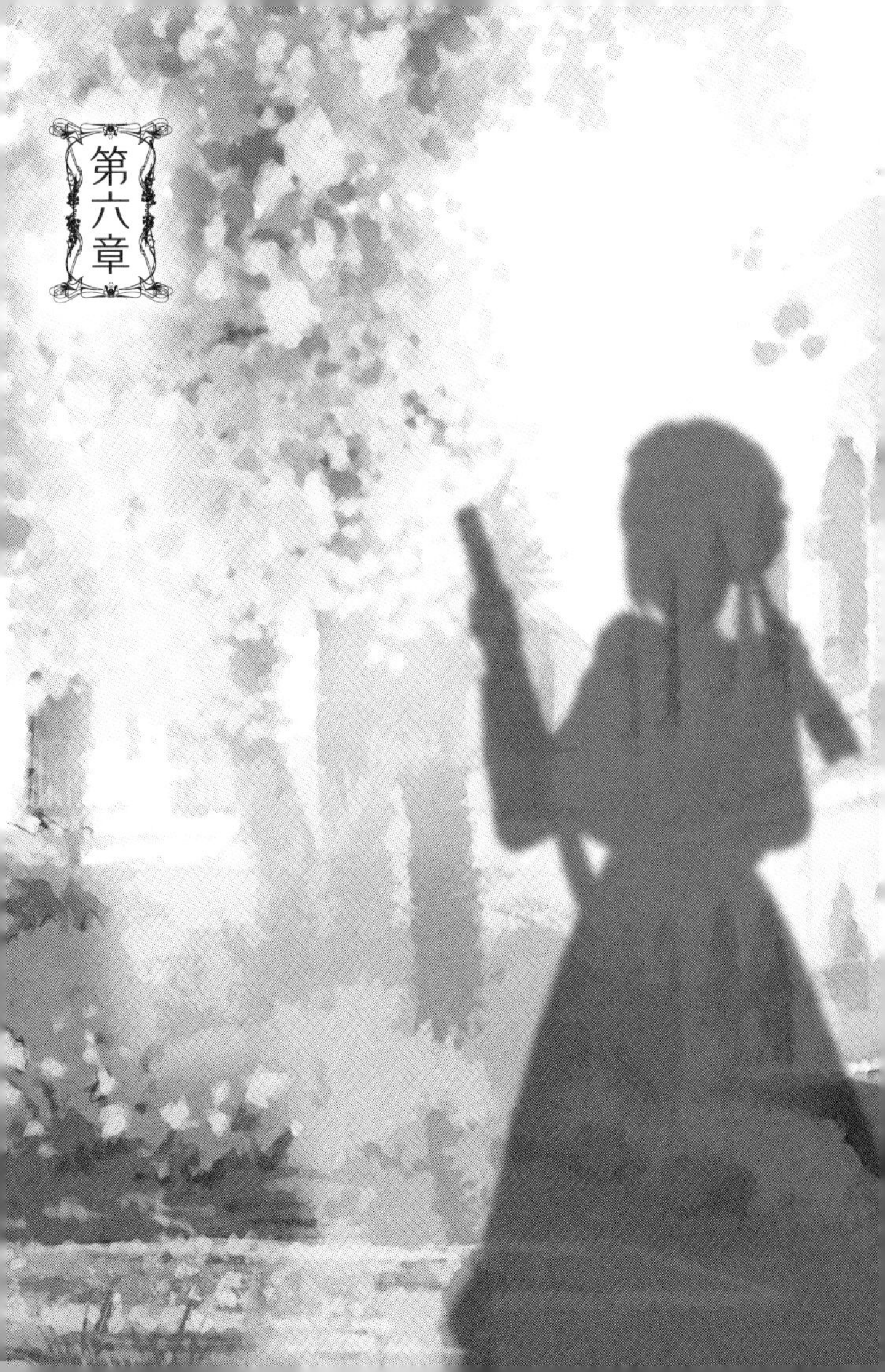

空は高く青く澄み、白い雲は薄くたなびいている。澄んだ空気を吸い込みながら、私はなぜかひたすら走っていた。

「遅れてるぞっ！　残り三周っ！」

女性にしては低い怒声を耳にして気が遠くなる。

うそだ、あと三周もあるの。もうヤダ、苦しい。むりだって。

無意識に足を動かして、辛うじて走っている状態だ。早足なら確実に抜かれている。なんなら歩いている人にも抜かれそうな気がする。というか、一緒に走っていた騎士たちに何周も抜かれている。

「気合を入れろぉ！」

気合。気合なんかでどうにかなるのか。

どうにもならんだろう。

はひゅはひゅと息を吐きながら、なんとか足を前に出している。気持ちは走っている、気持ちだけは。

無心で足を動かしてなんとか走り終えた私は、ゴールと同時に地面に転がった。

死ぬ。死んじゃう。

息をする喉も、肺も、酷使した足も腕も、全身が痛いし、苦しい。

見上げた空がムカつくぐらいに青くて綺麗で、このまま天に昇るんじゃないかとまで思った。

そこに影が差した。

「休憩している暇なんてないよ。早く立ち上がりなさい」

情け容赦なく告げられた言葉に絶望する。

うそ。まだやるの。もういいじゃん。

ぜぇはぁと全身で呼吸をしながら、よろよろと起き上がる。満身創痍の私を労る素振りさえ見せないとは、なんて悪魔だ。

「ストレッチ始めるよ」

悪魔な女性騎士は淡々と言うと、私と背中合わせになり体を丸めた。必然的に私の背中が伸ばされ、ボキッと鳴った気がした。折れてないよね？

しゃべれる状態ではないが、大声で物申したい。

私は侍女であって、騎士でも騎士見習いじゃあないいんだよっ!!

私が騎士の訓練場に放り込まれた原因は、前日まで遡る。

帝国から帰国した翌日。侍女長に呼び出された私は、持ち主に似て重厚感たっぷりの部屋で転属を告げられた。

「喜びなさい、アンナ・ロットマン。本日付けで王太子殿下の専属に配属されました」

なにかあり得ない幻聴が聞こえたぞ。

厳格が服を着ている侍女長がまさか笑えない冗談を言ったよ。

「返事はどうしました」

「申し訳ありません。あり得ない内容が聞こえた気がしまして……」

「驚くのも無理はありません。男爵令嬢が王族の専属侍女になるなど滅多にあることではありませんからね」

ですよね。私も初耳です。

公の場に同行することもある王族の専属侍女は、大抵が伯爵以上の令嬢や夫人がなるものだ。よほど訳ありでもなければ。

「ご安心なさい。今回の移動については、王太子殿下はもちろん妃殿下もご承知の上です。先の帝国訪問の際に貴女の働きが認められたようです。誇りなさい」

私がしたことなんて雑用とマッサージぐらいしかない。専属となったら毎日やらされる気がするのは気のせいだろうか。

マジか。

本音を言えば遠慮したい。だが、しがない貧乏男爵家の娘が断れるはずもない。私だけじゃなく、実家にまで迷惑がかかる。

「ありがたく、拝命いたします」

選択肢などない辞令に肝が冷える。

なんてこった。まさか、王族に仕えることになろうとは夢にも思わなかった。

人生なにが起こるかわからないものだなぁ。

引き継ぎもそのままに移動した先は王太子の執務室で、王太子本人と王太子専属の侍従五人と侍女ひとりと対面を果たした。侍従の三人は帝国で既に会っているので顔見知りである。

王太子の無駄にキラキラしい笑顔にムカついたのは今日が初めてではなかろうか。

貴賓室の仕事、気に入っていたのに。ミレーヌさんとスピカさんにろくな挨拶もできなかった。くそぅ。

「やぁ。今日から頼むよ」

「誠心誠意務めさせていただきます」

今後の予定や仕事内容などを伝えるからと、筆頭侍従のローガンさんと侍女のマルグリッドさんと一緒に隣の控え室へと移動する。

仕事の説明をしてくれたのは、筆頭侍従のローガン・モリス。モリス侯爵の弟だという。

彼を一目で侍従と見抜く人はいないのでは？　というぐらい筋肉マッチョである。

お仕着せの侍従服からでもわかる盛り上がった肩と腕、更に私よりもありそうな胸囲。

実は護衛騎士兼任なんじゃないだろうか。

「よく来てくれた。歓迎するぞ。今後、我ら一丸となって殿下をお支えしていこう！　よろしく頼む」

「こちらこそ、よろしくお願いいたします」

ノリが騎士団なんだけど、本当に侍従？

握り拳を掲げるローガンさんに苦笑しながら、侍女のマルグリッドさんが一歩前に出る。

彼女は王太子の乳母をしていた方で、柔らかそうな雰囲気に反して眼光が鋭い。

「私が王宮を去るまでに全て教え込むので安心してちょうだいね」

「なによりもまずは体力作りだ」

「午前中はソーン騎士団で訓練をして、午後からは私がいろいろとお教えしますわね」

ちょっと待て。

なんかサクサク話が進んでいくが、無視できない内容があった。

「あの、少しよろしいでしょうか」

片手を上げると、ふたりの視線が私に注がれる。

「あの、体力作りでなぜソーン騎士団の名前が上がるのでしょうか」

ソーン騎士団とは女性騎士のみで構成された騎士団で、女性王族の護衛や警護についている。あの男装の麗人で、王妃と王女の愛人と噂高いリリアン様が所属する騎士団である。

正直、近寄りたくない。

「うむ。殿下にお仕えする者として、いついかなる窮地にも対応できるように、護身術を身につけねばならぬ。今回は急なことだったが、ソーン騎士団が快く引き受けてくれたのだ。体力増強と簡単な護身術を身につけてもらう予定だ。その後は追々時間を見て追加していくことになるだろう」

ぶっとい腕を組んで、ひとりで納得しているが、聞き流せない発言ばかりである。

「殿下を守るために護衛騎士がいるのではないでしょうか」

「無論だ。護衛騎士共が両殿下の剣となり盾となるのは必然。だが、身近でお仕えするのは我らである。我らが最後の砦といっても過言ではない。もしもに備えて肉壁として準備するのは当たり前であろう」

肉壁って字面が嫌すぎる。

「はぁ……そう、ですね……？」

「そうだ！　その時に役に立つのが己の肉体！　そう！　筋肉だっ！　いいか、己で鍛え上げた筋肉は決して裏切らない。信じろっ、筋肉をっ！」

いちいちポーズとるの止めてほしい。

筋肉を盛り上げたせいでシャツのボタンが弾け飛んだ。すぐにボタンを捜しに行くならやらなきゃいいのにと思った。

ローガンさんと入れ替わるように前に出たマルグリッドさんがにこりと微笑む。

「とりあえず二週間だけですし、覚えて損はありませんからね。それに、私が引退したら殿下専属の侍女は貴女だけになりますから、体力は大事ですよ」

「はぁ……え？」

「あら？　お返事がなっていませんよ」

「申し訳ありません。あの、侍女が私だけに、なるの、ですか？」

侍従は五人もいるのに、侍女が私とマルグリッドさんだけ？　そんなわけないでしょう。

いや、でも、目がマジだ。うそん。

「両陛下が結ばれたエピソードをご存じでしょう？　殿下は早くに婚約者をお決めになってご結婚されたけれど、未だにご自分が『真実の愛』で結ばれた『運命の相手』だと夢を見ている幸せなお嬢さんがいらっしゃるのよ」

深々とため息を吐いたマルグリッドさんが一例を教えてくれた。

早々に決まった婚約だったせいか、王太子殿下を「婚約者に縛られたお可哀想な方」で「真実の愛」をお知りではないのだと妄想しているご令嬢が少なからずいたらしい。

近くに侍る侍女はその傾向が多く、迂闊に専属など決められないのだとか。しかも、過去には「真実の愛」だと言い出す侍従もいたらしく、それ以降ローガンさんが厳しく精査し始めたという。

「その点、貴女は婚約者がいらっしゃるし、殿下と妃殿下が大丈夫と判断されましたからね」

おほほほ。と軽やかに笑っているのが、もしも同じ轍を踏むようであれば容赦しないという声が聞こえてきそうだった。

若干引き攣る顔をなんとか微笑ませたが、マルグリッドさんから穏やかに笑顔のダメ出しをくらった。あぅ……。

「明日から頑張りましょうね」

こうして逃げ場のない私の体力強化訓練が開始されることとなった。

後日、何度この時に戻れたらと思ったが、戻ったところで未来は変わらないんじゃないかとも痛感している。


そんな経緯でソーン騎士団の朝練に放り込まれた。新人よりも軽いメニューと聞いたのに、練兵場を十周してストレッチをしただけで瀕死である。最初に飛ばしすぎるからだといわれたが、知るか。訓練で走ったことなんて一度もないんだから知るわけないじゃん。

文句が言いたくても口からは息しか出ない。話す気力もない私は肩を貸してもらいなんとか室内運動場まで移動した。今度は護身術を教えてもらうことになっている。

いや、無理。

もう体が動かない。立ち上がる気力さえ起きてこない。

「おや。貴女でしたか」

聞き覚えのある声が聞こえ、ぞわりと悪寒がした。

そろそろと見上げると、童話の王子様のようなリリアン様がにぃっと不敵に微笑んでいた。

……出た。

来たくなかった元凶がいるよぉ。

「侍女にしては体力も根性もあると聞いていますよ。楽しみにしていますよ」

イヤだ……嫌だぁぁああ!!

楽しみってなんだ。Sか、やっぱり見かけどおりのSなんだ。

「君の口が固くてなによりです。おかげで訓練中に不幸な事故が起きなくて済みそうです」

私にだけ聞こえるように囁かれた言葉に血の気が引く。微笑む顔が恐ろしい。

以前目撃した王女との密会を誰かに話していたらどうなっていたのか考えたくもない。

ちゃんとやるから。真面目にやるから。

だから、チェンジで。護身術の教官をチェンジしてくださいぃぃぃ。


泣きながら筋肉痛を筋肉痛で上書きし、満身創痍の有様でマルグリッドさんとローガンさんの集中講座を受ける日々が続いている。

一週間目になってようやく、走り終わって地面に転がることがなくなった。室内訓練の後に体力と精神力がゴリゴリに削れることも減った。

だからといってキツイことに変わりはなく、毎日体のどこかしこが痛い日々である。痛すぎて出かける気力が湧かず、ほぐし屋にもいけないまま疲労だけが溜まっていく。

私、侍女。しかも、王太子の専属侍女。冗談みたいだが本当だ。この筋肉痛にかけてもいい。

なのに、どうしてこうもずたぼろなのか。

誰にも聞いてもらえないが、大声で叫びたい。

私は……私は、ただの侍女なんだよっ!!

◆◆◆◆

王族の専属になったことで、王宮の侍女部屋からグロリナス離宮の侍女部屋へと移動になった。専属だからか前よりも広くて綺麗な個室で、場違い感が半端なかった。

部屋を移ることになり、引っ越しよりも大変だったのが友人との別れだった。

エレンからは今生の別れのように泣かれた。寝起きする場所が変わるだけで、仕事は変わらない。同じ王宮で仕事をするんだからどこかで会うだろう。

ルネからは羨ましがられた。いい男がいたら紹介してほしいと半ば強引に約束させられたが、今のところ王太子に心酔した侍従たちしか候補がいない。

ダリアからは嫉妬された。「どうしてアンナだけ」と言われても困る。気持ちはわからなくもない。経緯がどうあれ、王族の、しかも王太子の専属なんて大出世だから。

「ね、偉くなったら私も専属に推薦してよ。ちょっと口添えしてくれるだけでいいから。ね？」

「そういうの、簡単に『うん』って言えないんだけど」

「んもう。薄情ね。友達なら協力ぐらいしてよ」

ふくれっ面されても困る。

王太子の現状だけを見れば、手は欲しい。だが、安易に人を増やせない事情もあるし、それを簡単に口外もできない。マルグリッドさんからきつく言われているので、人事には迂闊に口を挟めないのだ。

不承不承のダリアだったが、午前の訓練終わりのずたぼろな私と遭遇してからなにも言わなくなった。王太子の専属ならば護身術を覚えなきゃならないのだと話したせいかもしれない。

彼女は一気に同情した目になり私の両手を握った。

「王族の専属なんて責任が大きいものね。私、応援しているから。アンナならできるわ。頑張ってね」

「ありがとう。よかったらダリアもお試しに一緒にやってみない？」

「あっ、急ぎの用事があったのよ。またね！」

瞬時に手を離して小走りで去って行くダリアを寂しい気持ちで見送った。

いいもん。ひとりで頑張ってやる。

午後からの講義は主に王太子の生活に関することと、王太子夫妻の好みなどを覚えることだった。侍女がどこまで手伝い、侍従がどこまで手伝うのかも教えられる。

いずれ専属侍女は私ひとりになるのだ。一般的なお世話では手が回らない。基本的にはマルグリッドさんと同じ仕事内容だからできないことはない。ただ、乳母の彼女と私では信用と信頼において大差がある。これはもう仕方がないので地道に稼ぐしかない。

「ソーン騎士団から『貴族令嬢にしては見込みがある』とお褒めの言葉をいただいたわよ。すごいわね」

　茶葉の銘柄と淹れ方を教わっている最中にマルグリッドさんから褒められた。いや、褒めてくれたのは騎士団長様か。

「まさか、貴女がここまでできるとは思わなかったから驚いているわ」

「……あの、体力作りの訓練って、王族の専属が必ず受けるものなんじゃ……」

　恐る恐る問いかけると、マルグリッドさんはまさかと笑い飛ばした。

「モリスが筆頭になってから始めたことなのよ。『殿下の侍従たる者が護衛も満足にできずにどうする』とね。殿下付きの侍女は今まで私だけだったから、侍女で実施したのは貴女が初めてよ」

「……」

　驚きすぎて言葉が出ない。

　うわぁい、初体験。って少しも嬉しくないわっ！

「女性が受けるには厳しいのではないかしらと進言したのだけれど、モリスってば責任感が強いせいか、聞き入れてくれなくて。……本当に、困った子ね」

「困った子ね」じゃないよ。

　もうちょっと粘って。筆頭侍従に意見できるのは、乳母の貴女しかいないんだから。

「その、マルグリッドさんは、訓練を受けたり、とか……」

「まぁ。こんなおばさんが騎士団の訓練に付き合えるわけないじゃないの」

ころころと軽やかに笑うマルグリッドさんを見て、愛想笑いが引き攣る。

扱いの差ぁあ‼

いや、仕方ないよ？　片や信頼も実績もある王太子の乳母で、私は信頼も実績もない新人の男爵家の娘だ。

わかっちゃいるけど、わかっちゃいるけど、ローガンめ！　敬称なんてつけてやるもんか。お前なんて、お前なんて、扉を閉めるときに指先を挟んでしまえ！

「殿下は今後、公私共に大変になるでしょう。お仕えする私たちもそれは同じですよ。体力作りをすることは貴女のためにもなるんですよ」

怒りに震える私の肩をそっと抱いてマルグリッドさんが慈愛に満ちた微笑みを向けてくる。

確かに。以前よりも体力はついた気がする。体力がついたからか、疲れにくいし、体が引き締まったような気もする。

脳裏でローガンが歯を剝き出しにした笑顔で「筋肉は裏切らないぞ」と筋肉アピールをしてきて、想像なのにとても苛ついた。

ここで無理だ、できないと言うのも悔しい。あの筋肉侍従を驚かせてやりたい。決めた。腹筋割ってやろうじゃないか。

「マルグリッドさん、私、頑張りますっ」

「ええ。その意気よ。来週からまた朝練に参加させていただくようにお願いしておくわね」

手を打ち合わせて喜ぶ姿を見て、若干手のひらで踊らされた気がしなくもない。

まぁ、朝練ぐらいなら、午前いっぱい使っている今よりマシかも。

軽く考えた私は、来週から正規のメニューを課せられることを知らなかった。


ソーン騎士団は現在二十六名の女性騎士で構成されている。女性の王族や要人の護衛や警護に当たるので、近衛騎士団に所属している。団員の中には、腕を買われて養女になった人や愛人の娘がいたりするが、書類上は貴族なのでなんの問題もない。

ソーン騎士団専用の宿舎はあるが、練兵場や室内訓練場は共同。つまり、訓練でずたぼろにされている私は他の騎士にも見られているのだ。

いや、いいけどね。もう出会いは求めてないから。こ、婚約者が、いるんだからね。

出会いは微塵も求めていないけれど、毎回叱られている私を「使えない新人か？」って見るのをやめてほしい。

侍女だから！

王太子専属の侍女なのよ。もう、いっそのこと背中に『侍女』とでっかく書いてやろうか。……いや、それは恥ずかしすぎる。羞恥心を捨ててまで主張したくはない。

なにより、マルグリッドさんに怒られる。絶対に。

「よそ見をしていると危ないですよ？」

手首を摑まれ、背中で捻りあげられた。

「いだっ！　痛いっ、痛い、ですっ！」

「この時、手首を曲げて上へあげれば、手が開いて武器を落としますから、蹴って遠くへ飛ばしてくださいね」

痛いといっているのに少しも緩めないどころか、手首をぐきっと曲げてくる。この悪魔め。

「うぎゃっ!!」

ギブ、ギブッ！　折れる！　おーれーるー!!

「余裕があるなら、こういう風に足をかけて跪かせるといいですね」

優しい口調で容赦なく足払いをかけられ、気がついたら床に座り込んでいた。腕を捻られたまま。……折れてないのが不思議だ。いや、そういう風に加減してるんだ。

その気遣いを別の形で発揮してほしい。

「ここまでは求めません。拘束だけしてくれれば、すぐに近衛騎士が駆けつけますからね」

くすっと笑いながらようやく拘束を解いてくれた。痺れた腕をさすりながら、恨みがましく見上げる。余裕綽々とした顔が腹立たしい。

求めないなら、なぜやった。

余計じゃない？　要らなくない？　足払いかけられ損じゃない？

「ご指導、ありがとうございました……」

釈然としないが習っている身なので、頭を下げる。

「私は明日から仕事があるので、しばらく別の者が指導することになりました。残念でしょうけれど、私がいなくても励んでくださいね」

拍手喝采こそすれ、残念なんて毛ほども感じてません。そんな本音を言えるはずもなく、表情筋を総動員して何事もないように頷いた。

汗を拭いて運動着から侍女服に着替えたら、今度は執務室で実践教育が待っている。清めたけど不安があるので、香水も軽くつけておく。ルカリオさんとお揃いである。……女装のときの、だけど。お揃い。……ふへへ。

おっと、いかん。顔を引き締めないと。

「アンナ」

名前を呼ばれて見渡せば、ダリアが柱の影から手招いている。小走りで近寄るとむすっとした表情で「元気なの？」と聞かれた。ダリアは心配するとたまに顰めっ面になる。前にふらふらだったときに会ったからか心配してくれたんだろう。嬉しくてニヤけてしまった。

「だいぶ慣れたよ」

「変な顔しないでよ。別に、そんなに心配なんてしてないわよ。倒れたら他の人が大変なんだから。……これ、疲れたら食べなさいよ」

照れた表情でそっぽを向いたまま紙袋を押しつけてきた。

甘い匂いがする紙袋を開けてみると焼き菓子が入っている。

「作りすぎたのよ。余り物だけど、ちゃんと全部食べなさいよね」

ぶっきらぼうに言っているが、照れているのか顔がほんのりと赤い。

笑って「もちろん。すごくおいしそう」と伝えると、得意そうに笑ってさっさと行ってしまった。

友情っていいなぁ。誰か紹介できる人っていないものか。うーん。

「俺へのプレゼントか？」

横から伸びた手が、紙袋を持ち上げる。

反射的に取り返して、睨み上げた先にはベネディクト子爵がいた。

本当に、どこにでも出没するなこの人。

「油断も隙もない。人の物を取らないでくださいよ」

「俺に会ってそんな態度を取るのはお前ぐらいだぞ」

知るか。泥棒に優しくなんてできるか。食べ物の恨みは恐ろしいと知れ。

睨んでみてもどこ吹く風と気障ったらしい立ち姿で見下ろしてきた。

「王太子専属だって？」

「お耳の早いことで」

「そりゃあ、なんの取り柄もなさそうな男爵令嬢が、あの王太子の専属になったんだからな。気をつけろよ、あちらこちらで噂されているぞ」

「みんな暇ですよね」

もうすでに嫌味っぽいことを何度か言われている。今のところ実害はないし、遠回しな嫌味で病むような繊細さなんてこれっぽっちもないので特に問題ない。

直接言ってくるような度胸のある人がいれば、文句は私を選んだ王太子夫妻とクリフォード侯爵へどうぞと言ってやれるんだけどなぁ。

「ご忠告ありがとうございます」

「噂ぐらいで凹むような可愛げはなさそうだな」

「凹むような可愛さを持っていると思われていたんですね」

意外にも。

言外に告げると「口の減らない」と笑われて、握り拳を目の前に差し出された。

なんだろうと首を傾げると、催促するように拳を揺らす。

「手を出せ」

最初からそう言えばいいのに。

言われたとおりに手のひらを出すと、開いた手から飴がパラパラと落ちてきた。

驚く私に子爵は「やるよ」とにやりと笑った。

子ども扱いされている気がする。いや、飴はもらうけど。

「あら、ユリウス」

複雑な気分で手のひらの飴を見ていると、甲高い声が聞こえた。

見れば、王妃譲りのふわふわとした雰囲気の第三王女が嬉しそうに駆け寄ってきている。

慌てて一歩引いて、頭を下げる。

「お久しぶりね。最近見かけないから、私の侍女たちも残念がっていたのよ」

「それは、申し訳ありません。私も妖精のような王女様や美しい花々に会えずに残念に思っていたところです」

「本当に？　では、近いうちに花園へご招待するわ」

子爵の華美な言葉に鳥肌が立ちそうだが、第三王女は嬉しそうにはしゃいでいる。

妖精とか真面目な顔で言える人がいるのも、言われて喜ぶ人がいるのもびっくりだ。真似できん。

しかし、子爵が第三王女のところに、ね。さすが手は出さないだろうけど、子爵だしなぁ。

童顔の王女が子爵の好みとも思えないが、ちらりと見た第三王女は童顔ながらも年相応……いや、一部とても発達した体をお持ちである。

うん。ローガンに忠告をしておこう。

間違いは起きないと思うけど、念のために。そう、念のためだよ。

信用……ないわぁ。女性関係で子爵に信用とか欠片もないわ。

うん。王太子にも話しておこう。

談笑しているふたりからそっと距離を置こうと下がると誰かにぶつかった。弾力のある感触に振り向けば護衛中のリリアン様がそこにいた。

うひゃわぅ。

咄嗟に悲鳴を飲み込んだ私、グッジョブ。

「また君ですか。……おや、それは……」

リリアン様の視線が私の手の中にある紙袋に注がれる。

え？　あげないよ？　ダリアの友情の証だもん。

ぎゅっと手に力を込めると、リリアン様はなぜか小さく笑った。

「困りましたね。護衛中に贈り物はもらわない主義なのですよ、私」

は？　なに言ってんの、あげないよ？　私のだから。

取りあげられないように紙袋をきゅっと抱きしめ、緊張の面持ちで見上げる。

「意地悪で言っているのではないんですよ。気持ちだけもらっておきますから、ね？」

気持ちって……なに？

意味がわからずに内心で首を傾げていると、女性に囲まれて満更でもないのに弱ったふりをしているときとまったく同じ顔で視線を逸らした。

「君の指導に当たったのは失敗だったかな。私にそんなつもりはなかったのだけれど、勘違いさせるような行動があったのかもしれないね」

ん？　え？　なに？　勘違いさせる行動？

関節決められたり、地べたに押さえ込まれたり、不要な足払いさせられたりしたことにどんな勘違いがあったというのか。

　ふぅと色気たっぷりに吐息を漏らすが、なにを言っているのかわからない。

「ごめんね。君の気持ちは嬉しいけれど、その気持ちには応えられそうにないな。これ以上接するのは君にも酷だろうから、今後も別の人に指導を代わってもらうことにするよ」

　ん？　ん？　チェンジですか？　それはありがたいけど、その言い方はまるで私がリリアン様を好きみたいじゃ……え？

　リリアン様は、混乱する私の頬を慣れた手つきで撫でると、そっと顔を近づけて囁いた。

「でも、もう少し魅力的になったら、一晩ぐらい相手をしてあげる。頑張って」

　ちゅっと耳たぶにキスされて、全身に鳥肌がたった。

　頑張ってってなんだ。なにをだ。全力で頑張らないからっ！

　話が終わった第三王女がリリアン様を呼び、ふたりが去っていくまで、私は固まったまま動けなかった。

「どうした？」

　強張った関節をギギッと動かして子爵を見上げる。いつもどおりのその態度が憎い。子爵がいなければ王女も来なかったし、リリアン様にも会わなかったのに。

　腹立ちまぎれにキスされた耳をゴシゴシと高速で拭く。

　全然、鳥肌が収まらない上にこの例えようもない感情をどう処理すればいいのか。

　なんで、なんで……。

「なんで私が振られたみたいになってんの――!!」

どうして一片の好意もない相手にキスされなきゃならんのだ。なんで告白もしてないのに振られたみたいになってんだっ！

ふざけんなよ！

「よくわからないが、まぁ、元気出せ」

怒り狂う私をなだめようと飴を追加して渡してくれたが、こんなもので治るかー!!

いや、飴はもらうし、食べるけどっ！

だからって、怒りが収まるか――!!

◆◆◆◆

はぁと吐き出した白い息が空気に溶けた。

溶け消える様を見ながら今度はゆっくりと吐き出せばさっきよりも大きな霧になった。

これからこんな寒さが続くだろう。もう、いつ雪が降ってもおかしくない。

そろそろ毛糸の腹巻きを装着したほうがいいかもしれない。

私の仕事は、王太子の身の回りのお世話なので、グロリナス宮殿はもちろん王宮でも側に控えている。本当は、王宮では侍従がするのだが、今は多忙で人手が足りないので、私も王宮に出向いている。

もうすぐ休憩時間だからと、王宮の執務室で準備をするようにマルグリッドさんに言われ移動中だ。

王太子が口にする軽食は専属の侍女か侍従だけが用意する決まりになっている。独身時代に毒どころか媚薬まで盛られた経験があるらしく、これだけは徹底されている。関わる人数が少ないので、何かあれば専属か料理人のどちらかの仕業ってことだ。シンプルだと犯人がわかりやすいってことだね。

何かあれば私の首なんてあっさり飛ばされそうで恐ろしい。

そんなことを考えながら王宮までの道を急ぎ足で進む。

最近は息切れも少なくなってきた。ソーン騎士団での過酷な訓練が確実に実を結んでいる。現在進行形でしごかれている現実に逃避したくなった。

リリアン様がいなくても訓練内容にさほど影響はないが、精神的に楽なのが救いである。

突然、寒風が吹き抜け、寒さに体がぶるりと震えた。

やっぱり、毛糸のパンツも準備しておこう。

王太子の仕事はもはや国王レベルなのでは？　と疑うぐらい多い。公共事業に外交に、軍整備の嘆願や、有識者との会談と多岐にわたる。もちろん、王太子妃の仕事も同様に多い。

側近くに来て改めて実感する。

国王と王妃の無能ぶりがひどすぎる。もう仕事してないじゃん。

国王はたまにふらっと現れて、さも仕事してますみたいな顔するけど、飽きるとすぐに出ていく。

本当に、なにをしに来た。

王妃は、たまに公務に顔を出すぐらいで、ほとんどを居住のグロリナス宮殿で過ごしている。

それでいいのか。

王妃的にはオッケーなんだろう。だが、その分、王太子妃の負担が大きい。

これは確かにお疲れだと、肩や頭のマッサージをかってでた。ついでに、背中や足も加えて全身コースをローガンにも教えている。飲み込みがいいし力もあるので、交代する日も遠くないだろう。筋肉馬鹿らしくまだ力加減が下手なので、もう少し時間がかかるかもしれない。


教えられたノックをすると、侍従のひとりが扉を開けてくれた。

ワゴンを押して中に入ると、王太子は側近のひとりと何やら打ち合わせ中だった。

邪魔にならないようにそっと入りお茶の準備を始める。書類を片手に議論に熱が入っている。お茶は少し温めにしようかな。

割と早く話がついたらしい、雑談になったところでお茶とお菓子を配膳する。

「本日の焼き菓子は妃殿下からでございます」

ドライフルーツたっぷりのパウンドケーキは見た目も味もゴージャスだ。

「仲睦まじくて羨ましいですね」

「ディランと奥方も仲睦まじいと聞いているぞ」

そこから始まる嫁自慢を微笑ましく聞いていたら、侍従が来客を告げた。訪れたのはベネディクト子爵だった。

「兄上もいたんですね」

「なんだ。私がいたら都合が悪かったか？」

「まさか。そんなはずないでしょう」

子爵とにこやかに話すのは、側近のディラン・ベネディクト伯爵。ベネディクト侯爵の嫡男で、子爵の兄である。嫁一筋の兄と女好きの弟は意外と仲良しらしい。

兄の横に座った子爵の前にお茶とお菓子を置く。手を上げて軽く挨拶をされたので会釈を返しておく。

お兄さん、弟の元カノかって視線は止めてほしい。友人です。意外だろうが、友人です。

「例の劇団ですが、交渉に応じましたよ」

子爵がひらひらと契約書を振る。

劇団？　なにかイベントがあっただろうか。侍従みたいに仕事を全部把握しているわけじゃないので、知っている限りでは思いつかない。

「さすがだな。助かるよ」

「二点ほど条件の変更はありましたが、概ねこちらの希望どおりです」

「変更が二点も？　何をしているんだ、この程度全部飲ませろ」

「無茶を言わないでくださいよ。先約をキャンセルしてもらっているのに」

マジで仕事していたんだ。びっくり。女性と遊んでいる姿しか見たことないから、なかなかレアだ。

目の前では、ああだこうだと意見が飛び交っている。

休憩のはずなのに仕事の話になっているけれどいいのだろうか。場所が変わっただけだぞ。側で見守る侍従たちは諦め顔だ。そうか、これが通常か。

結局、休憩中も休憩後も仕事をしていた。

それにしても、劇団や楽団と交渉？　この前は劇場のオーナーやデザイナーのダラパール氏も訪れていた。

年末までそれらしいものはなかったはずだが、なにかイベントでもあるんだろうか。

スケジュールを思い出していると、ローガンの手伝いを言いつかりそのままとなった。

王宮での仕事の合間にローガンの手伝いを頼まれることがある。

基本的について回るだけで、まるで見習いみたいだ。私必要かな？　と思うが、来いといわれれば行くのみだ。

宮内省で少し待っていてくれと頼まれたので、端に控えていると声をかけられた。

「アンナじゃないか。どうした、こんなところで」

顔を上げると、夜のお茶会メンバーのクラリッサちゃんがいた。

「お久しぶりです。モリス卿を待っています」

「あぁ、王太子の専属になったのだったな。どうだ？　やっていけそうか？」

雑談の中で美魔女作成隊を辞めてしまうのではと心配されたが、杞憂だと伝えておく。

以前より自由度は減るが、今のところ辞めるつもりはない。辞めるにしても後任を決めないと不安で仕方ない。

入った当初はお化けが多かったからなぁ。あの時に戻したくはないし、戻りたくもないだろう。

「そういえば聞いた？　最近、犯罪組織が検挙されて軍部が忙しいらしいわよ」

こっそりと話しているせいか、口調が夜モードだ。慌てて「口調が……」と忠告すれば「あらやだ。ん、んっ……すまないな」と瞬時に戻す。

「犯罪組織ですか」

「まぁ、末端らしいけどな。軍は大元を捕まえようと躍起になっているそうだよ」

「ジェシーちゃん大忙しですね」

「参謀だから現場に出ることはまずないだろうけれど、大忙しだろうな」

大きな事件なら警備兵も忙しいだろうな。娘愛が重すぎるグレッグ隊長も愛娘に構う時間が減って男泣きしていそうだ。いや、確実に泣いているな。

「あと、近衛がきな臭いって聞いたけど、なにか知らないか？」

声を抑えて問いかけられて、近衛騎士のドSな副隊長を思い出した。まさか、副隊長と隊長の噂じゃないよね。

「ちょっと前に第一と揉めた騎士が謹慎を受けたとは聞きましたが、他は知らないですよ」

「近衛と第一ね。犬猿かってぐらい仲悪いからな」

「プライドの近衛と、実力主義の第一ですからね」

騎士団や警備兵団は軍務省だが、近衛は宮内省に属する。そのせいか、同じ騎士なのに仲が悪い。ちなみに女性騎士団のソーン騎士団は近衛に属している。

用事が終わったローガンが出てきたので、クラリッサちゃんと別れた。

「知り合いか？」

「はい」

クラリッサちゃんの後ろ姿を見つめてローガンは「そうか」とだけ呟いた。

その後、軍務省と外務省にも行くというので大人しく後をついて行ったが、本当に何もしていない。用事が終わるまで控えていているだけ。その間も知り合いが声をかけてくれるので暇は潰せた。

私、ついていく必要あった？

その日の夜、入浴を終えた王太子の髪の手入れをしているとルイーズ妃がやってきた。

手早く終えて下がろうとしたが、なぜか引き留められた。

長椅子に王太子とルイーズ妃が座り、なぜか向かい側に座らされる。ローガンが横に立ち、マルグリッドさんとルイーズ妃の筆頭侍女が両殿下の背後に立つ。

え？　私、なにかやった？

些細な失敗はしたけれど、決定的なものはなかったはずだ。そうは思うが、なんだか落ち着かない。

「ローガン。どうだった？」

居心地が悪くて座る位置を変えようか迷っていたら、王太子が口火を切った。

「正直、驚きました。年齢も職種もバラバラで、見知った数はさらに多いと思います」

「そんなにか？」

「九省のほぼ全てにいます。他にも、庭師や出入りの商人たちも何人かいるようです」

「なるほどな。侯爵の話どおりか」

なんの話なのか、王太子とローガンでわかり合っちゃっている。仲良しか。目と目でわかり合う仲良しアピールか。

なに？　私関係なくない？　帰ってよくない？

大人しく成り行きを見守っていたら、突然名前を呼ばれた。

「君を専属にと推薦したのがクリフォード侯爵だ。その時に『役に立つだろう』とも言われている。理由がわかるか？」

初耳だ。それだけ買ってくれたのは嬉しいが、役に立つ？　どうやって？　化粧？　刺繍？　女装関係じゃない。だとしたら、なんだ？　貧乏男爵の娘が役に立つ？

「使い捨ての駒、でしょうか？」

他に利用価値が思いつかない。

後ろ盾もない娘なんて、何かあれば簡単に使い捨てられる。

私の答えに、王太子は正解と言わんばかりに口端を上げ、ルイーズ妃は渋面になった。

「それもある。もうひとつは利用価値だ。君は実に顔が広い。噂を選別することもできる。それを生かしてみる気はないか？」

「生かす……ですか？」

知り合いが多いのをどう生かすのだろう。

……まさか、王太子も女装倶楽部に入りたいとか⁉　確かに、紹介がないと入れないけれど。でもそんな素振りはなかったのに。

「そう。私がやろうとしていることを手伝ってほしい」

微笑みを絶やさない王太子に対してルイーズ妃は緊張の面持ちで私を見ていた。

「不敬を覚悟の上でお聞きしますが、拒否権はありますか？」

おずおずと聞けば、ローガンが顔を顰め、王太子は面白そうに笑みを深めた。

「あるよ。一応ね。その場合の処遇を聞きたい？」

「……いえ、結構です」

絶対にろくでもなさそう。最悪、明日の朝日は拝めない気がする。

「そう？　じゃあ決まりだね。これからもよろしく頼むよ」

使い捨ての駒になる可能性がなくなったわけじゃないが、私の意見を聞いてくれる当たり生存確率は高いんじゃないだろうか。

ちょっとだけほっとした私に王太子がにこやかにびっくり発言をした。

「年が明けたらルカリオ・ガルシアンが側近に加わるのは知っていたか？」

「は？」

驚きに目を見開いた私を見て満足そうに声を上げて笑った。

その後、詳しい話を聞かされ、心身共にふらふらになって自室に戻る。

ルカリオが側近に加わるなんて聞いてない。内々に決まっていたとしても、ルカリオが安易に私に教えられるわけもないんだけど。

これで、私もルカリオも王太子の手の中だ。やり方にもやっとするけれど、どうにもできない。どうせ下っ端侍女だよ。権力の前では風前の灯火ってやつさ。

せめて、職場恋愛を大いに楽しんでやろうじゃないか。

◆　◆　◆　◆

宮内省は王族に関わる全般を司っている。役職的に長官の下に侍従長がいるのだが、実際には侍従長の発言のほうが大きい。王族に接する機会も信用を得る機会も段違いだしね。

そんなわけで、長官と侍従長は犬猿ほどではないにしても仲良しとは程遠い仲なのは間違いがない。

まぁ、そんなことは私にはちっとも関係ないのだが。

「話はわかりました。両陛下にお伺いしてお返事させていただきます」

「両陛下には侍従長から快諾のお返事をいただいておりますので……」

「なんですと？　私よりも先に侍従長に話したのですか？　宮内省長官の私よりも先に？　しかも、両陛下にお返事までいただくとは。彼は常々から役職というものがわかってないようですね。これは越権行為ですぞ。大人しく部下の管理だけしていればいいものの」

宮内省長官は「侍従長」という言葉に過剰に反応し、忌々しく顔を歪めながらローガンに食ってかかった。

「侍従長は毎朝陛下とお会いになりますので、早急な回答を望んだ結果……」

「それでも筋は通すべきでしょう。殿下も殿下です。恒例行事ではないとしても王宮のことならば真っ先に私に話を持ってきていただかなくては困ります」

「開催までの期日が差し迫っている中、寝る間も惜しんで働いておられる殿下に対しての発言でしょうか。お忙しい貴方の仕事を少しでも減らされた殿下に感謝するべきでは？」

お忙しいと強調された宮内長官の顔が忌々しそうに歪む。

ローガンは真面目な王太子馬鹿だから、殿下を少しでも貶されると頭にくるらしい。

でもその言い方じゃ相手は更に頭にくると思うんだけど、ローガンは王太子以外に配慮をあまりしない。

王太子殿下、人選ミスでは？

「だいたい、陛下がきちんと仕事をしてくだされば殿下がああも多忙になることはないのです。長官というならば陛下に進言すべきではないのですか？」

「なっ、陛下には陛下のお考えがあってのこと。私如きが口にするものではありません」

「ただ座っているだけならば……」

「あのっ！」

咄嗟にふたりの会話に割り込んだ。置物同然の侍女の発言にふたりの視線がこちらに向く。

ローガン落ち着け。侍従長と長官の話が殿下と陛下に変わっている。もうこうなると不毛でしかない。

「お話し合いのなか申し訳ありません。長官様は激務でお疲れのご様子ですので、私たちは出直したほうがよろしいかと思います」

にっこりと微笑んで提案してみれば、互いに気まずかったのか「ああ……」と気の抜けた答えが返ってきた。

長官はともかくローガンはもう少し落ち着け。まったくもう。

部屋を出るとローガンは素直に「すまん」と謝ってきた。冷静さを取り戻したそのあとはそつなく進み、最後に訪れたのは外務省だった。

一歩入った瞬間に生暖かい目線が飛んできて、今度は私が気まずい。お茶会メンバーが多いせいか、ルカリオと婚約したのもすでに周知されている。

私ひとりだけが気まずいまま、案内されるローガンの後ろをしおらしくついて行く。生憎《あいにく》と外務大臣であるクリフォード侯爵はいなかったが、副大臣が対応してくれた。

ここでの話もスムーズに進み、退室する前に副大臣から私に待ったがかかる。

「ガルシアンがもうすぐ戻る予定だ。久しぶりだろう？　少し会って行くといい。そのくらいはかまわないだろう？」

「殿下に伝えておきましょう。ゆっくりして構わないが、報告もあるので執務室には顔を出すように」

「畏まりました」

ローガンが応接室を出ると、副大臣は待ってましたとばかりに興奮した顔を私に向けてきた。

ずんずんと近づき、私の手をガシッと握るとふんすと鼻を鳴らす。

「さあ！　しゃべってもらおうか」

「今、仕事中ですので」

「構わん、構わん。休憩だ休憩」

手を引かれてソファに座らされると、向かい側にどすんと座る。動作は男らしいのに、目が乙女だ。これが、ギャップ萌えか。

外務省副大臣、別名コルネットちゃん。毎回髭隠しで私の腕に挑戦してくる夜のお茶会メンバーである。

「ガルシアンが来るまで、帝国での出来事を洗いざらい話してもらおうか」

覚悟してとウィンクを飛ばすコルネットちゃんの目が本気すぎて笑顔が引き攣る。

洗いざらい？　話せるもんか。勘弁してください。

逃げ出しても、外務省内には彼の協力者は多数。逃げ切れるわけもない。

「帝国から帰ってきたら距離がぐっと近づいたみたいじゃないか。これは一線を越えたかと期待したんだが、それにしては色気が足りんからな」

はっはっは。と豪快に笑うコルネットちゃんをジトッと睨めつける。

余計なお世話だ。色気ってなんだ。そんなもん知るか。

「それで、どこまでいったんだ？」

首都まで行ったよ。って答えたら怒られるかな。

どうするかな。と考えて「実は……」と声を顰める。部屋には他に誰もいないのに、コルネットちゃんが両手で口を押さえる。

「泥パックとクレイ入浴ってご存知ですか？」

「あ？」

「帝国にある泥状の温泉のものなんですが、この泥でパックをすると肌が潤って輝くんです」

「聞いたことはあるな。だから、帝国人の肌はくすみが少ないのか」

上手い具合に食いついてくれたので、ルカリオが来るまで美容談義でなんとか凌いだ。つもりだったが、ルカリオと入れ替わるときに「今は誤魔化されてやろう」とにぃと笑って去っていく後ろ姿に苦笑が漏れた。

お見通しだったようだ。

オルランド王国の年越しは、基本的に家族で過ごす。だが、王宮で働く帰れない者同士が集まり、小さなパーティーをして年越しをすることもある。最近では、貴族の家でも年越しパーティーをするところが増えているらしい。

そんななか、「楽しいことがしたいわ」という王妃の思いつきで決定したのが王宮での年越しパーティーである。

「せっかくですもの、うんと賑やかで、華やかなパーティーにしましょう」

耳を疑う提案は、国王があっさりと許可したらしい。そして、王太子に丸投げする形で全権を任せたという。

これを聞いたときは、開いた口が塞がらなかった。

大半の貴族が領地に帰った状態で大規模なパーティーとか、反感を買うだろうに。国王と王妃の正気を疑う。

社交シーズンが終わったので、領地持ちの貴族は街道が雪に閉ざされる前に領地へ帰ってしまっている。王都に残ったのは、王宮での仕事がある者や王都好きな一部の貴族だけである。

それが、私が王太子専属になった直後の話だ。

王太子が帝国から帰ると同時に国王から「じゃあよろしく」と丸投げされたらしい。その間、王妃の要望が溜まるだけでなにひとつ進んでなかった。せめて、領地に帰った貴族にだけでも通知しておけよ。

普段の政務に年越しパーティーの準備まで加わり、側近たちに侍従までもが走りまわる事態となっている。

朝練をしたりマルグリッドさんに教えてもらったりしていた私は、しばらくそのことを知らなかった。ローガンたちも忙しさに言い忘れていたらしい。

この前の子爵のお兄さんを交えての話し合いはこのことだったのかと納得した。

年越しパーティーは二日間開催されることになった。

一日目は、王宮の東棟の各部屋で劇や奇術などが行われる。二日目は、舞踏会となる。年越しの零時には花火が打ち上がる予定だ。

出演交渉から、部屋割りなどやることは山のようにある。おかげで、仕事が激増し、新参の私までが戦力に数えられる始末だ。

国王名義で招待状を送れば、盛大な嫌味の返事が来たりして読む側は地味にきつい。

領地から出られない貴族は王都に残った親戚などが名代《みょうだい》になるようだ。

文句はまるっと全て国王と王妃にお願いしたい。

入浴後のマッサージを終え、ルイーズ妃がやって来るまでの間、年越しパーティーの話を振られた。

「使用人は一目でわかるように動物の仮面を着用させようと思っているんだ。侍従と侍女は猫にして、近衛と騎士団は犬だ」

もう発注していたらしい。無駄に仕事が早い。

侍従が猫ってことは、ローガンも猫？

脳内で猫耳のローガンが手を丸めて「にゃんにゃん♡」とシナをつくる。

キモイ。

ないわぁ。頭を振って気持ち悪い考えを吹き飛ばす。

「僭越《せんえつ》ながら申し上げますが、近衛と騎士団が同じ仮面では少々不都合があるかもしれません」

「仮面ひとつでか？」

「先日、揉め事があったばかりですから、些細なことでも鬱憤《うっぷん》となるかもしれません」

近衛と騎士団の確執って結構根深いんだよね。

「近衛と騎士団はなにかと張り合っておりますものね」

マルグリッドさんも困った顔でため息を吐く。そもそも職種も目的も違うのだから、張り合う必要はないと思うんだが。妙な男のプライドってやつかもしれん。

「そうか。しかし困ったな。今から作り直すのは手間も金もかかる」

「でしたら、近衛の分を狼にしてはどうでしょう。ベースは似ていますから、手直しだけ済みます」

近衛のドS副隊長は牙を隠した狼みたいだし、マッチョな騎士団長は温厚で忠実な番犬みたいだ。

思いつきの提案だったが、近衛は白い狼になり、騎士団は黒い犬で決定となった。

後日、出来上がった白狼と黒犬の仮面は思った以上にカッコよくて、猫は綺麗だった。

これを、ローガンが……。いや、今は考えまい。


年越しパーティーの開催が公に発表され、王宮内はどことなく浮き足立っていた。年末に向けての楽しみを王宮全体が共有しているような明るさがあった。

そんな中、中心人物である王太子と周囲の人たちは大忙しである。

もぉマジで忙しい。腹立つが毎朝の訓練が実を結んでいるようで、最近じゃ早足で動き回っても息切れをしなくなった。心なしか体も引き締まってきたが、まだ腹筋は割れてはいない。

だからといって練習メニューを増やさないでいただきたい。今のままで満足です。

ルカリオさんに愚痴をこぼしたら「今度一緒に走りましょうか」と誘われた。誘いは嬉しいが、そうじゃない。そうじゃないんだよ。

走ったけど。それなりに楽しかったですけど、なにか？

最近、私の仕事がひとつ追加された。

少し前に人身売買の犯罪組織が摘発され、それに関わっていた貴族の証拠が固まってきたらしい。王太子は、ついでに怪しい者たちを纏《まと》めて捕まえるつもりでいる。

噂の審議はこちらでするから、とりあえず怪しい情報を見つけてこいと言われました。

なにそれ。スパイなの？　探偵なの？

ちょっとわくわくするんですけど。

久々にメイドの服を着て、変装メイクをして、あちこち潜り込んで噂を集めていたりする。妙に落ち着くのはなんでだろう。

「んっ。もぉ、ダメってばぁ」

「そんなこと言いながら、ここはイイって言っているじゃないか」

「あっ、んんっ、いじわる、ね」

荒い息と衣擦《きぬず》れの音にため息が漏れそうになる。久々に遭遇したよ。どうして、ほんのちょっと休憩しただけなのに、近くでヤリ始めるのか。出て行けないじゃん。

「なぁ、そっちで働けるように口利いてくれよ」

「んぁ……なんでぇ……」

「ちょっとヤバそうな空気なんだよ。んっ、引き際を見誤るとこっちもヤバい。な？　頼むよ」

「急に、言われてもむりよ。あぁん」

最初は断っていたが、男の執拗な攻めに女は半泣きで頷いていた。

注意深く顔を覗かせてふたりの顔をチェックする。男は知らないが、女は国王の専属侍女のひとりだった。

男の容姿も覚えて報告かな。忍ばしていたメモ帳に男の特徴を書き留める。

翌日も、似たようなことに遭遇したり、使用人たちの噂話に耳を傾けたり、古巣に気が抜けかけたりと忙しく過ごした。

なかなか集まったなぁとメモを見て歩いていると、二の腕を掴まれて横に引っ張られた。叫ぶ暇もなくぎゅむっと温かいものに拘束される。

「にゃに。だりぇ」

ぎゅうぎゅうと抱き込まれて上手くしゃべれない。こんな時は、急所を蹴り上げる。

片足に重心を移したところで「会いたかった」と聞こえた声にそろそろと足を戻す。

危なっ。蹴り上げるところだった。

身じろぎしてなんとか顔を上げると、満面の笑みを浮かべたルカリオがいる。

「びっくりです」

「はい。驚かせたくて」

「危ないから止めてくださいね」

「善処します」

善処じゃなくて止めてってば。次はマジで蹴るよ。

「変装しているのによくわかりましたね」

「前にも言ったでしょう？　変装を見破るのは得意なんです」

そういえば、聞いた気がする。顔見知りのメイドにはバレなかったのに、ルカリオにはバレるのか。まぁ、ルカリオになら問題ないか。

「あ、そうだ。来年から王太子殿下の側近に加わるなんて聞いてないですよ」

「え……聞いてしまったんですか……」

あからさまにしょんぼりとしている様は可愛いが、内緒にして驚く顔が見たかったとかそんなとこだろう。

「そういうの、内緒にされるのは嫌です。ちゃんと話してくださいね」

私がしたら嫌でしょ？　と言いたかったが、ご褒美だと喜ばれそうな気がしたので、敢えて言わなかった。

代わりにぎゅっと抱きしめ返して、久しぶりに恋人っぽくいちゃいちゃしてみた。

ひとまず怪しい人リストを王太子に渡したので、本業に専念することになった。

「休憩時間でございます」

王宮での最重要事項は殿下に適度な休憩を取らせることである。

マルグリッドさんに厳命されているので「もう少し」と仕事をしようとする殿下をどうやって切り上げさせるかが毎日の課題になっている。

「ああ。少し待て」

案の定、少し（長時間）伸ばそうとする。馬鹿正直に待っていても終わらないのはもう身に染みている。ちらりとローガンを見れば頷いてくれた。

許可もらったので、いっきまーす。

そそっと王太子の背後に回り込み、首の付け根をグッと親指で押す。

「うわっ。おい、なにをする」

くっ。固い。だが、力じゃないんだよ。

首から肩へ強弱をつけながら指を滑らす。何往復かすれば、王太子の手が書類を置いてだらりと下がった。上半身の凝りをほぐすことで体の緊張を和らげ、仕事の手を強制的に止めさせる。

秘技・快楽落とし。なーんてね。

ローガンに目配せをして交代してもらう。

その間に、タオルをお湯で温めて隈の見える目元にそっと置く。緊張が解けたのか吐息が漏れた。仕上げを任せて、お茶の用意をすれば、さっきよりもすっきりした顔になった王太子が肩を回して私を睨めつけた。

「力業でくるようになったな」

「マルグリッドさんから、遠慮していて主の体調を損なうほうが愚かだと教えられていますので」

王太子は苦笑すると、軽食に手を伸ばした。

王太子も乳母でもあるマルグリッドさんには頭が上がらないらしい。ちなみに私もローガンもマルグリッドさんには逆らえない。

後任となる私に遠慮も手加減もなく教えてくれるのはありがたいが、もう少しソフトにお願いしたい。

「そういえば、私の噂もあるのか？」

思いついたように聞かれた。

王太子の噂？　なにかあったかな。

「彫刻を人と間違えて話しかけて顔を赤くしていたのが可愛かった。とか。薔薇園で薔薇を手折ってルイーズ妃に渡そうとしたのに、なかなか折れなくて二本ダメにしたとか」

些細なことばかりなんだよね。まぁ、どれも好感度高いからいいんじゃないかな。

微笑ましいエピソードなのに、王太子は額を押さえて渋面を作って唸っていた。

◆　◆　◆　◆

雪が降り、ベッドから起き上がるのに気合がいる日々が過ぎ、年末の年越しパーティーの初日となった。

いつものように王太子殿下を送り出してから部屋を整える。開会は昼からなので、それに合わせて自分の準備もしてしまう。侍従は黒猫の仮面を、侍女は白猫の仮面を支給されている。服は仮面に合わせた白を基調にしたドレスで王族の専属は同じものを支給されている。侍従も専属は皆統一されている。おかげで、一見では個人を特定できない。……ローガンは例外だけど。

聞こえてきた喧騒に窓の外を見れば、国王と王妃が一緒に王宮へと行くために馬車に乗るところだった。

『真実の愛』で結ばれたふたりだから、行事とかは仲良しアピールの場なんだよね。まぁ、お付きの中に愛人がいるのは笑えるけど。

安易に愛を美化するから抜け出せないんだよ。今更離婚なんてできないし、不貞も愛人も公にできない。自業自得だよね。

ふたりが乗り込んだ馬車を一瞥して窓から離れる。

さぁ、急ごう。やることがいっぱいだ。


昼食の準備をして、王宮の執務室へ赴けば、そこには意外な人物がいた。

「お食事をぉおみょお?」

殿下の実務机の前に立っていたのは、正装姿のルカリオだった。

え？　かっこいい。いや、そうじゃない。いや、いや、かっこいいけど。

「おはよう、アンナ」

「おは……え、かっこ、いやいや、なんでここに？」

黒地の衣装は、一見地味だが体に合ったラインや銀の飾りがすごく似合っていて、本当に格好いい。それは侍従の黒猫服。

「可愛い白猫になりそうですね」

見惚れているうちにいつの間にか側まで来ていた。首元に手が伸びてきて、鈴のついたブローチを着けられた。

「私に飼われてみませんか？」

「みませんっ」

甘ったるい目を軽く睨むと、小さく笑われた。

一瞬ドキッとした。

「イチャついてないで、さっさと来い」

王太子に言われて、他の侍従や側近の人たちがいたことに気がつく。恥ずかしさに回れ右をして退室したかったが、そういうわけにもいかない。

ルカリオは肩を竦ませて、あきれ顔の殿下の横にしれっとした顔で立った。

「来年から側近になるルカリオ・ガルシアンだ。少し早いが今日から入ってもらう」

え？　今日から？　聞いてないよ。

驚く私にローガンや侍従がにやにやと笑う。みんな知っていたな。私だけ仲間外れにして。

「皆知ってのとおり、ガルシアン卿はアンナの婚約者でもある。結婚後も夫婦揃って仕えてもらうつもりだ。あと、イチャつくのは控えろよ」

余計な一言は無視をして、ふたりで「誠心誠意お仕えいたします」と返事をしておいた。

その後は昼食の時間になり、各自手の空いている者から昼食に向かう。周りからの気遣いで、私はルカリオと一緒に食べることになった。

王宮内は誰もが楽しそうに笑い、活気があった。食事に行く途中でエレンたちに会い、食べているときにグレッグ隊長に声をかけられ、執務室へ戻っている最中でネクロズ男爵夫人と双子たちにも会った。天使と悪魔に仮装した双子は本当に可愛かった。

「みんな楽しそうですね」

言うなれば主催者側にいる私たちは、今日と明日はやることが盛りだくさんにある。

「頑張りましょうね」

ルカリオの手を握って伝えると笑顔が返ってきた。

よし、頑張るぞー！


大して仕事をしていない国王がドヤ顔で開催宣言をし、発案しただけの王妃が笑顔で佇んでいる姿にモヤモヤ感が止まらない。

えっらそーに。なにもないところで転けろ。けっ。

「では、行きましょうか」

黒猫の仮面をつけたルカリオさんが差し出した手を取る。

建物内では各部屋でさまざまな催しがある。観覧するだけではなく、買い物もできる。いくつかの商会が出張してくれていて、今日だけの限定品もあるらしい。

片手に籠、反対の手でルカリオと手を繋いで、綺麗に飾りつけられた宮殿の中を歩く。

籠の中身はホットワインが入ったカップ。

「お疲れ様です。こちら陛下より差し入れでございます」

白狼の仮面を着けたふたりの近衛にカップを手渡す。

王太子の進言を聞いた国王が命じたので、国王からの差し入れで間違ってはいない。国王の侍従たちは面倒くさがったので、私たちが配ることになったのだ。そんなことをわざわざ言う必要はないから、私たちが国王の侍従と侍女と間違われても仕方ない。

仮面って便利。

「ありがたい。今日は冷えるからな」

「皆様の活躍があってこそですわ」

カップは後で受け取りに参ります。と告げて、次の白狼を探しに行く。

黒い制服の騎士団に反して、近衛の制服は白が基調となっている。黒の仮面も格好いいが、白銀もかっこいい。

会場になっている建物内を近衛、それ以外を騎士団が警備している。

人数が違うからなんだけど、近衛って騎士団よりも身分が高い人が多いから妙なプライドがあるんだよね。王族や貴族に近い警備は自尊心も傷つかないらしい。なので、建物の中は白狼だらけ。立ち入り禁止区域を守っていたり、二人一組で巡回していたりする。

そんな白狼を見つけてはホットワインを渡していく。籠の中身がなくなったら補充してまた出かける。仮面を着けていても同じ人に渡すことはない。ルカリオはもちろんだけど、私もなんとなく区別がつくから。それに、今日のために、近衛の顔をできる限り覚えてきたからね。

途中、ソーン騎士団の人にも出会ったので、ホットワインを渡しておいた。

途中、廊下にまで人が溢れている部屋があった。お芝居をしているみたいで「婚約破棄だ！」と叫んでいる声が聞こえるが。背伸びをしても人垣で全然見えない。

残念に思っていると体がふわりと浮かんだ。

「にょわっ」

脇を摑まれて浮いた体が安定感のある腕に座らされる。

「見えるか？」

声のほうを見れば、黒犬の仮面を着けたラングレー騎士団長がいた。

「え？　え？　ラングレー騎士団長？」

「見たかったのだろう？」

「あ、ありがとうございます」

　いや、これ完全に子ども扱いだよね。

　まぁ、いいや。安定感すごいし、劇を見させてもらおう。


　室内の舞台では、女性を背に庇った男性が数人の男女相手に叫んでいた。

「廃嫡だと⁉　馬鹿な、しかし、私は彼女との『真実の愛』を貫くまでだっ！」

　なんだ。「真実の愛」かよ。似たような劇が腐るほどあるのに、ここでもやるのか。

　途端に興味が失せたのだが、舞台の様子がちょっと違ってきた。

　背に庇った女性が、男性から距離を取った。

「王太子になれない貴方と結婚するなんて冗談じゃないわ。しかも王族でもなくなるなんて最悪っ」

「クリスティーネ⁉　そんな、クリスティーネェエエエっ！」

　捨て台詞を吐いてクリスティーネは走り去ってしまう。

　なんだ。喜劇か。

　捨てられて床に崩れ落ちた男性は、対峙していた集団にいた女性のほうへ四つん這いで這っていく。

　滑稽を通り越して動きがキモイ。

「イ、イレーネ。やはり、私には君だけのようだ。君との愛が『真実の愛』だったのだ」

随分と都合のいい『愛』だな。幾つ真実があるんだ。

男性とイレーネの間に大柄な男性が割り込む。怒りも露に「都合のいいことを言うなっ!!」と一喝し、持っていた剣で男性のお尻を何度も叩き、男性は悲鳴を上げて逃げ出した。

その様子が大げさで滑稽で、あちこちから笑いが沸き上がる。

その後はイレーネが男性に振り回されず、侯爵の後を継ぐと決意して終わった。

よくある「真実の愛」を題材にした劇とは違ったが、意外に好評で拍手が湧いていた。


お礼を伝えて下ろしてもらうと、後ろからルカリオに抱き込まれた。

「女性を簡単に抱え上げるのは感心しませんね」

「あぁ……なるほど。すまんな。つい姪っ子を思い出してな」

「いえ、大丈夫です」

姪っ子って幾つだ……。騎士団長の年齢を考えると、成人している可能性は低い。

複雑な気持ちの私を置いたまま、頭上でラングレー騎士団長がルカリオに話しかけた。

「殿下はどちらに？」

「もうすぐ時間ですので、三階だと思われます」

「そうか」

「行かれるのでしたら、東ホールがいいですよ」

ルカリオは私たちが通ってきた方向を指さす。最初にホットワインを配った場所だ。時間的にも薬が効いてきたころだろう。

ラングレー騎士団長は礼を言うとさっと身を翻した。王太子の応援に行くのだろう。

去り際も格好いいなと見ていたら、ぎゅうっと抱きしめる力が増した。

ちょっと苦しいが、嫉妬しているのかと思うと可愛く思えてしまう。

「あっ」

リリアン様発見。

ばらけた観客の向こう側に、ふたりの女性騎士を見つけた。

「手前の方がソーン騎士団のリリアン様です」

こそっとルカリオに告げる。頷いて歩き出したルカリオの後ろに隠れながらついていく。

「こんばんは。近衛の皆様に日頃の感謝を込めて、陛下よりホットワインの差し入れです」

「陛下から？　それは光栄ですね」

差し出したカップを受け取ったのを確認して、一礼するとその場を離れる。

リリアン様に認識されると面倒だったけど、なんとか気づかれずにすんだみたい。髪型を変えているけど、声を出したらバレる可能性が高い。

なにせ、下剤入りのワインだ。後で恨まれても困る。

ごめんよ。リリアン様に恨みは……ないこともないが、王妃側の人間だから仕方ないんだ。うん、仕方ないんだ。

国王と王妃に心酔する一部の近衛には等しく薬入りのワインを進呈している。仮面を着けていようが、私とルカリオの観察眼から逃れられると思うなよ。ひとりとて逃しません。死神の異名を持つネクロズ男爵お手製の無味無臭の下剤だ。日付が変わるころまで個室の住人になることは間違いない。大丈夫。トイレは綺麗に掃除してくれているよ。

カップの回収に行くと例のワインを渡した人たちは腹痛で持ち場を離れ、代わりに変装した第三騎士団の騎士が立っていた。

仮面ひとつで味方認識する近衛のヤバさに不安を覚えるが、そのうち王太子や側近たちがなんとかするだろう。

「まぁ、腹痛ですって。お可哀想に」

「パーティーだからと浮かれて飲みすぎたのかもしれませんね」

可哀想だが、今日いっぱいは王太子たちの邪魔をされると困るんだ。悪く思わないでほしい。大丈夫、副作用はないと思うから。

気休めに神に祈り、目が合ったルカリオと、ふふふ、あははとわざとらしく笑い合った。


夜明け近くに自室に戻ってきた王太子はひどく疲れた様子だった。

欠伸《あくび》をしながらまぶたが半分落ちかかっている。今日と明日は泊まりがけにしているマルグリッドさんと出迎える。手早く着替えと洗顔をして、温石で温めておいたベッドに直行させた。秒で寝入ったところを見るとかなり疲労していたのだろう。

寝支度に時間がかかるのでルイーズ妃はもう少しあとになるだろう。後はルイーズ妃の侍女たちに任せて、私たちは王太子の私室へ行き、片づけ中の侍従を捕まえた。私とマルグリッドさんが問うように見つめると、侍従は疲れを滲ませながらも晴れ晴れと笑った。

「恙《つつが》なく」

その答えにマルグリッドさんと小さく手を合わせて喜ぶ。

国王に退位してもらう。

手伝えと言われたあの日。決意した目で語った王太子の話を「冗談」だと笑い飛ばすには、皆の表情が真剣すぎた。ひりつくような緊張感が本気なのだと訴えていた。

本当は来年を予定していたが、急遽決まった今回のパーティーは、いろいろと都合がいいので早めたらしい。

マジか。

国政のほとんどを担っていた王太子には、外務省はもちろん各省に協力者がいるという。帝国へ行ったのも皇帝の協力を取りつけるためだったとか。

マジか。

知らなかった。当たり前だけど。

皇帝の賛同も取りつけたことで、各国や教会への承認も取りやすくなる。矜持の高いキノウ公国にも、帝国よりも先に伝えたことで体面を守ったらしい。

根回しというか、外堀を埋めに埋めまくったので、後は国王に退位を迫るだけ。

王妃の弟が犯罪組織に関わっている証拠も見つかり、そこから実家や国王派の悪事が芋づる式に見つかった。王妃の不貞と不正の証拠も見つかったらしい。

準備万端整えて、ルイーズ妃が王妃を、王太子が国王を、それぞれ説得という名の断罪を言い渡す手はずになっていた。

敢えて三階は立ち入り禁止にしていて、国王と王妃を別の部屋に誘導したのだが、まかり間違って近衛が駆けつけては都合が悪い。騎士団はほぼ王太子派だが、近衛は王族に近いせいか国王派が多いのだ。そこで、国王派で有能そうな人たちに下剤を飲んで大人しくしてもらったというわけだ。

国王と王妃が都合よく三階に行ったのも、事前に仕込んでいたらしい。見目のよい俳優に王妃を誘惑してもらい、国王には童顔の女性に誘惑してもらった。この女性、劇団でも子役から老婆までこなせる女優だが、私よりも背が低く童顔も相まって一見すると十歳前後に見える。なのに、私よりも凹凸があるという、けしからん体型なのだ。

そんな、両陛下の好みにドンピシャな相手から誘われるんだ。行くだろ。

後で聞いたが、クリフォード侯爵の発案らしい。えげつない。侯爵を敵に回したくはないものである。

しかも、その手配に動いていたのがベネディクト子爵だというから、さらに驚いた。

なんと、あの子爵も側近のひとりだというのだ。

うそぉ。

じゃあ、あの五股六股していた女好きのダメ人間な姿は世を忍ぶ仮の姿だったの？

驚く私に王太子は「あれは元からだ」とあきれ気味に教えてくれた。

趣味と実益を兼ねてんのか……。

見直しかけた子爵の好感度が一気に下落した。

やはり、子爵はどこまでも子爵である。

お祝いムードが漂う中、疲労の滲むローガンが「まだ今日を乗り越えねばならんのだぞ。気を引き締めろ」と一喝した。

ちぇっ。ちょっとぐらい浮かれたっていいじゃん。

ふてくされかけた私の耳にローガンの鼻歌が聞こえてきて、マルグリッドさんと顔を見合わせて笑った。


一年の最後の日。

今日は、夕方から大広間で舞踏会が開催される。その上、王太子から国王の退位と自分の即位が発表される日でもある。

昨日の仮装から一転して、今日は華麗な礼装を着るので準備が大変なのだ。ルイーズ妃から侍女を数人借りてギリギリ。手が足りないと嘆いていたら、侍女長が手伝いに来てくれた。指示も的確だし人を使うのも上手い。

「今後は貴女が主導しなければならないのですよ。しっかりなさい」

「精進いたします」

助っ人はありがたいが緊張感と威圧が半端なかった。

目標は侍女長ですか？　いや、それはかなりハードルが高いな……。

腕によりをかけて磨き上げた王太子とルイーズ妃が並ぶ姿は荘厳華麗で、やり遂げた私たちは達成感と満足感でいっぱいだった。あの侍女長がほんの少し口元を緩ませていて、思わず二度見してしまった。

お供する私も身なりを整えて後続の馬車に乗り会場入りをした。

王族の控え室からは、入場のための大階段が見える。楽団が音楽を奏でる中、貴族たちが入場していく様を見ながら順番を予測する。

もうしばらくかかりそうだ。

室内に視線を戻す。部屋の中には、椅子に座り談笑する王太子夫妻と私を含めた侍女と侍従が五人。私はルカリオと入場するので迎えに来てくれるまで待機だが、ローガンは王太子の入場に合わせてこっそり入場するらしい。婚約者はいるというが、あまりにも王太子への献身が過ぎるのであきれているんじゃないかと思う。破談されないように気をつけてほしい。

最終チェックも兼ねて王太子夫妻に目をやる。昨日を乗り越えたおふたりは緊張感もなくリラックスしているように見える。手を尽くしても残った疲労は一日二日ではどうしようもない。長期戦でいくか。

　当たり前だが控え室に国王夫妻の姿はない。昨夜のうちに離宮へと移されている。そのせいかグロリナス宮殿も今朝は閑散としていた。

　ふと、第三王女はどこまで知っているのだろうと思った。

　父を退位させ、共に母を離宮へ閉じ込めた兄のことを、彼女はどう思うのだろうか。

　王太子から第三王女の話はあまり聞かない。会えば挨拶をするぐらいで、積極的に関わろうとはしていない。それは第三王女も同じように見えた。

　そもそも、時間帯が合わないのだ。

　自分と国王の公務をこなす王太子は、食事も自室や執務室で取ることが多く、グロリナス宮殿には寝に帰っているだけのような生活だ。空いた自由時間もルイーズ妃と子どものために使うから、第三王女と関わる機会がない。

　それはちょっと寂しいなと思うのは、私が兄や姉に構われていたからかもしれない。

「どうした」

　ローガンの声に我に返った。

　柄にもなくしんみりしてしまった。

「いえ、王女様はまだかと思いまして」

　まだ時間はあるとはいえ、入場は始まっているのだ。

　支度に時間がかかるとしても、ギリギリになるのは周囲が困る。

「そうだな。使いに様子を……」

「お兄さま!!」

ローガンが話している途中で扉が乱暴に開いた。

現れたのは、白と淡いピンクの乙女チックなドレスを身に纏った第三王女だった。男装の麗人のリリアン様を背後に従わせたまま乱暴な足取りで歩いてくる。

「どうした。大声をあげて」

「どういうことですのっ。お母さまを拘束したと聞きましたわ」

「誰だ、そんなことを其方《そなた》に言ったのは」

「誰でも構いませんわ。事実ですの!?」

王太子の前に立ち、垂れ目を一生懸命につり上げてキャンキャンと叫ぶ姿は小型の室内犬を彷彿させる。どんなに威嚇しても小型犬では迫力に欠ける。せいぜい高い声に耳が痛いぐらいだ。

「拘束ではない。国王の療養を手伝うことになっただけだ」

「そんなものお父様の愛人たちにやらせればいいじゃない。彼女たちなら喜んで奉仕するわよ」

「王妃の意向だ」

「嘘よ！　お母さまが今更そんなことするはずないわ」

「決定事項だ。これ以上騒ぐなら、其方にはしばらく謹慎してもらうぞ」

「ひどいわ。お母様がお可哀想よ。悪いのはお父様じゃないの。あんなに愛人を侍らせて、お母様を悲しませたのよ。悪いのはお父様だわ」

睨みつける王太子と半泣きで訴える第三王女。

この場面だけを見れば、悪役は王太子だろう。

第三王女は知らないのだろう。体型が崩れだした国王を王妃が避け始めたせいで、国王が専属侍女という愛人を侍らせたことも、これ幸いと王妃が密かに愛人と密会していることも。

さすがに、王妃も自分の娘には知られたくなかったのかもしれない。

「お母様を解放して」

「人聞きの悪いことを言うな。其方も成人したのだから、落ち着いた言動をとることだ」

「なによ。お兄様もお父様の味方をするのね。だから男の人なんて卑怯で汚くて嫌いよ。平気で女性を裏切るんだわ。お兄様も大っ嫌いよ。もういいわ、私がお母様を助けるもの」

王太子の言葉も聞かずに出ていこうとする第三王女だったが、王太子の命令を請けた護衛騎士が第三王女の腕を捕まえた。

「離して」ともがくが、体格の違う騎士にかなうはずもない。

皆が第三王女に注視していたその時、リリアン様が王太子の背後を取って短剣を突きつけた。

「姫を離しなさい」

騒めく中、リリアン様が第三王女を捕らえている騎士を睨みつける。

ちょっ、リリアン様。ご乱心⁉　なにしてんの！

第三王女を助けるにしても、なんで王太子に剣を向けてんの⁉　アホなの？　バカなの？

驚愕の事態に驚きつつ、ざっと周囲に目を配る。

「貴様、何をしているのかわかっているのか」

「殿下を離せっ！」

「リリアンっ！　ダメよ、剣を下ろして」

いち早く駆け寄ろうとしたローガンは、リリアン様……いや、もうリリアンでいいや。リリアンに視線で牽制されて迂闊に動けない。護衛騎士たちが怒声を発し、第三王女も顔を蒼白にして必死に呼びかけている。護衛と侍女に庇われている王太子妃は真っ青で今にも倒れそうだ。

その様子を見ながら靴を脱いで、そっと気配を消して横にじりじりと移動する。リリアンの注意はローガンと護衛騎士たちに向かっている。

数歩移動すればリリアンと王太子の背中が見えた。

……えっと……。確か、手首から。

手順を確認して、足を踏み出す。

「姫を離しなさいと言っている！」

リリアンが叫んだ瞬間を狙って、背後から剣を持つ右手を捕まえて後ろへ捻る。リリアンの背中に捻り上げた腕を押し当て、手首を曲げさせると握っていた剣が落ちた。それを足で後方へ飛ばし、戻した足でリリアンの足を払って膝をつかせた。

よし、できた。あ、膝で背中を押さえるんだっけ。

「くっ……君か……」

「ありがとうございます。教えてもらった護身術が役に立ちました」

余裕ぶるために笑顔で答えたが全然余裕なんてない。騎士相手にいつまでも持ちこたえられるわけがないのだ。

「ちょっと早く代わって！　そんなに持ちませんからね！」

みんなが呆気に取られているなか、護衛騎士に声をかけると慌てて動き出した。

ふっとリリアンが小さく笑った。

こんな状況で笑ったことに驚いていると、護衛騎士が代わりにリリアンを拘束する。デカい騎士に阻まれた向こうからリリアンがこちらを見て苦笑した。

「もう少し鍛えなさい。君は軽すぎる」

……いや、鍛えないから。何度も言うけど、私は騎士見習いじゃないからね。

どこか吹っ切れたような顔のリリアンは、私の内心など知るよしもなく大人しく連行されていった。最愛の護衛騎士が連行されるのを見て泣き崩れた第三王女は、王太子妃の侍女たちが連れて出ていった。

後味が悪く見送っていると、急に誰かに抱きつかれた。倒れないように踏ん張った足がじくりと痛んだ。

「ありがとう」

王太子妃はそう泣きながら私をぎゅうっと抱きしめた。よほど怖かったのか肩が震えていた。

落ち着かせるために優しく背中をポンポンと軽く叩きながら、私も安堵の息がもれた。

まさか習った相手に技をかけることになるとは思わなかったけど、上手くいってよかった。

ちょうどリリアンの背後にいたことがよかった。誰も私に気がついていなかったのは、私の背が低かったわけではないと思いたい。

違うよね？

王太子にも礼を言われ、ローガンからも「よくやった」とサムズアップされ、ほっと息をつくとまたもや誰かに抱きつかれた。

またか！　今度は誰だ。

ふわりと香った匂いが自分と同じものだったのですぐにわかった。

「ルカリオ」

「側にいなくてすみません。もっと早く来ればよかった」

抱きしめられた胸の鼓動が速い。それだけ心配してくれたのかと、なんだか嬉しくなった。

「大丈夫ですよ」

言い切る前に右足の裏がビキッと痛んで声に詰まった。

ルカリオは体を離して私の全身をざっと見ると素早く抱き上げた。

「は？　え？　ちょっ、下ろしてください」

「どうして靴を履いてないいんですか。怪我までして」

「え？」

横抱きされているせいか足が見えないけど、いわれてみれば右足の裏がズキズキするような気がする。てか、痛いよ。痛いね。うん。切ったみたいな痛みがある。

あれか。さっき剣を蹴ったときに切ったのか。

「殿下。彼女を医務局へ連れて行きます」

「ああ。こちらは気にせず、今日はもう休むがよい」

軽くお辞儀をして、ルカリオさんは私を抱き上げたまま歩きだした。

控え室を出ると足の裏がズキズキと痛みを訴え始め、私の手が小刻みに震え始める。震える手を止めようとした反対の手も震えてしまう。その上、歯の根が合わないほどカチカチと鳴り出した。

あれ。なんで止まらないの。寒くないのに震えが止まらない。

いうことをきかない体にじれていると、体を包むように強く抱きしめられた。落ち着く匂いと温かな体温に体の力が抜けて、少しだけ震えが治まった。

立ち止まったルカリオが泣きそうな顔で私を見て「無事でよかった」と小さく呟いた途

端、涙が溢れて止まらなくなった。

かける言葉が見つからず、震える腕をルカリオさんの首に回して抱きついた。

「大丈夫。頑張りましたね」

優しい言葉に涙腺が崩壊した。

ああ、そうか。怖かったんだ。

食いしばったせいで唸るように泣く私の頭を撫でながら、ゆっくりと歩きはじめる。

さっきよりも感じる体温と鼓動に安心した私は、医務局に着くころにはなんとか震えが止まっていた。

◆　◆　◆　◆

華やかな曲が流れる中、コールマンの声が響き貴族たちが入場をしている。

クリフォード侯爵の名前が呼ばれ、夫人をエスコートした侯爵が颯爽と現れた。見事なイケオジっぷりに周囲から感嘆が漏れ聞こえるが、私にはどうしてもマリアンヌさんに見えて仕方ない。

輪の中に入っていく姿を眺めながら、ちらりと横を見上げる。

「いい加減、機嫌を直してくださいませんか」

「本当は安静にしないとダメなんですよ」

「だから大人しく座っているじゃないですか」

むすっとした顔もかわいいと感じる私は末期かもしれない。

リリアンが落とした剣を蹴り飛ばしたときに切ってしまった足裏の傷はそこまでひどくなかった。

たっぷりと消毒をして嬉しそうに数針縫う医務官から三日は安静にしろといわれている。だが、様子が気になって仕方がなかったので、ルカリオに頼み込んで連れてきてもらった。渋る彼を相手に最終手段の泣き落としまで使ったのだ。壁際で大人しくしていますとも。

続いて大公夫妻が呼ばれた。若い第二王女を娶《めと》ったせいか、年齢よりも若々しく見える。第二王女も大公に合わせて、落ち着いた装いだが華やかさは忘れていないのはさすがだ。

次に呼ばれたのが第三王女ではなく王太子夫妻だったことにざわめきが広がったが、ふたりが姿を現すとぴたりと止んだ。

いつも以上に堂々とした態度と威厳は、既に国王の風格を見せていた。

大階段の踊り場で足を止め、会場にいる人々を見回す。誰もが王太子の一挙一動に注目していた。右手がすっと上がり、手を追った視線が王太子の顔に集まる。

「年の終わりの日を、このように皆と楽しめたことを嬉しく思う。皆のおかげでこの一年を無事に過ごせたことに感謝する」

よく通る王太子の言葉に会場にいる貴族たちの表情がゆるむ。まるで国王のような挨拶に誰も疑問をもっていないようだった。

「今宵、皆には悲報を伝えなければならない」

一息をついたあとに、王太子は沈痛な面持ちで口を開いた。

「昨夜、国王陛下が病に倒れられた」

王太子の発言に騒めきが大きくなる。あちこちでいろんな推測が飛び交い始める。

誰だ、崩御とか先走ったやつは。

王太子が視線を向けると側に控えていた医務官がのそりと進み出る。黒髪で不健康そうな風貌のネクロズ男爵は、優秀な医務官としても有名だ。どこを見ているのかわからない陰鬱《いんうつ》そうな目で周囲を見据え、掠れた声で国王の状態を説明した。

「国王陛下は昨夜、一時的に心の臓が止まりかけましたが、救命により一命をとりとめております。ですが、後遺症が残る可能性も高く、国政に関わる激務はお体に触る可能性が非常に高いでしょう」

神妙な面持ちで話しているけど、ぶっちゃけ腹上死しかけたのだと聞いた。

昨夜、王太子たちが国王の寝室に詰めかければ、女性と楽しんでいる最中だった。激しい運動をしていた国王は驚きでうっかり死にかけたらしい。どこまでも迷惑な御仁である。

親の情事に遭遇してしまった王太子に大いに同情する。

「国王陛下はご自分の体調を鑑みて退位を決意された。政務は引き続き私が行う。即位式は追って発表するだろう。皆、不安はあるだろうが、これからもよろしく頼みたい」

威厳ある態度に、側にいた大公殿下が真っ先に膝を折り、最上位の恭順を示した。大公を先頭に次々と膝を折っていく。私もルカリオの手を借りて腰を折り淑女の礼をとった。

「新王に栄光あれ」

大公の張りのある声が会場に響いた。唱和する声が会場の空気を大いに震わせる。

王太子はわずかな緊張を隠し、誇らしげに見えた。ついでに斜め後ろで号泣しているローガンも見えた。退け。感動が薄れる。

「国に、民に、新しき風が吹くように尽力しよう。我らが王国に栄光あれ」

王太子が言い終わると同時に音楽が高らかに奏でられた。舞踏会の開始を告げた王太子はルイーズ妃をエスコートして中央で踊り始めた。

王太子を中心に、幾つもの煌びやかな踊りの輪が広がっていく。

もう誰も国王と王妃の話題を出さない。新しい年への期待ばかりを口にする。

「『真実の愛』ってなんでしょうね」

彼らが口にするそれは上滑りした軽いもので、付け替えるアクセサリーのようだ。

馬鹿みたいに簡単に口にする。

「わからないから求めるのではないでしょうか」

無意識に呟いた言葉に、隣に座ったルカリオが応えてくれた。

「わからないから、求め、自分のそれが真実なのだと暗示するんですよ」

「暗示……」

そうか。定義がないから思い込むのかも。いや、信じたいのかも。

考え込む私の人差し指がきゅっと摘まれた。やわやわと揉みながら付け根へと移動していく。彼の長い人差し指が私の手のひらをくすぐる。

「私は、『真実』とは過去の集大成にあると思うのです」

節ばった指が絡みついて、大きな手が私の手を捕らえる。

「何十年とその先で、命が尽きるその時に、貴女への愛が『真実』だったのだと」

持ち上げられた手の指に唇が触れる。全部の指と手のひらに。

「私に確かめさせてください」

懇願するような眼差しを受けて、胸が熱くなり泣きそうになった。

「何度でも、確かめて。私も知りたい」

ルカリオの手を取り、その手のひらに契約のように唇を寄せた。


そろそろ日付が変わる時間だ。

楽団がスローテンポの曲を奏で始めた。ゆっくりとした弦楽器の演奏から、徐々に楽器の種類が増えていくとともに曲に厚みが出てきて荘厳になっていく。

「生命の歌ですね」

生命の喜びや春の訪れを喜ぶ曲で、春を待つ曲としても有名である。

「季節の春はまだ先ですけど、皆が待ち望んでいるんですよ」

ルカリオさんの言葉に今年一年を振り返る。

今年はなんだか、いろんなことがあった。ありすぎた。

メイドの仕事から貴賓室に移動になって、今は王太子の専属侍女だ。しかも、婚約者まででできて、来年にはルカリオと結婚する。

なんだか怒濤すぎないか？

「来年もこうして一緒に過ごしましょうね」

慌ただしい一年に諦念を感じていると旋毛《つむじ》にキスされた。

会場から連れ出されたのだが、行きと同じく横抱きである。恥ずかしくて顔を肩口に埋めたまま上げられない。それをいいことにやりたい放題だ。

「アンナ。顔を見せて？」

「……むり」

「私にだけ。ね？」

「……むり」

「大丈夫。誰も見ていませんから」

だって。という言葉とともにヒューンと音が聞こえ、ドーンと大気が震えた。

思わず見上げた夜空には見事な花火が咲いていた。

続いて二発、三発と夜空に光り輝く花が咲き乱れていく。

みんなが空を見ていた。

思わず顔を上げると、思ったよりも至近距離にあったルカリオの顔が花火に照らされる。

「ほら。私しか見ていない」

口紅を刷いたように艶やかな唇に視線が奪われる。

柔らかな笑みを浮かべているのに、視線だけは力強くて体の奥の奥がぞくりとした。ずるい。

お願いされているのに、結果ルカリオの思いどおりになっている。

余裕のあるこの表情を崩してやりたい。

ほんの少しの対抗心と悪戯心が湧き上がり、肩に置いた手に力を入れて上半身を伸ばす。笑みを浮かべる下唇に噛みついた。

「新年おめでとうございます」

驚きで無防備になった表情に満足していると、いつもより悪そうににやりとした笑みが浮かぶ。

あ、ヤバい。

後悔とは後からするものだ。啄《ついば》むように何度も唇を重ねられ、堪らずに瞳を閉じれば頬にまぶたにと顔中に唇が触れる。

「好きですよ、アンナ」

熱い吐息と共に吐き出された告白の返事はルカリオの口の中に消えた。

新年を告げる礼拝堂の鐘が聞こえる。たぶん国中の教会で鐘が鳴り響いているのだろう。

合間に「はぁ……ぐちゃぐちゃに泣かせたい」という不穏な台詞が聞こえたが全力で回避したい。

明日も忙しいので断固拒否します。

新しい年の始まりは、そんな攻防から始まったのである。

◆◆◆◆

王族が住むグロリナス宮殿から北のカノープス山脈まで広大な森が広がっている。王領の森は、狩猟祭などで年に一、二度使用するぐらいで普段は人の姿などない。

森の奥には小さな湖があり、その湖畔に小さな離宮が建っていた。森の中に溶け込むように質素な建物は華やかさはないものの頑丈に造られていた。

その離宮の前に一台の馬車が停まった。お忍び用の目立たない質素な馬車からひとり降りたクリフォード侯爵は、静かな離宮を見上げて口端を上げた。

離宮から侯爵を迎え出たのは屈強な体躯の男だった。傷のある強面にはお仕着せの侍従服は到底似合っていない。侍従は一礼すると玄関扉を開けた。

中に入るなり上の階から女性の金切り声が聞こえてきた。なにを言っているのかは不明だが、合間に物が壊れるような音がしている。

「要らぬというなら全て撤去してもよいぞ」

「畏まりました」

壊すならば家具も衣服も不要だろう。

「自害せぬように気をつけよ。なんなら拘束してもよい」

侍従が手で合図すると控えていた使用人が階上に移動していった。

反対側の階段から二階へ上がると、こちらは対照的にひっそりとしていた。扉の前には剣帯した兵がふたり立っている。兵に止められることなく侍従がノックもなしに扉を開けた。中を確認して侯爵を中へと促す。

灯りもない部屋は昼間だというのに薄暗く陰鬱としていた。

最低限の家具しかない室内のベッドの上に男がひとり座り込んでいる。肩を落とした姿は、脂肪に包まれた体をさらに丸くみせていた。聞こえた靴音のほうにのろのろと顔を向けた目がクリフォード侯爵を捕らえた瞬間、その体型からは想像がつかないほど素早く近づいてきた。摑みかかろうと伸ばされた腕は、侯爵の側にいた侍従に強く摑まれ、情けない悲鳴が出た。

「やめよ。離せ。我を誰と心得る、国王ぞ。国の父ぞ」

涙を流しながらひいひいと泣く男をクリフォード侯爵は無言でいた。

口元は笑みを形作っているが冷酷な目は国王を名乗る男を蔑んでいた。

「残念ながら貴方は退位されたのですよ、先王陛下」

　情けない顔が青ざめたかと思えば、わなわなと体を震わせながら怒りで顔を赤くした。

「退位などしておらん！　彼奴《きゃつ》が、セオドアがむりやり押し入ってきたのだ。彼奴こそ元凶だ。そうだ、反逆だ。謀反だ。のぅ、ウォレス。セオドアを捕らえよ。されば、そなたを宰相に据えてやろう」

　足下に縋りついて懇願する様は醜悪でみすぼらしく映った。

　外務大臣のクリフォード侯爵に与えるとなると、空位の宰相か公爵の地位ぐらいしかないのだろう。だが、どちらもクリフォード侯爵は興味がなかった。

「そうだ、セオドアだ。彼奴が伯爵と組んで我を嵌《は》めたのだ」

　男子の継承権が優位な我が国で、嫡子である王太子が国王を汚い手段で引きずり下ろすメリットなどほぼない。そんなことも考えつかないとは、相変わらず情けない。

　自分に都合のいい妄想に付き合うのにも飽きた侯爵は、手にしていたステッキを先王の太ももに振り下ろした。不意打ちの攻撃に悲鳴を上げた先王は突かれた足を抱えて転げ回った。再びステッキを持ち上げるとそれを察した先王が無様に這って逃れようとする。

　カツンとステッキの音が床に響き、短い悲鳴が漏れでた。

「昔、私の従姉妹が冤罪だと訴えたとき、貴方はどうしましたか？」

　一歩踏み出すと、先王は怯えながら後退る。

「あの女に唆《そその》かされた貴方は、勝手に婚約を破棄した挙句、自分たちの美談を仕上げて彼女を悪女に仕立てあげた」

「あ、あれは、王妃だ。我も王妃にまんまと嵌められたのだ。そうだ、彼女の冤罪は取り消そう。爵位……そう、爵位を授けよう。土地か？　金か？　なんなら、いい男を……」

言い訳を並べ立てる不快な言葉の数々に耐えきれなくなった侯爵はステッキを再び床で叩いた。びくりと身を竦ませた先王は侯爵の顔色を伺うようにおどおどと見上げる。穏やかな笑顔を浮かべた姿にほっと息をついた。

「その汚い口を閉じていただけますか？」

「な、なにを……ウォレス」

「できれば私の名を呼ぶのも止めていただきたい。虫酸が走るのでね」

にこりと微笑みながら吐きだされる辛辣な言葉に先王は目を白黒とさせた。

婚約破棄後も変わらず仕えてくれ、外務大臣として支えてくれていると思っていた。所詮はただの従姉妹。国王である自分の機嫌を取るほうが有益なのだと高を括っていた。

「彼女よりもあの女がよかったなら、正規の手続きを経て婚約を解消すればよかったのですよ。彼女を貶める必要などどこにもなかったのに。その上、貴方は唆されるまま堕落していった。政治から遠のき醜悪な悦楽に走るとは嘆かわしい」

「我は、我は……我は、悪くない。セオドア……セオドアだ。それに、王妃だ。王妃が悪いのだ。我を誘惑した侍女も、連れてきた伯爵もだ。我のせいではない」

「いいえ。貴方の罪です。罪には罰を。だが、貴方は国王であられた身。相応の扱いをせねばなりません」

相応という言葉に、先王は希望を見いだした。

息子に蹴落とされたとはいえ、国王だった尊い身だ。丁重にもてなされ、いずれほとぼりが冷めたらまたグロリナス宮殿に戻れると思った。

「先王陛下。彼を覚えていますか？」

侯爵が指し示した強面の侍従を見たが、その顔に覚えはない。そもそも侍従の顔などそんなに覚えていない。ここ数年は可愛らしく従順な侍女たちと戯れていた記憶しかない。

「彼は、当時彼女の護衛騎士だった者です。あの時から一層精進をし、今では素手で獣の首をへし折れるほど強くなったのですよ」

侍従が見せつけるように腕の筋肉を動かせば、服の上からでも盛り上がった筋肉がよくわかる。その逞しい姿に、先王は安堵よりも恐怖を覚えた。

「彼を筆頭に、ベオルード家の精鋭がこの離宮をお守りしますので、どうぞご安心くださ い。もちろん私も精一杯支援させてもらいますよ」

柔らかな物腰に、丁寧な言葉使いなのに、足下から恐怖が這い上ってくる。

安心という言葉がこれ以上になく不安を募らせる。

侯爵が口にしたベオルード家は、元婚約者の実家だ。あの婚約破棄以来、政治からも社交界からも疎遠になっていた。元凶である先王にいい感情など一片も持っていないはずだ。色ボケした頭でもそのくらいはわかる。

「ウォレ……いや、侯爵。助けてくれ」

「ああ。そうでした」

顔色をなくした先王の言葉を晴れやかな笑顔で遮った侯爵は、未だに床に座り込んでいる先王を冷たく見下ろした。

「この付近は熊や狼などが生息しております。迂闊に散歩などしては餌と化しますのでお気をつけて。ああ、ご心配ならず。後日、忠実な番犬を配置いたしましょう。人など簡単に噛み殺せますが、私共には服従するいい犬たちですのでご安心ください」

顔を白くさせて怯える先王を見て、ほんの少し溜飲を下げた侯爵はにこりと笑うと辞去の挨拶をして扉を開けた。廊下の向こう側から、来たときにも聞こえた金切り声が聞こえた。

「いやはや、羨ましい。『真実の愛』で結ばれた相手と余生をふたりっきりで過ごせるなど、最高ではありませんか」

御祝い申し上げます。

そう締めくくったときの先王の顔は見ものだった。

だが、こんなものはまだ序の口。ベオルード家も、彼女の夫のルキアーナ伯爵も、もちろん我が家も、楽しみで仕方がない。降り積もった憎悪はそう簡単には消えない。晴れるとも思わないが、いくらかは薄れるだろう。

簡単に死なせるものか。

数いる身内の中で、彼女だけが特別だった。この気持ちが恋か愛かなどどうでもいい。彼女を悲しませた。理由などそれだけでいい。妻のエマリエも同じ気持ちだろう。

外から離宮を見上げる。
ひっそりと佇む頑丈な牢に満足し、乗ってきた馬車に乗り込む。
見送った馬車が見えなくなると、侍従は玄関扉から中に入りガチャリと鍵をかけた。

終章

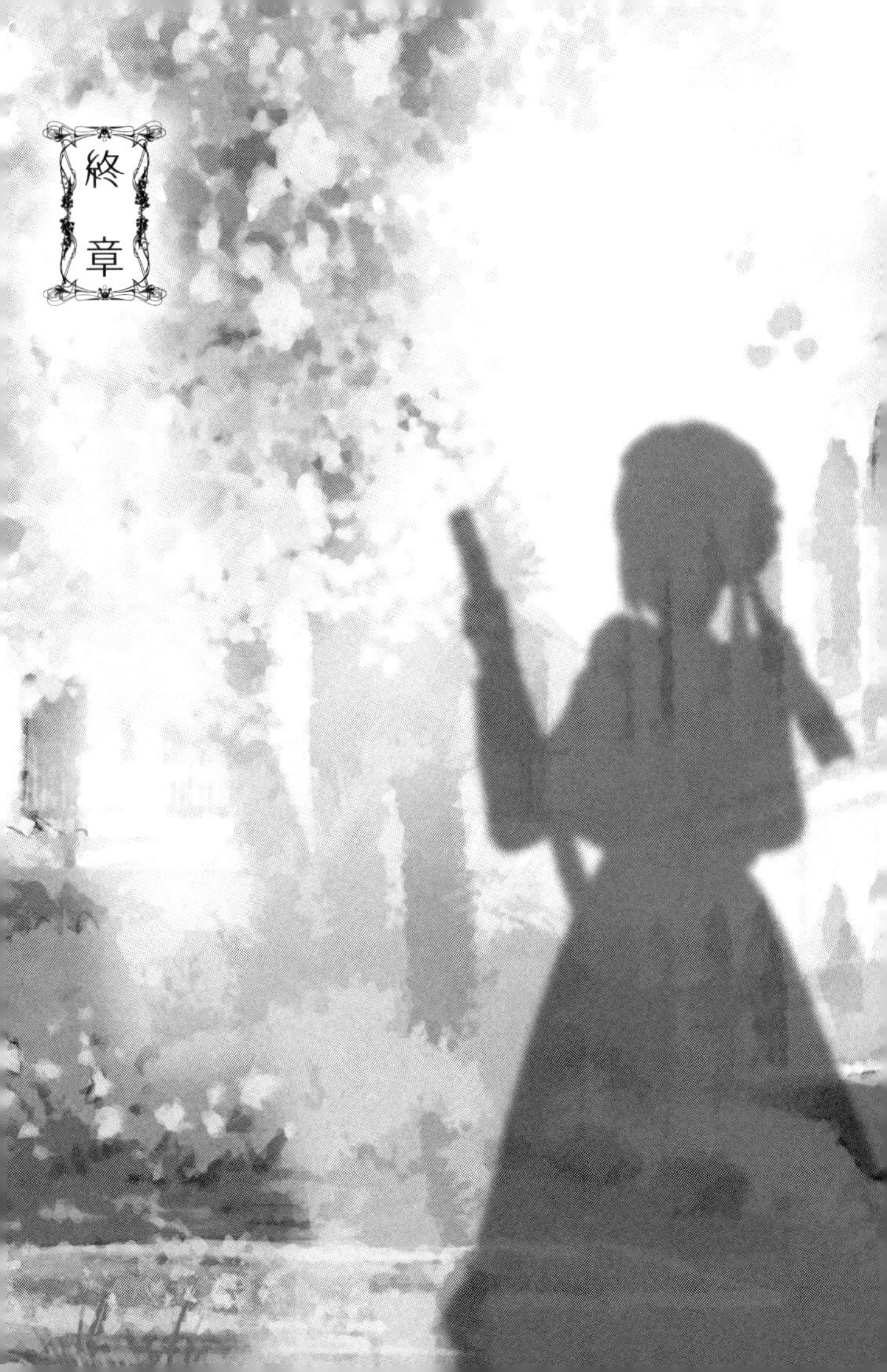

柔らかで肌触りのいい布を重ねて針で縫い止めていく。縫い目が肌に当たらないように外側で縫うけれど、不恰好にならないように端の処理は丁寧に。

袖口と裾には可愛らしいレース。

男の子だから、リボンは控えめに。その分、刺繍で華やかに。

座り心地のいい椅子に座ってゆったりと縫うのは、可愛らしいベビー服。

もう帽子は出来上がっている。フリルの縁取りが可愛い帽子はリボン付きで顎の下で結ぶタイプだ。同じ水色のリボンがベビー服にもついている。

うん、可愛い。

だいぶん出来上がったそれを掲げてみれば、なかなかいい出来で口元がにんまりと上がってしまう。

「そろそろ仕上がりそう?」

「ルイーズ様」

顔を覗かせた王妃に驚いて立ち上がろうとしたが、そのままでと身振りで言われて椅子に座り直す。

王妃はゆったりと歩いてくると、手元をのぞいて顔を綻ばせた。

「あら。なかなか素敵ね。可愛らしいわ」

「ありがとうございます」

帽子もあるのね。と完成したものを手に取り愛しそうに見つめる。

王太子の戴冠式から二年が経ち、季節は秋も終わりに近づいている。

あの年越しパーティーから怒濤の日々だった。国王の退位に、犯罪に加担した貴族の処罰に加えて戴冠式の準備。忙しすぎて倒れかけたら、ローガンに更なる筋肉増強を企まれて、そりゃあもう断るのが大変だった。

先王と前王妃は、グロリナス宮殿の更に北に建てた離宮に静養という名目で幽閉されている。

先王や前王妃と懇意《こんい》だった貴族の中には犯罪に加担した者が多数いて、それ相応の処罰を受けている。特に前王妃の弟である伯爵は、前王妃の威を借りてさまざまな犯罪に加担していた。中でも、人身売買組織との癒着があり、自身で買い上げた中でも年若い女の子を国王に献上していたらしい。

死ねばいいのに。

いや、死んだけど。さすが罪状がエグすぎて処刑しか選択なかったわ。ついでに前王妃の実家もいろいろあってお取り潰しになった。命が助かっただけマシだと思うんだが、不穏な噂が耳に入るので近々新しい処罰を受けるかもしれない。

先王は知らぬ存ぜぬを貫き、幽閉という処分になった。

簡単に罰せられないから仕方ないんだけど、これだけは熱心に願っておく。

腐り落ちて、もげろ。と。

もげたらもう悪さもできぬだろう。神様、よろしく。

前王妃は、数人の愛人と違法な薬物を使用していたことが判明した。立派な中毒患者だったらしく、離宮で治療中らしい。治る見込みは薄いらしい。

どこまで回復できるかは謎であるが、『真実の愛』の力で乗り越えるんじゃない。ぶっちゃけ、どうでもいい。運命で結ばれているのだから、その結果も運命だろう。

先王と前王妃に懐柔されていた近衛騎士たちは資格を剝奪された。罪の軽い者は騎士団でゴリゴリに鍛え直されているそうだ。

そして、王太子に剣を向けたリリアンは、本当ならば死罪になるはずだった。本人もそれを望んでいたのだが、第三王女の脅迫まがいの嘆願により身分剝奪の上、国外追放となった。

リリアンは第三王女を本当に愛していたらしい。『真実の愛』を見つけたんだそうだ。

しかし、第三王女は帝国に嫁ぐことが決まっている。

結ばれることは叶わない恋人同士。第三王女が他の男のものになると考えただけで気が狂いそうだ。間近で見る勇気もなく、かといって連れて逃げる勇気もない。

思い詰めた結果があの騒動らしい。叶わない想いなら、いっそのこと死んでしまおう、と。

……極端すぎる。

脳筋なの？　あの見た目でも騎士だから脳筋なの？

なんでそうも極端なの。悲恋劇の主人公かよ。うわぁって声しか出なかったわ。

都合のいいときだけ可愛がる前王妃に懐いていた末っ子の第三王女は、浮気をした前国王や下心で近づいてくる男たちのせいで男嫌いになったらしい。そんな第三王女にとって、リリアンは理想の恋人だったのだろう。

リリアンの助命を嘆願した第三王女は、大人しく帝国に嫁いでいった。

婚約者の第五皇子が男臭くなければいいなと思ったが、王太子曰く「……彼を一見で男だと見抜く者は少ないだろうな」とのこと。

まさか、夜のお茶会が昼のお茶会になっているってこと？　手足の毛をつるつるにする皇帝の息子だ。皇子がやりすぎてもおかしくない。さすが美容大国。

そして、疎遠とはいえ、妹の好みを把握して縁談を纏めるぐらいにはちゃんとお兄さんをしているのだと見直した。


私は去年の夏の終わりにルカリオと結婚し、今は貴族街のアパートメントで一緒に暮らしている。まだまだ新婚です。えへへ。

私は変わらず国王陛下の専属侍女として働いている。マルグリッドさんが辞職してからは、補充もなく専属侍女は私ひとりである。忙しいときはルイーズ様の侍女が応援にやってきてくれるので問題ない。たまに、ルカリオが女装して手伝ってくれたりしないかな？

と思ったりするが、忙しそうなのでまだ話したことはない。

意欲的な友人の顔も浮かぶが、あの訓練とローガンを筆頭とする国王親衛隊についていけるか心配でまだ提案していない。まぁ、そのうち。逃げ道を塞いでから囲い込もうと思う。

夜のお茶会のお手伝いはまだしている。クリフォード侯爵の助けもあり、副業の存在は国王にバレていない。最近は、自分でやってみたいという人のためにメイク講座をしたりもする。順調に美魔女オヤジが増殖中。

姉も義姉も無事に出産し、産まれた赤ちゃんたちの可愛さにメロメロでルカリオに嫉妬されたりしている。

「あまり無理はしないでね。貴女になにかあればガルシアン卿に申し訳ないわ」

「このくらいなんともないですよ」

「いいえ。無理は禁物よ」

「それを言うならルイーズ様も、動き回っちゃダメじゃないですか」

「あら。私は経験者ですもの」

ふふん。とドヤ顔で威張る姿が可愛くて、くすりと笑ってしまった。

現在、ルイーズ様はふたり目を妊娠している。つい最近発覚したので、公式の発表はまだだが、少しずつ公務は減らしていっている。それなのに、あれこれと動き回っては国王を慌てさせているのだ。

「経験者でも初期は安静にするものですよ」

「だって悪阻《つわり》が軽いんですもの。アンナだってわかるでしょう?」

「羨ましい自慢をありがとうございます」

そう。何を隠そう、私も妊婦である。

王妃より二か月ほど早く発覚し、悪阻も最近ようやく落ち着いた。悪阻の何がつらいって肉がほとんど食べられなかったことだ。食べられる肉といえば鶏肉のさっぱりとした部分をあっさりと調理したものだけ。悲しすぎる。

妊婦って大変なんだと身に染みた。

悪阻以外は元気なので、ルカリオを心配させつつ無理のない仕事を継続中だ。

「前の時と違うから今度は女の子かしらね。まぁ、どちらでもいいわ。元気に生まれてきてくれれば」

そういってまだ膨らみのないお腹を愛おしそうに撫でる。その姿は慈愛に満ち溢れていて、私もそんな顔になっているのかと自分の顔を触ってみた。

腹の中にいるまだ見ぬ我が子がこんなにも愛おしいのはなぜだろう。

悪阻はあるし、食べられないものは多いし、気分は沈む。お腹が大きくなれば動くのも辛そうだし、出産は命懸けだ。

もう顔も覚えていない母もこんな思いを四回もしたのかと考えれば、多少は見直してあげてもいい。少しだけね。塩ひとつまみぐらいね。

「前から話しているけれど、もう王宮に住みなさいな。そのほうがお互いに都合がいいでしょう？」

「そうですね。その件はルカリオにも相談して決めさせていただきます」

「いい返事を期待しているわ」

ルイーズ様に居住を王宮に移すように何度も提案されていた。最近は国王にも言われ出したので、そろそろ決断の時かもしれない。

しかも、ルイーズ様の妊娠がわかったときに第二子の乳母にならないかと打診された。

私なんかが烏滸がましいというか、身分不相応というか、恐縮しきりで断ったんだが、ことあるごとに持ち出されちょっと絆《ほだ》されかけたところで言葉尻を捕らえられてほぼ決定した。

正気か？　今なら冗談で済むよ？　と何度思ったか。

決定らしい。

王族こええ。強引さが半端ない。

乳母になるなら王宮に住んだほうが利点は多い。心強い経産婦のご婦人はたくさんいるし、職場も近い。生まれたら子どもと離れることなく暮らせる。

なんだかんだと仕事好きなルカリオに言えばふたつ返事で決まりそうだ。職場が目の前の環境……。

――――うん。ほぼ確定かな。

引っ越しかぁ。

近い未来に想いを馳せながら糸の始末をして、出来上がったベビー服をざっと確認する。よし。ちゃんと可愛い。サイズ以外は。

「あら。いい出来ね。スタイも作ってくれたのね」

「もうこれはセットですよね」

「わかるわ。可愛いもの。早速、今日から使わせてもらうわね」

「体にご負担がかからないようにお願いしますね。陛下にも重々にご注意いたしますが」

新調したベビー服を手にウキウキと「わかっているわよ」と答えるが、どこまでわかっているか疑問だ。

妊婦なんですよ？　医務官の許しがあるとはいえ、自覚してほしい。

これは、国王に厳重注意しなければ。

大人用ベビー服を手にしたルイーズ様は私を気遣うようにお礼を述べてくれた。

「貴女の体調のいい時でいいから、もう一着お願いしてもいいかしら？」

「すぐにはできませんが、それでもよろしければ」

「もちろんよ。無理のない範囲でやってちょうだい」

にっこりと笑って去るルイーズ様を尊敬の念で見送る。

もう一着かぁ。次はルイーズ様の色を差し色にしようか。どんなデザインにしよう。

なにせ、成人した男性の大きさだ。面積が多い上に可愛くなければならない。

難問だなぁ。

まぁ、その余りある布地で自分の子どもの分も作っていいと言われているので、やる気は出る。なんせ布地もレースも高級品だ。

レースとフリルで飾ったベビー服。でも、それを着るのは国王なんだが、そこは深く考えない。

国王は、のしかかる重圧とストレスを赤ちゃんプレイで発散させていたらしい。

このことはルイーズ様の侍女も知らない。今まではマルグリッドさんがひとりで準備を手助けしていたらしい。それを丸々受け継いだのが私だ。

そりゃ、囲い込まれるよな。

まぁ、私、できる侍女ですから、夫にも秘密にできますとも。

裁縫道具を片づけ、ぐっと背伸びをする。

ほんの少し膨らんできたお腹を撫でながら、幸せな気持ちで窓の外に広がる青く澄んだ空を眺めた。

要らん秘密を抱え込んだ私の日常はこれからも続くのである。

《了》

専属侍従ローガンの日常

一日の始まりは一杯の水から始まる。

起きぬけの体に水分を与え、朝日を全身に浴びることで朝だと認識させる。もちろん全裸だ。

残念だが、天気の悪い日は少しだけ調子が悪い気がする。やはり朝日は偉大だ。

そのあとは下着を身に着けてから、腕立て伏せや懸垂などの軽い運動で汗を流す。それが終われば外を軽く走る。最初はひとりだったが、今では同じ専属仲間と走ることも多い。

「誰が先頭だ」

「やる気のあるのは誰だ」

「気合があるのは誰だ」

鼓舞するようにかけ声をかければ皆が「私ですっ」と応えてくれる。打てば響く相づちは何度やっても気分がいい。騎士団で教わった方法だが、一体感という団結力が生まれる。そのうちロットマンにも一緒に走らないか声をかけてみよう。うむ。仲間はずれはよくないからな。

食事を終えて殿下をお迎えに上がれば、完璧な仕上がりの御姿がそこにあった。

元々並外れてお美しい方ではあったが、ロットマンが専属侍女となってから肌の血色がよりよくなった気がする。

いい仕事をしたと褒めてやりたいが、磨きがかかった殿下の美貌に引き寄せられる虫共が増えそうでもあり、いささか複雑な心境だ。

仕方あるまい。鍛錬を増やすとしよう。

己の肉体に勝る武器はなし。とは、軍務大臣でもあるマチョーショ伯爵の偉大なる御言葉だ。私の座右の銘である。

早速、騎士団に特訓の連絡を入れねばならん。

今日のスケジュールに書き込むと、王宮へと向かう馬車に同乗させていただく。お忙しい殿下のために車内で今日のスケジュールをお伝えする。

本日は、各地から届いた陳情書をより分け判別し、採決を望む書類に目を通し、合間に会見や会議が入る。

ルイーズ妃との時間も大切だ。妃殿下も両陛下の煽りを喰らいお忙しい。その合間をぬっておふたりのお時間を作るのは筆頭侍従の腕の見せ所だ。

執務室へ入れば殿下は直ぐに机へと直行される。勤勉家であらせられる。両陛下に爪の垢でも飲んでいただきたいほどだ。しかし、殿下の爪の垢を差し上げるなどもったいない。どうせなら私がいただきたい。

「モリス様。まとめた陳述書です。ご確認ください」

専属侍従のアダムスから書類を受け取る。各地から上がってきた陳述書は数回の審査を受けて決裁が難しいものが届けられる。それを更に選別してから殿下にお渡しする。

「うむ。ご苦労」

お忙しい殿下のためにも、なるべく陳述書や要望書などは他の者に回してご負担を軽減させたいのだが、民の声を聴きたいとおっしゃるそのお優しさプライスレス。なんと気高きお心であろうか。まさに王として相応しい御方であらせられる。不肖ローガン、感動で涙が溢れそうでございます。

「あの、これをどうぞ」

「ありがたい」

差し出されたハンカチで目元を拭う。これは洗って返そう。

「あと、こちらをお渡ししてよいものか迷っております」

アダムスが差し出した華美な封筒を開封すればムワッと香った匂いに思わず顔を顰めてしまった。甘ったるい匂いは苦手だ。

ざっと目を通した文面は予想どおり王妃様のもので、内容は予想外のなんとも頭の痛くなるものであった。

「お渡ししたくはないが、そうもいくまい」

「そう、ですよね」

ふたり揃ってため息を吐いたとてどうにもならない。アダムスを労って書類と封筒を受け取った。

「あ、モリス様」

ひと抱えもある箱を持ったエンリケが近づいてきた。体をずらして箱を持っている腕を軽く上にあげる。

「今回のはいいですよ。装着も簡単ですし、重さの軽減も簡単です」

「そうか。では量産を頼んでおこう」

「布のほうを多めにしてもらえますか。重みと摩擦で消費が短そうです」

「うむ。布か。そこはまだまだ改良の余地があるな」

「そうですね。あまり硬いと痛いですから」

「うむ。そこも相談してみよう」

「お願いします」

エンリケは晴れやかに笑うと荷物を持ったまま部屋を出て行った。

頭のスケジュールに「改良についての話し合い」を入れる。

エンリケだけでなく、他の専属侍従たちも装着しているのが、重みを増やせるリストバンドだ。手首と足首に巻くことができ、日常生活でも鍛錬ができるという優れ物である。

騎士団で使用しているものは少々野暮ったく、我ら侍従には向かない商品であったが、改良を加え何度も試作をしていのどうにか服に隠れる物が作れた。だが、まだまだ改良点は多い。筋トレと同じく一昼夜ではできぬということだな。

「殿下。陳述書をまとめたものです。あと、こちらですが、王妃様から届いたものです」

「……ご苦労だった」

殿下は王妃様の封筒を見るなり苦虫を噛み潰したようなお顔をされた。顰めたお顔も芸術品の如くお美しい。

どんな表情も国宝級ではあるが、やはり妃殿下と一緒におられるときのお優しい表情はまさに美神もかくやという尊さだ。いや、どんな芸術家であっても殿下を写し取ることなどできぬだろう。有名な宮廷画家であっても及第点ぐらいしか出せぬ。彼が描いた肖像画も、内面の高潔さが出しきれておらぬ。私に絵心があれば……。今からでも絵画を習うべきか？　いや、そんなことで殿下のそばを離れるという愚挙を犯すわけにはいかない。仕方ない。画家にも体力増加を提案してみよう。一日中筆を握っても大丈夫なほど体力と筋力があれば数千枚の内一枚ぐらいは実物に近いものが描けるやもしれない。

「……馬鹿か。馬鹿なのか」

未来の予定を立てていると、殿下の口から聞いたことのない罵声が聞こえた。

今のは殿下のお声？　いや、まさか。気のせいであろう。

殿下は王妃様の手紙をグシャリと握りつぶして屑籠へと投げ捨てた。

烏滸がましいが、そのお気持ちは十分に理解できる。

社交シーズンも終わり、冬支度や新年の準備など内政に力を入れるこの時期に「楽しいことがしたい。パーティーはどうかしら？」など馬鹿げた提案をされれば殿下でなくとも相手の正気を疑ってしまうだろう。

悲しいかな。王妃様には一片の悪気も常識もなかった。

「いや、これを機と見るか。ローガン、さっきの手紙は捨てずに取っておいてくれ」

「畏まりました」

屑籠から手紙を取り出し簡単にたたんで内ポケットにしまい込む。

陳述書を読み回答をしている間にロットマンがやってきて休憩となった。彼女は非常に小さいのだが、儚くもたおやかでもない。なんというか、逞しく花を咲かせる雑草のような女性だ。何かの折に同僚にそう話したら本人には絶対に言うなと念を押されたので告げたことはない。

「ロ……モリス様。休憩されてはいかがですか？」

補佐用の机に紅茶が置かれる。一緒にチキンのキッシュも置かれた。

「料理長からいただきましたが、このキッシュはかなり肉肉しいですね」

肉肉しい。言い得て妙だが、的を射ている。

料理長と話し合ってできたこのキッシュは筋肉にもいいとされる鳥の胸肉が使われている。割合も四割と高い。しかも卵と共に野菜も取れるという優れものだ。

「ロットマンも食するといい。少しは肉づきがよくなるだろう」

「ご丁寧にご心配いただき、誠にありがとうございます。ありがたく、頂戴いたします」

なんだ。笑顔なんだが怖いし、言葉に棘がある気がする。

肉づきは禁句だったか？　しかし、筋肉が薄いペラペラな体は風で飛びそうで心配だ。

やはり朝のランニングに誘ってみるとしよう。

キッシュを食べようかと皿を手にしたとき、同じようにキッシュを食べているアダムスの姿が目に入った。なんでもないように済まして食べているが、微妙な体の震えが気になった。よくよく見てみれば尻が椅子から浮いている。

これは、空気椅子！

なんと、休憩の時間に悟られることなく鍛錬に励むとは。その心意気やよし！

負けてられぬと私も早速実施してキッシュを口に入れる。

程よく筋肉への負荷がかかっている。いい。いいぞ、大腿四頭筋も内転筋群も頑張っている。大臀筋と腹筋もうれしい悲鳴をあげている。

アダムスも私に気がついたようだ。互いに視線を交わし、どちらが長く続けられるか勝負といこう。

楽しむ私たちをロットマンが羨ましそうに見ていたが、彼女にはまだまだ早いトレーニングだ。もう少し筋肉をつけてからだとあとで忠告しておこう。

その後は側近の方々がやってきて各自報告などをあげていく。

各自交代で昼食を取り、空いた隙間時間も簡単な鍛錬も忘れない。

昼からは、内務大臣と会談をし、帝国や地方領主へ手紙を書く。

隙を見てロットマンが休憩を促し、殿下の肩などをマッサージしていく。

羨ましい。殿下に触れ、殿下を癒やして差し上げるなど、侍女の……いや侍従冥利に尽きるではないか。私も覚えるべく、ロットマンに師事をしているが、力加減がなかなかに難しい。過って殿下をご不快にさせるならまだしも、お怪我など負わせようものなら、この命いくつあっても足りぬだろう。

これも鍛錬のひとつだ。

夕刻になるとルイーズ妃殿下がおいでになり、今日の報告をなさる。ご用事がなければご一緒にグロリナス宮殿へお帰りになられる。

殿下をお部屋までお送りすると、明日の予定を告げてもう一度王宮へと戻り、スケジュールの再確認や雑事を終わらせてから再びグロリナス宮殿へと戻る。宮殿の一階に部屋を貰っているが、結婚後は辞する予定だ。

殿下が即位するまではと、ずいぶん待たせている自覚はある。親兄弟や彼女の両親にまで心配させて申し訳ないが、どうにも落ち着かないのだ。そんな心情を汲んでくれる彼女は、私にはもったいないほど素敵な女性だ。

近いうちに顔を見にいくとしよう。手土産はなににしようかと考えるが、トレーニング器具しか思いつかない。スクワットをしながら、ロットマンに相談するという妙案を思いつく。やはり女性のことは女性に聞くのが一番であろう。浮き出た汗を拭い、水を一杯飲んで裸になるとベッドに横になる。

今日もいい一日だった。明日も殿下のために励むとしよう。

外務官ルカリオの非日常

朝の日課でもあるランニングと柔軟体操を終えると、身支度を調える。

文官といえども、あの外務大臣率いる外務省で働くとなると体力は必須となる。武官のような目に見える筋肉は必要ではない。無茶なスケジュールを乗り越える体力と、嫌味や挑発を受け流せる精神力があれば、あの職場で生き残るのは難しくない。

第一、下手な筋肉をつけると似合うドレスが少なくなってしまう。そこは譲れない。

ガルシアン伯爵家の三男として生まれた私は、将来自分で生きていく手段を手に入れなければならなかった。家を継ぐ嫡男も補佐をする次男もいる。三男などさほど重要ではない。

母は女の子が欲しかったらしく、幼児までは着せ替え人形のように女物を着せられていた。さすがに、十になる前に父親から苦言を受けようやく止めてくれた。

出来がよかった私は文官を目指し、無事に外務省に入ることができた。

外務官として働く日々は、大変だがやり甲斐もあるし充実していた。ただ、どうしても溜まるストレスのせいで体調不良を起こし始めたころ、上司に飲みに誘われた。

自分の不甲斐なさや苛立ちを聞いてもらい少し気が晴れた。楽しく過ごす中で、店の女性がふざけて自分の髪飾りを私に着け、面白がって口紅を塗ったのだ。

その時の衝撃をどう言い表せばよいだろう。

鏡に映る自分は自分ではない。女のようなそれはルカリオ・ガルシアンではない。だが間違いなく自分なのだ。

新しい自分が増えたような、入れ替わったような奇妙な感覚だった。

不思議な体験の翌週、外務大臣のクリフォード侯爵に声をかけられた。なぜか上司も一緒に連れて行かれたのはある伯爵が所有している別荘だった。

そこで秘密倶楽部『夜のお茶会』の存在を知り、本格的な女装を始めた。

緊張する私に気負うことのない言葉をかけてくれたアンナは、見事な化粧で私を別人にした。

「これが……私……」

鏡の中にルカリオはいなかった。いるのはただの女性だ。今の自分には仕事も責任もない。なんていう開放感。

楽しかった。お茶会の開催を心待ちにしながら、ドレスや化粧品にも興味が湧いた。倶楽部に貸してもらえるドレスはあるが、自分のドレスも作りたくなってしまった。

倶楽部の会員だった上司に相談すると、ダラパール氏を紹介される。だが、ひとりで行くのは勇気がいる。

迷っているとクリフォード侯爵に呼び出され、明日の天気を話すほど気楽にアンナを恋に落とせと言ってきた。

正直、侯爵は疲れでおかしくなったのかと思ってしまった。

「使えそうな人材だから手元に置いておきたいのだ。合うようなら重畳《ちょうじょう》。無理にとは言わないが試すぐらいはよかろう？」

食えない笑顔でクズな提案をする。それに乗る自分が言えた義理ではないが。

「聖ウルシアサス祭に連れて行くから、後は自力でどうにかしてみたまえ」

最低限のお膳立てというわけだ。あとは自分次第。

やり遂げたご褒美はなんだろう。期待を含んで了承した自分が、まさか逆に恋に落ちるなんて夢にも思っていなかった。

意外と表情豊かで面白いアンナのことは気に入っていた。これなら、結婚してもやっていけそうだとも思った。鈍感なのかそれとも駆け引きか、好意に気がつかない振りをする彼女をデートに誘い、あからさまに好意を伝える。

告白して恋人になり婚約して結婚という流れが面倒に感じてプロポーズしてしまったが、反応は悪くなかったように思う。

思い上がっていたのだ。女性を持ち上げて『真実の愛』だと耳あたりのいいことを囁けばいいのだと。

「私のこと好きじゃないでしょ」

投げつけられた言葉に、一瞬反応が遅れた。

好きじゃない？　そんなはずはない。好きだし、気に入っている。少なくとも、一緒に生活しても問題ないと思っている。ちゃんと好意も伝えた。

なにを間違えたのだろうか。困った。どう挽回しようかとしか考えていなかった私に、彼女は素直な感情をぶつけてきた。

見透かされていた。

彼女を恋に落とそうと、どこか他人事のように冷静に見ていたこと。気がつくはずがないと高を括っていたこと。彼女を侮って、下に見ていたこと全て見透かされていたと感じた。

まるで生命力の塊のような力強い目に心臓を打ち抜かれた瞬間、全てが塗り変わった。

愛おしい。その感情がやっと分かった。

彼女の目に映っていたい。私を見てほしいし、私のことを考えてほしい。

あの生命力に満ちあふれた泣き顔をずっと独り占めしていたい。私のためだけに泣いてほしい。けれど、悲しませたくはない。そうなるとうれし泣きしか選択肢がなくなるのだが、自分が満足できずに愚行に走ったら……と考えもした。結果的に杞憂だった。

好きだという気持ちを隠すことなくストレートに伝えれば、さまざまな表情を惜しげもなく見せてくれる。怒った顔も、拗ねた顔も、照れた顔も、全部。自分に向けられる表情が増えるほど、楽しくて仕方ない。飽きるなんてとんでもない。

彼女は自分へ向けられる好意に疎い。母親に捨てられたことが一番の要因だろうが、不義の子かもしれないと思っていたせいで、他者との間に壁を作って踏み込ませないし、容易に踏み込まない。

詰めは甘いし、絆されやすいのは好都合だが、心配にもなる。のんびりと自覚を待つよりも早々に囲い込んで逃げ道を塞いでしまおう。

だが、たまにこちらの意表を突いてくるので、気が抜けない。

例えば、帝国での舞踏会の夜がそうだ。

ワインが好きな彼女は、帝国産のワインを飲み比べてみたいと言い出した。知り合いに声をかけられ話していた間に彼女は酔っ払っていた。

「こりぇね、お腹、くーって、あちゅくなりゅんれすよ」

そう言って見せてくれたのは、帝国で有名な火酒だった。アルコール度数の高いそれをどうして飲んだのか、いまだにわからない。

クリフォード侯爵に先に戻ると伝言を頼み、ふらつく彼女を抱きかかえて部屋に戻った。

部屋のベッドに下ろしたのはいいが、ドレスのままでは苦しいだろう。ドレスの脱がせ方は女装の経験からわかる。だが、勝手に脱がせていいものか。誰か侍女に来てもらおうかと迷っていると衣擦れの音が聞こえた。

「なんりぇ、こんにゃに、あちゅいおぉ」

振り返ると、さっさと自分でドレスを脱いだアンナは、下着姿でふらふらと左右に揺れていて危なっかしい。

「ほら、もう寝ましょう」

背中に手を当ててシーツをめくるが、私をじぃっと見つめたまま動かない。もう一度名前を呼ぶとふふふと小さく笑った。

「ねまひょうらって。りゅかりおしゃん、だいたーん」

頬に手を当ててクスクス笑っていたが、急に静かになって首をこてんと傾げる。

「ねぇ……する？」

上気した顔で蠱惑的に誘われて、理性がぐらっと揺れた。だが、相手は酔っ払いだ。この様子では明日の記憶があるかも怪しい。

丁寧に断って寝かせようとしたら、ぼろぼろと大粒の涙を流し始めた。

「やっぱり、むにぇなんだ。ちいちゃいかりゃダメなんりゃ。ふぇ、どうしぇちいしゃいもっ！　りゅかりおのばかぁ、きゅにゅーじゅきぃ」

わんわんと泣くので、慌てて小さくても気にしないと伝えたが泣き止まない。なんの弁解をしているのか馬鹿らしくなったので、強引だが手っ取り早く口を塞いだら大人しくなった。

唇を離すと潤んだ目が見上げてくる。細い腕が首に回り、猫みたいな目がふにゃりと可愛く垂れる。

「ちゅう、したぁ。……もっと……」

ああ、くそ。もういい。

せっかく我慢していたのに、踏み越えてきたのはアンナのほうだ。煽った責任は取ってもらおう。彼女が気にする胸も気にしないと体に教え込んでやろう。

俄然やる気になり、ベッドに押し倒して何度も口づけた。細い体に手を這わせば、反応していた体の動きが次第に鈍っていく。嫌な予感を覚えながら顔を見ると、完全に寝ていた。

「アンナ……?」

軽く頬を叩いても反応はない。

嘘だろう?

一気に脱力して、やり場のない気持ちをなんとか抑え込む。眉根を寄せて耐えることしばらく、シーツをかけてあげれば幸せそうに口をむにゃと綻ばせる。

「んふふふ。おにきゅ。ふふふ、すきぃ」

のんきな寝言に少しだけ苛ついた私は、ぐっすりと眠るアンナの体のあちこちにキスマークをつけた。

明日目が覚めて、キスマークに気がつかなくてもいい。だが、驚いて慌てる姿も見てみたい。

翌朝、彼女は何も覚えていないらしく、部屋にいることを驚いていた。なにかしでかしたのか問われたが、教える気はない。そうやって一日中私のことを考えていてほしい。

悩む姿も、キスマークだらけの体を見て驚く姿も愛おしい。どんな君も愛している。

だから、安心して感情を伝えて。

こうして、可愛い婚約者と王太子の側近の座を手に入れた。

国王を退位させた王太子は即位し、私は側近のひとりとして、アンナは専属の侍女で第二子である王女の乳母として働いている。

王妃からの強い勧めもあり、今はグロリナス宮殿の一角に部屋をもらって暮らすことになった。新婚生活を楽しんだ貴族街のアパートメントは、たまの休みに過ごす別荘のような扱いになっている。華やかな宮殿から離れたい時もあるのだ。

宮殿ではできないこともあるから。

「ほら、ママのところにおいで」

小さな両手を伸ばして抱っこをせがまれる。小さく愛らしい体を抱き上げれば嬉しそうに声を上げた。

んきゃあと雄叫びを上げる我が子に頬ずりをする。

すると不満そうな声が近づいてくる。

「ママは私だからね。もう、そんな偽乳に騙されないの」

そう言うとひょいと奪い返されてしまった。

「偽物だけど柔らかくて気持ちいいんじゃないかな」

「そんなこと言う人にはメイクしてあげません」

「嘘。冗談ですよ。だから機嫌を直して」

子どもを抱いたアンナごと抱きしめて頭にキスを贈る。

願わくば、この幸せが長く続きますように。

《了》

あとがき

「王宮侍女アンナの日常」二巻を読んでいただきありがとうございます。作者の腹黒兎と申します。

ありがたいことに二巻を出していただけることになりました。一巻を買ってくださった皆様とチャレンジャーな一二三書房様のおかげです。ありがとうございます。

新しくイラストを描いてくださったコウサク様、お忙しい中ありがとうございました。

「これが私……？」という台詞が聞こえてきそうです。楽しそうなアンナも可愛いです。

二巻は四章から始まります。誤字ではなく、一巻が三章で終わっているので続きという意味で四章から始まり、終章で終わる形にしました。二巻でひとつの物語。

書き始めた当初は、アンナがちゃんとした王宮侍女になることで終わるはずでした。ですが、書いているうちに「このやさぐれた子を幸せにしてあげないと」と謎の使命感に駆られました。二巻ではアンナの恋愛を書いております。恋愛を書いているはずなのに、残念さが漂うのはどうしようもありません。彼女は変態ホイホイなので。これはもう宿命なのかもしれない。

お話としてはこれで完結ですが、物語のなかでアンナたちの世界は続いていきます。

ふとしたときに、変人奇人が溢れるその後を想像していただけると嬉しいです。

発刊に携わった全ての方と、無数の本の中からこの本を読んでくださった皆さまに心から感謝します。

皆さまの日常が素敵なものになりますように。

腹黒兎

幸せスイーツとテディベア

卯月みか　装画／24

大学卒業が迫る中、就職活動にことごとく玉砕していた大学生・瀬尾明理。真夏の炎天下、企業説明会の帰りに道に迷ってしまいカフェの前でうずくまっていた明理はお店の店員、市来慎に店内に招かれる。『ティーサロン Leaf &テディベア工房 ShinHands』――テディベアがショーウィンドウに並ぶそのカフェに入ってみると、出迎えたのは、等身大の生きているテディベアだった！オーナーであるテディベアが作るスイーツは人を癒やし、慎の作るテディベアは人を笑顔にする。これは不思議なティーサロンとテディベアの物語。

宮廷書記官リットの優雅な生活

鷹野 進　装画／匂歌ハトリ

王家の代筆を許される一級宮廷書記官リットが、少年侍従トウリにせっつかれながらも王家が催す夜会の招待状書きにとりかかっていたところ、ラウル第一王子からの呼び出しを受け、タギ第二王子の婚約者の内偵を命じられる。世間では悪役令嬢なるものが流行っていて、その筆頭がその婚約者らしい。トウリとともに調査に乗り出すリットだったが、友人である近衛騎士団副団長ジンからタギを巡る三角関係の情報を得るも、事態は夜会での大騒動に発展し――!?三つ編みの宮廷書記官が事件を優雅に解き明かす宮廷ミステリ、開幕。

一二三文庫

王宮侍女アンナの日常2

2023年6月5日　初版発行

著　者　腹黒兎

発行人　山崎 篤

発行・発売　株式会社一二三書房

〒101-0003

東京都千代田区一ツ橋2-4-3 光文恒産ビル

03-3265-1881

https://www.hifumi.co.jp/

印刷所　中央精版印刷株式会社

ISBN 978-4-89199-949-0 C0193